Herbert Knorr

Schitt häppens

Von Serienmördern und Stehpinklern
Mord und Totschlach aussen Pott

Eine Ruhrgebietsgroteske

Henselowsky
Boschmann

Herbert Knorr. Der Autor und Literaturwissenschaftler ist seit 1994 Leiter des Westfälischen Literaturbüros in Unna e.V. und dort zuständig für Autoren- und Literaturförderung in und für NRW sowie für Entwicklung und Management zahlreicher Kulturprojekte. Seit 2002 einer der Festivalleiter der Krimi-Biennale »Mord am Hellweg«, des größten internationalen Krimifestivals Europas; seit 2011 Intendant des Netzwerkprojektes »literaturland westfalen«. Neben der Veröffentlichung von Sachbüchern, Satiren, Kurzkrimis und zahlreichen anderen publizistischen Arbeiten legte er 2003 gemeinsam mit Wolfgang Thiele das archäo-astronomische Sachbuch »Der Himmel ist unter uns« vor. Unter dem Pseudonym Chris Marten schrieb er zusammen mit Birgit Biehl den Thriller »Hydra« (2009) und »Todespfad« (2011). Im Januar 2015 erhielt er vom Literaturrat NRW den »Literaturtaler NRW« für herausragende Verdienste um die Förderung der Literaturlandschaft in Nordrhein-Westfalen. Herbert Knorr ist 1952 geboren und lebt und arbeitet im Ruhrgebiet. [www.herbertknorr.de]

Schützenstraße 31 · 46236 Bottrop
post@vonneruhr.de · www.vonneruhr.de
1. Auflage 2016
ISBN 978-3-942094-62-7
Umschlagfoto: Friedhelm Wessel
Druck: Friedrich Pustet GmbH & Co. KG
Verarbeitung: Print- & Medien-Management Junglas

Herbert Knorr

Schitt häppens

Von Serienmördern und Stehpinklern
Mord und Totschlach aussen Pott

Eine Ruhrgebietsgroteske

Ruhrgebiet de luxe

WARNUNG
Dieses Buch is nich immer politisch korrekt
und schon gar nix für Weicheier!
Ging aber nich anders, weil: is eben so …
Die Margret aus Witten sacht immer:
Herr vergibse, da brauchse kein Zement!

gez.
Martha Kowalski,
geb. Woitkowiak

Prolog

Autsch, das tat aber mal richtig weh. Mein Schädel dröhnt wie ein Bulldozer, und in meinem Denkorgan ist der reinste Rütteltumult. Als ob Schlägel und Eisen gleichzeitig auf mein Haupt trommeln täten. Bin ich etwa schon tot, wo ich so bewegungslos über die Schüssel vom Klo hänge?

Kacke aber auch … der Saukerl Jupp hat mal wieder im Stehen gepinkelt und voll daneben, und ich drauf ausgeglitscht, erst gegen die Regentonne mit mein göttliches Sagrotan, mit das ich mein Klo ständig wichse, dann mit dem Kopf auf die Keramik von der Schüssel aufgetupft …

Wie bekloppt aber auch!

Und warum dieser fiese Schicksalsschlag gerade heute? Wo doch gleich das schöne Fest sein soll im Garagenhof unten mit der ganzen Bagage aus der Siedlung, weil ich doch im Casino von Hohensyburg den Berg Knete gewonnen habe, den ich der Tafel spenden will, wenigstens den halben.

Mit letzter Kraft hieve ich mich hoch, rutsche schon wieder aus auf den Jupp sein fiesen Abschlag, schlinder erneut gegen die Tonne mit mein heiligen Pipientferner, woraufhin mein rumliegender Schrubber, auf den ich irrtümlich nun auch noch drauftrete, schlussendlich sein Übriges tut und fix gegen meine Stirn sich katapultiert …

Der Rütteltumult unter meinem Scheitel nimmt an Dröhnen nochmal zu, obwohl kaum mehr geht. Mindestens drei Bulldozer jetzt. Dabei war ich doch eben erst noch zur Feier des Tages zur Dauerwelle in die Frieda ihr Salon gewesen. Ist wohl auch hinüber, die schöne Welle. Das sollen die mir büßen. Ich bringe die alle um, alle … alle Stehpinkler der globalen Welt. Mit den Jupp anne Spitze! Der kricht dat mit dem Schrubber zurück, voll auf die Zwölf – mindestens!

Darüber, über meine Notwehr gegen solche wie den Jupp, sollte ich mal ein Buch schreiben, als Warnung an alle real existierenden Stehpinkler …

Oh je, was einem bei so einem gewaltigen Rütteltumult unter der Hirnschale alles so an schrulligen Ideen rumschwirrt …? Wenn auch gar nicht mal so schlecht ist, bei näherer Überlegung, die alle mal … Jedenfalls, ich fasse es nicht, was da für ein Film abläuft … Der Jupp, der Willi, diese Oldtimer vonne Zeche Ewald … alle hinüber. Ich sehe mich schon als Serienmörderin im Zuchthaus oder noch schlimmer, in der Klapse, in der berühmten von Aplerbeck. Komm ich denn da je wieder raus? –

Weshalb reißt der Film …?

Und wieso wird mir plötzlich so schwatt vor die Augen?

Der Jupp muss weg!

Schitt häppens! Wenn nicht ich, wer sollte das sonst wissen! Ich, die Martha, Martha Kowalski, geborene Woitkowiak, die Martha aus der kuscheligen Zechensiedlung in Gelsenkirchen-Schalke-Nord, wo die Emscher ganz schön rüberduftet, wenn der Wind richtig steht. Wobei unser weltweit gerühmtes Gewässer in nicht allzu ferner Zukunft ausgeduftet hat. Der Schitt kommt jetzt tief unter die Erde, und bald wird das Flüsschen wieder zum wilden Flusslauf und der Ruhrpott zur Emscher-Riviera. Aber soweit is noch nich …

Ob ich das noch erleben werde mit meinen sechsundachtzig Lenzen? Egal! Mein Schitt hatte eindeutig mit den Jupp zu tun. Und der Jupp musste weg. So oder so …

Der Jupp war nämlich Stehpinkler. Und ein militant-passionierter noch dazu! Aber nicht verwechseln: Stehpinkler sind keine Stehpinscher, die, auf ihren Hinterläufen hockend, ihr hündisches Wasser abschlagen. Stehpinkler sind Männer, die sich weigern, fürs Pissen akkurat auf der Schüssel zu sitzen. So wie mein Jupp, mit dem ich fünfundsechzig Jahre amtlich beglaubigt verheiratet war.

Der Jupp, der hat in seinem Leben nicht ein einziges Mal im Sitzen gepinkelt. Das hatte ich bereits vor unserer amtlich beglaubigten Verehelichung geahnt, wollte es aber nicht wahrhaben, denn wenn die Liebestriebe richtig sprießen, sieht man über sowas schon mal hinweg.

Jedenfalls, der Jupp immer punktgenau daneben, und ich mit mein kaputten Rücken, ich musste danach jedes Mal die Flecken von meine schönen beigen Fliesen mit dem braungrünen Gräserdekor abschrubben und den blauweißen Linoleum sauber wichsen. Von der Keramik gar nicht zu reden. Da gingen Hektoliter von Pipientferner aus meine Regentonnen drauf, wo ich mich zum Glück für unsere Hygiene ausreichend mit bevorratet hatte!

Jedenfalls, ich habe den Jupp geschlagene fünfundsechzig Jahre gegeben, seine Praktiken zu ändern. Noch auf unserer Eisernen Hochzeit habe ich gebettelt: »Jupp, kannze nich wenigstens einmal versuchen, beim Pinkeln zu sitzen. Beim Kacken sitzt du doch auch. Mir zuliebe. Jupp, meine alten Knochen machen die Schrubberei nich mehr mit.« Doch der Jupp hat nur eisern abgewunken und »Glück auf, Glück auf, der Steiger kommt« angestimmt. Das Steigerlied war nämlich sein Ein und Alles; das sang der selbst auf dem Klo, alle sechs Strophen, wenn der beim Stehpinkeln die WAZ las, freihändig, mit seine Hände links und rechts an den aufgeblätterten Seiten. Und wenn der Jupp mal nicht das Steigerlied gesungen hat, dann war der immer im Vorgarten seine Seilscheibe am Scheuern oder oben bei seine Täubkes oder inne Kneipe.

Das war der große Plan: Der Jupp musste über die Emscher geschickt werden!

Aber wie?

Schon meine Omma hat immer gejammert, wenn sie den Faden beim Nähen zum Verrecken nicht durchs Nadelöhr gesteckt bekommen hat, weil ihre Sehstärke, die eigentlich eine Sehschwäche war, mal wieder nachgelassen hatte: »Der Teufel steckt in die Einzelheiten.«

Also bis zum Teufel war ich noch gar nicht durchgedrungen.

Ich wusste nur:

Der Jupp musste weg!

Am besten war, sich umzuhören. Wie andere mit sowas umgehen. Mit solchen Notfällen. Zuerst war das ja eher so eine Art Hobby von mir, Stoories über Mord und Totschlach zu sammeln … Da kommt ja bei uns im Pott einiges zusammen, was ganz attraktiv ist auf dieser Ebene. Und man muss ja auch was Spannendes zu berichten haben in der Nachbarschaft, man kann ja nicht nur den ganzen Tag im Fenster hängen oder das Klo putzen, wenn der Jupp mal wieder …

Mit der Zeit häufte ich diese Stoories dann aber ganz gezielt an: über Totschläger und Auftragskiller, über die Mafia und Serienmörder – Stoories über die Vorbilder von meine Taten, die ich schließlich vorhatte mit den Jupp, weil der ja nicht hören wollte auf mich … Aber bevor ich den gleich zuallererst und dann die anderen in aller Ruhe und auf Dauer, und zwar akkurat geplant, über die Emscher schicke, stelle ich erst mal meine Nachbarschaft vor.

Damit man weiß, wo ich wegkomme.

Ist nämlich auch ganz interessant.

Von fliegenden Teppichen und blutigen Quarkflecken

Hier in unserer Siedlung regen sich immer alle ganz furchtbar auf, wenn so ein freilaufender Bello statt sein Geschäft auf der behördlich genehmigten Kackwiese in der Nachbarsiedlung direkt auf die Bordsteine bei uns vor der Tür ablegt. Zum Beispiel die Anastazja, der Radek, dann die Esmeralda, die Frau vom Pablo, der Mo aus Marokko sowieso, der Woitek, vor allem die Gattin von dem, die aus Krakau kommt – die kann vielleicht fluchen! Schließlich der Markus, was der Sohn von die Ludmilla und dem Igor ist, wobei der Igor ein Auge auf die Steffi, die Tochter von der Gertrude geworfen hat, die .... Egal! Natürlich auch die Giulia, unsere italienische Primadonna, die immer mit ihren dreißig Zentimeter hohen Pöms angedackelt kommt. Aber kein Vergleich zum Odysseus mit seiner Ismene, die den Gyros-Grill umme Ecke haben. Was die immer für einen Hals kriegen, wenn so ein Bello ...

Die deutschstämmige Bevölkerung in unserer Siedlung will ich hier gar nicht erwähnen. Weil, wenn die mitkrichten, wenn so ein Bello ... Und da wird immer gesagt, wir Urruhreinwohner hätten kein Temperament.

Was ich sagen will: Unsere Siedlung lebt!

Womit ich bei der Esmahan bin, was meine orientalische Nachbarin aus dem Haus von nebenan ist. Denn mit der Esmahan – da war schon schwieriger zu plaudern.

Jedenfalls, so ein Bello aus der Nachbarsiedlung hat da fast jeden Tag direkt auf unseren Bürgersteig gekackt, und die Esmahan ist fast jeden Tag auf dessen Haufen ausgeglitscht. Also eigentlich immer. Und mehrfach. Wie ein fliegender Teppich sah die dann in ihrem Kaftan jedes Mal aus, wenn die am Ausglitschen war. Aber nur ganz kurz, denn kurz darauf lag die ja in der Kacke.

Ich meine aber bis heute, das Unglück von der Esmahan lag gar nicht an dem Bello, das lag eher an dem Schleier, den die Esmahan wegen dem Mustafa, ihrem Ollen, tragen musste, der sich immer in der Teestube auf der Grenzstraße rumtrieb, da, wo der Kuzorra und der Szepan das Fußballspielen gelernt haben sollen; der Schleier hat ihr Blickfeld so beengt, ja beschränkt sogar, dass die nie auch nur ansatzweise blicken konnte, was da für ein Haufen vor ihr lag. Aber man weiß es nich, man kuckt ja nich rein.

Wie auch immer: Ich habe der Esmahan jedenfalls immer sehr gerne von oben von mein Fenster aus zugeschaut, um so am Leben in unserer kuscheligen Siedlung teilhaben zu können. Was der Esmahan da immer passierte, das waren so die besseren Momente in meinem Altersdasein, weil, man kommt mit so viel kaputtem Rücken ja auch nicht mehr so oft an die Luft. Und mein Jupp nahm ja kein Anteil mehr an mir; nur sein täglich Brot, das durfte ich dem noch kochen. Und sein Gesprengele abwichsen.

Ehrlich, wie die Esmahan ihre Beine und Arme und dann erst mal ihre verlängerte Wirbelsäule in die Luft und um die eigene Achse geschleudert hat – das wurde mit der Zeit mehr und mehr olympiareif. Und punktgenau trat die Esmahan jedes Mal genau in die Kacke von dem Bello!

Irgendwann wurde mir meine Schadenfreude dann aber doch zu bunt. Immer über das Gleiche lachen, das ist ja wie ein Sprung in der Scheibe von der Platte, mit der ich immer die Andrea Berg höre. »Esmahan«, habe ich runtergerufen, »wat machst du denn da? Nee, nich schon wieder! Soll ich dir für die Kacke vielleicht ne Küchenrolle runterwerfen? Wird auf die Dauer aber teuer.«

Was soll ich sagen? Die Esmahan lüftete echt einen kurzen Moment lang ihren Schleier. Wahrscheinlich um zu schauen, wer endlich mal bereit war, ihr in ihrem Unglück zu helfen. Ich habe mich fürchterlich erschrocken und sofort die Küchenrolle vergessen, als ich der ihr Gesicht ansichtig wurde.

Und dann schrie ich noch lauter da runter: »Ey, Esmahan, wenn dein Mustafa bei euch inne Bude dein Anblick nich ertragen kann, versteh ich dat ja, wo ich dich jetzt seh; aber nimm doch wenigstens bei deine Ausflüge dein Behang hoch, dann passiert sonne Schitte auch nich, die dir immer passiert.«

Der Esmahan ging aber mein Rat am Arsch vorbei, den sie sich dann mit Küchenpapier abwischte, nachdem ich ihr die Rolle doch noch runtergeworfen hatte. Also natürlich nicht den nackten Hintern, das wäre ja gar nicht gegangen, den auch noch zu lüften, sondern ihren Kaftan dadrüber. Selber schuld. Dabei war mein Rat mit dem Schleierlüften so schlecht ja nun auch nicht gewesen, denn ich lüfte meine Bude ja auch immer, damit da kein Schimmel reinkommt.

Und mit dem Schimmel komme ich zum nächsten Beispiel von den kleinen Katastrophen, die so in unserer kuscheligen Siedlung an der Tagesordnung sind: das Beispiel ist die Ilse, die Ilse Zuchowski.

Weil nämlich die Ilse unter mir, genau gesagt: Parterre rechts, ganz hinten zum Hof, wo die Kellertür schon seit fünf Jahren kaputt ist und die Genossenschaft das nicht schafft, die zu reparieren, weil nämlich die Ilse auch immer gern mal ihre Fenster öffnete, um Schimmel zu vermeiden. Außerdem kuckte die ebenfalls gerne aus dem Fenster nach vorne raus, um am Leben in unserer Siedlung teilzuhaben.

Und just in so einem Moment, als die Ilse mit einer Schüssel Quark auf ihrem Rolli, den sie in ihrem hohen Alter brauchte, weil ihre Hüften es nicht mehr machten bei ihr, als die Ilse also zum Fenster zur Straße hinrollen wollte, weil sie es sich da gemütlich machen wollte mit dem Quark, genau in dem Moment machte die Esmahan wieder ihren fliegenden Teppich. Das wäre jetzt kein Problem gewesen, weil, den fliegenden Teppich machte die Esmahan ja täglich mehrmals. Nein, das Problem war: Die Ilse lag noch gar nicht in ihrem Fenster, die rollte erst auf dem Weg dorthin. Sonst wäre ja nicht passiert, was passiert ist.

Das Fenster allerdings, das war durchaus schon offen, so dass die Ilse auf ihrem Weg dorthin schon so in Schemen wahrnahm, dass dort draußen was passiert sein musste wieder mal. Und die Ilse wollte partout teilhaben daran, weil die ja sonst nichts hatte mit ihre kaputte Hüfte, wo sie teilhaben konnte. Jedenfalls, sie wollte blitzschnell kucken, was genau draußen mal wieder passiert war, und rollte mit dem Rolli weit ungestümer vorwärts, als sie das normal tat. Und so nahm ihr Schicksal seinen flotten Lauf. Denn auf dem Weg zu ihrem Fenster war der Ilse ein oller Teppich im Weg.

Der Teppich allein hätte der Ilse ihr Schicksal sein Lauf ganz bestimmt nicht bestimmt, aber der hatte so aufgerollte Ränder an seine Seiten, wie das bei ollen Teppichen eben schon mal vorkommt. Jedenfalls, das ging dann ratzfatz: Die Ilse rollte, der Rolli hakte, die Ilse stolperte und die Schüssel Quark hat den Teppich versaut, also den liegenden, und den fliegenden von der Esmahan hat sich die Ilse in dem Moment voll abschminken können.

Das ist schlimm, aber grundsätzlich zunächst auch nicht so schlimm, weil solcherart Unglücke geschehen ja regelmäßig im Haushalt; solcherart Haushaltsunglücke, da können bestimmt viele Frauen, und nicht nur die in unserer kuscheligen Siedlung, ein langes Lied von singen, vor allem, wenn die Gatten von den Frauen zwei linke Hände besitzen.

Wenn man zum Beispiel morgens auf seinem Balkon eine schicke Bluse zum Lüften raushängt, weil man am Abend in die Oper will, und dann vergisst man die Bluse, obwohl man dem Gatten gesagt hat, er solle sich daran erinnern, dass die Bluse draußen auf dem Balkon hängt. Man selbst kann sich ja deswegen nicht daran erinnern, weil man sein Gedächtnis quasi dem Gatten übertragen hat, damit der Gatte endlich auch mal was zu denken hat.

Das Leben bringt halt immer wieder Überraschungen hervor. Solche und solche, aber man weiß im Voraus eben nie, welche. Zum Beispiel fängt es an zu regnen und zu stürmen, wo doch der Wetterbericht das Gegenteil … und im Winter sogar noch Schneeregen oder Graupel, weil wir ja nur noch milde Winter haben hier in unserem Ruhrgebiet wegen die Erwärmung außerhalb von unserem Ruhrgebiet. Früher war eben doch alles besser. Sieht man ja auch am Jupp. Weil, früher war der … Nee, das kommt später … ich will mich hier ja nicht verzetteln.

Jedenfalls, wenn man dann doch mal aus dem Fenster kuckt und die Bluse sieht, dann ruft man: »Jupp, es stürmt! Kumma fix nach die Bluse.« Da stand der Jupp aber gerade auf dem Klo und pinkelte durch meinen lauten Anruf noch erschrockener daneben. Da hieß es: Wohin zuerst laufen, erst hinter den Jupp hinterherwischen oder erst die Bluse für die Oper?

Ich entschied mich für unser Klo. Denn ein schneller Blick zeigte mir, dass die Bluse sowieso nicht mehr auf dem Balkon über dem Ständer hing, wo ich sie hingelegt hatte zum Auffrischen. Der Sturm hatte sie über die Brüstung drüberweg und direkt in eine Pfütze auf unseren Garagenhof geweht. Ich bin dann am Abend eben im Kittel in die Oper gegangen, weil ich ja nichts anderes hatte. Die Bluse war ja versaut.

In der Oper ist nicht mal aufgefallen, dass ich Kittel trug. Heutzutage kann man ja in so einem Schauspielhaus alles trafen, da gibt es nie Theater. Wahrscheinlich haben die anderen geglaubt, ich wäre selbst eine Künstlerin oder so …

Die Schüssel und den Quark auf der Ilse ihr ollen Teppich waren an dem Tag aber das Wenigste. Denn das Porzellan von der Schüssel, wo der Quark drin war, das war aus dem Westfalenkaufhaus auf der Bahnhofstraße von anno 1951, und dieses Porzellan war zersplittert.

Und die Esmahan war schuld an der Katastrophe. Aber nicht nur, weil die ständig ihren fliegenden Teppich machte. Da kam viel zusammen, warum die Ilse auf dem Rosenhügel landete, was unser Friedhof ist in Gelsenkirchen-Schalke-Nord, ganz inne Nähe von unserer kuscheligen Zechensiedlung gelegen. Denn der Ilse ihr Teppich, der mit den aufgerollten Rändern an der Seite, der war vor einiger Zeit das Eigentum von der Esmahan gewesen. Und die hatte den gerade erst einen Tag vorher aussortiert und der Ilse übertragen, also sozusagen geschenkt. Eigentlich wollte der Mustafa von der Esmahan den Perser in den Grünstreifen am Kinderspielplatz umme Ecke schmeißen. Weil die nämlich wegen ihrem dichten Behang ja nicht nur nicht der Kacke ausweichen musste, sondern auch bei sich zu Hause dauernd über den Perser gestolpert war, weil nämlich die Ränder sich vor ihrem Diwan riskant hochgekrümmt hatten mit der Zeit. Der Teppich stammte nämlich aus Anatolien, spätes vierzehntes Jahrhundert, glaube ich, in jedem Falle handgeknüpft von zarten Kinderhänden. So spielt das Schicksal manchmal.

Ganz eindeutig ist die Schuld von der Esmahan aber vielleicht doch nicht. Denn andere, die bei uns in der Siedlung im Fenster lagen, haben angeblich was ganz anderes beobachtet: dass die Ilse nämlich den Perser aus dem Sperrmüll geklaubt hat. Und da könnte wat dran sein! Weil, die Ilse hat nämlich ihr Gehalt immer vom Harz bekommen, nicht viel, eher wenig an Gehalt, das muss man mal kritisch festhalten. Die Ilse kam daher ab und an zur Tafel gerannt, also eigentlich immer, wenn wir offen hatten, denn ich half da ab und an aus in der Tafel, wenn der Jupp oben bei seine Täubkes war, Seilscheibe am Scheuern oder inne Kneipe.

Man muss schließlich was zu tun haben, man kann ja nicht den ganzen Tag im Fenster liegen und auf die Esmahan warten. Außerdem, ein bissken Soziales kann nicht schaden, auch wenn es mitunter nicht leicht ist. Zum Beispiel Mitleid mit den armen Flüchtlingen, die alle diese fürchterlichen Träume haben, dass die Bruchbude, wo die drin wohnen, denen über der ihren Kopf angezündet wird. Ist schon schlimm mit denen, was da so passiert …

Jedenfalls, ich hatte großes Verständnis, dass die Ilse zur Tafel kam. Manchmal habe ich der sogar was mitgebracht, wenn was übrig blieb, denn ein Mensch lebt ja bekanntlich nicht vom Harz allein. Weil, im Harz leben ja die Ossis, und die sind auch nicht besser dran. Obwohl die immer höhere Rentenaufschläge kriegen als wir. Der Freddi zum Beispiel, der vonne Bude anne Ecke, dort, wo sich ein paar Meter weiter der Kaufpark erstreckt, der lässt kein gutes Haar an den Ossis. Vermutlich, weil der noch nie da war.

Wie auch immer, passieren kann sowas, dass sich Ränder von einem ollen Perser kringeln, selbst im gewöhnlichen Leben. Das eigentliche Problem jedoch war: Die Ilse musste auf ein Amt und einen Antrag für einen neuen Perser ausfüllen – von diesen Pott, wo der Quark drin gewesen war, gar nicht zu sprechen. Ganz Schalke-Nord hat damals gebangt, ob die Ilse wohl vom Amt eine Billigung für beides kriegen würde. Oder überhaupt irgendwann eine behördliche Bejahung. Das dauerte vielleicht.

Als ich dann hörte, dass die Ilse ihre Anträge noch gar nicht gestellt hatte, war mir sofort einleuchtend, warum nicht. Die Ilse hat das gar nicht gekonnt, ihre Anträge zu stellen, weil die Ilse tagelang auf dem Teppich gelegen hat, bis ich dann mal bei der kucken gegangen bin, warum eigentlich Tag und Nacht bei der das Fenster aufstand. Ich konnte sie quasi im allerletzten Moment retten, so dass sie dann gerade noch im Wachkoma ins Krankenhaus getragen werden konnte. Da war dann klar, warum die Ilse sich nicht auf ein Amt begeben hatte, um sich dort einen neuen Pott Quark und einen neuen Perser zu bestellen. Als die Ilse bei mir vorbeigetragen wurde, auf der Trage zum Krankenwagen also, da sah ich: Der ihre Brille war weg … auf der ihre Nase wenigstens war sie nicht, als sie da so erschütterlich vor mir lag.

Ich fand die Brille auf der ihr Klo und schloss blitzschnell: Die Ilse hatte das Porzellan mit der leckeren Milchspeise darin bei dem ganzen Gestolpere gar nicht aus Altersschwäche oder wegen den hochgerollten Ränder von dem ollen Perser von der Esmahan fallen lassen, was bei dreiundneunzig Lenzen ja eigentlich zu vermuten gewesen wäre. Nee, das war, weil die

Ilse vergessen hatte, dass die Brille auf der ihr Klo lag, wo die sich gerade erst die Haare gekämmt hatte, weil die sich wohl im Fenster nicht ungekämmt zeigen wollte. Weil, die Ilse hat immer gut auf sich geachtet.

Jedenfalls, die Ilse hatte in der Stunde ihrer Katastrophe die Brille nicht auf, und das bei einer Sehschwäche von acht Dioptrien; also da kann man schon mal über so einen Teppich mit hochgerollten Rändern von der Esmahan segeln.

Wegen dem Quark, der der Ilse voll mitten in ihr Gesicht pappte, hat sie wohl ein Schlag erwischt, und ein jäher Blutsturz erwischte sie auch noch, und eins kam zum anderen. So ging jedenfalls meine Vermutung. Manche aus der Nachbarschaft spekulierten allerdings, die Ilse hätte erst der Schlag erwischt, weil die Esmahan wieder mal den fliegenden Teppich gemacht hat, und sie wäre deswegen über die Kante von dem ollen Perser gestolpert und nicht umgekehrt.

Mich quälte ganz lange der Zustand von der Ilse, länger, als ich je gedacht hätte – schwitzige Nächte lang. Während nämlich der Jupp neben mir seinen Suff ausschlief, wälzte ich mich angstvoll in mein Federbett, weil ich darüber nachdachte, was da wohl auf mich zukommen täte, wenn die Ilse nach einem Jahr auf der Intensiv im Wachkoma vielleicht doch ins Gras beißen würde. Das wäre für mich echt blöd, denn sich an neue Nachbarn zu gewöhnen, das ist in mein Alter ja nicht mehr ganz so einfach.

Ja, und was sag ich: Genauso kam es! Die Ilse war noch nicht halb unter der Erde, als in der ihre Wohnung eine libanesische Familie einzog: mit neun Kinder, zwei Schwägern, vier Schwägerinnen, einer Haupt- und drei Nebenfrauen und einem Klanboss. Alle auf 54 Quadrat. Zugewiesen von der Genossenschaft. Ja, da musst du dich auch erst mal dran gewöhnen!

Aber mit der Zeit war das gar nicht schlecht mit den Libanesen – da bekommt man Kontakte, dat glaubt man nich …

Prostata, Darth Vader und eine moderne Frau

Bei genauerer Überlegung, während ich das hier alles so niederschreibe, muss ich an dieser Stelle, wenn auch schmerzlich, einräumen: Vermutlich sitze ich mittlerweile doch in der Geschlossenen von Aplerbeck und erfülle das Diktat von Psychologen, mal näher über mein verkorkstes Leben nachzudenken. Dabei sind die ja selbst verkorkst, alle durch die Bank da in der Klapse, ganz besonders die Psychologen, die zuallererst, denn wenn die nicht verkorkst wären, würden sie ja nicht in der Klapse arbeiten.

Andererseits, ein bissken verdient habe ich die Klapse schon bei dem anhaltenden Rütteltumult. Und es macht bei näherem Überlegen ja auch durchaus Sinn, mal das ein oder andere zu notieren, was an Schitt so alles passiert ist, um mit sich selbst klarzukommen; zum Beispiel, wenn ich an den gehaltvollen Spruch letztens auf dem Kalenderblatt für jeden Tag über mein Herd zurückdenke: »Geschichte schreiben ist eine Art, sich das Vergangene vom Halse zu schaffen.«

Aber wollte ich das? Denn was nutzt das Niederschreiben, wenn die alle schon tot sind, die ich tot haben wollte? – Man weiß es nicht … Die stehen nämlich davon auch nicht wieder auf, höchstens auf mein Papier … Aber ein schönes Andenken an die habe ich dann auf jeden Fall. Und dat is doch auch schomma wat wert!

Ich in der Klapse, sieh ma einer kuck! Hihihi …

Zugegeben, ich war in meinen Jugendjahren blond gewesen, und mein seliger Jupp, der hat schon vor unserer amtlich beglaubigten Verheiratung so komische Andeutungen gemacht: Ich sei dumm wie Bohnenstroh oder »Doof bleibt doof, da helfen keine Pillen«. Aber das hat der zärtlich gemeint, glaube ich, und der ist dann ja mit mir auch immer gerne inne Büsche am

Rhein-Herne-Kanal; so schnell konnte man gar nicht kucken. Sowas macht man doch nicht, wenn man jemanden für blöd hält, oder? Außerdem bin ich ja mit den Jahren von Blond in Grau gewechselt. Bei so viel Ärger mit den Jupp und seine Stehpinkelei doch verständlich, oder?

Ach ja, wenn ich so an früher denke … Ich frage mich heute noch, warum der Jupp mit mir eigentlich die Ringe getauscht hat, wenn er ein Hellseher war und damals schon gewusst hat, dass ich mal in der Klapse lande. Hätte der besser mal den Finger von mir gelassen.

An sich war mein Jupp ja so ein richtig Töften. Habe den ja nicht umsonst amtlich beglaubigt mit einundzwanzig geehelicht. Ab und an bin ich ja auch, als der Jupp dann tot war, glaube ich, zu seinem Grab, habe eine Nelke bei ihm draufgelegt und den vermisst. Gab schließlich auch gute Zeiten, wo der Jupp noch unter Tage war, am Wochenende Zusatzschichten kloppte oder gegen die Schließung von seinem Pütt demonstrierte, wo ich zu Hause meine Ruhe hatte und Fliesen und Linoleum glänzten. Aber mit der Zeit kam es eben alles anders, und deshalb habe ich am Grab immer gesagt, so ganz am Schluss, als ich den dann tot hatte: »Jupp, bisse selber in schuld, dat du hier ruhst. Hätteste dich entschlossen, Sitzpinkler zu werden, wär dat alles nich passiert.«

Danach ging ich immer sehr traurig nach Hause und habe auf dem Weg dorthin immer mit mir selber geredet. »Martha«, habe ich zu mir gesagt, »solche Gedanken, die dich gerade überfallen, sind überhaupt nich gut für dich; vergiss den Jupp und such dir ein andern Jupp.«

Das hört sich für empfindliche Ohren jetzt bestimmt sehr hart an, aber auch die Emma, was im übrigen meine Nachbarin und beste Freundin ist, meinte mal: »Martha, behalte den Jupp in deinem Herzen und stelle sein Foto neben dein Bett. Wenn du vor dem Jupp gestorben wärest, dann würde er sich der Problematik auch stellen müssen. So ist das Leben nun einmal; die Vergangenheit lässt sich nicht ändern!

Wollte ich ja gar nicht. Der Jupp sollte mal ruhig schön tot bleiben. Denn der Jupp war nicht nur ein Stehpinkler, wie es in diesem Buche steht, sondern manchmal auch ein richtig Versoffenen. Was auch nicht immer schön war.

»Martha, Sein und Zeit, das sind ganz fragile Gebilde, Sein und Zeit, darauf musst du dich einlassen«, versuchte die Emma mal wieder auf eines ihrer Lieblingsthemen zu kommen. Denn meine Nachbarin und beste Freundin war manchmal auch eine richtige Philosophin, wie man sicher schon rausgehört hat. Immer konnte aber selbst ich mir die Emma und ihre Philosophie nicht antun, auch wenn das mit den beiden ganz interessant war mitunter …

An dem Tag, kurz nach dem Tod vom Jupp, ja, da ging das einfach nicht, weshalb ich dann auch gegangen bin, als die damit anfing …

Wie auch immer: Als der Jupp in Rente ging, wegen seinem Pütt, ging der immer öfter inne Kneipe. Weil sein Pütt nämlich dichtgemacht hatte und dann auch noch all die anderen Pütts, wo er dann hin versetzt worden war: Zeche Fritz in Wanne, Ewald in Herten, Consol in Bismarck, Hugo schließlich in Buer, bis dann ganz Ende war mit der Kohle. Wie die Kegel sind die Fördertürme einer nach dem anderen umgefallen.

Jedenfalls, der Jupp ging im Zeitalter seiner höchsten Manneskraft mit Steinstaublunge in Frührente. Das konnte nicht ohne Folgen bleiben, das musste den Jupp zusetzen. Statt Pütt und Kumpels nur noch Stickhusten. Was hatte der Jupp denn noch von seinem Leben? Täubkes, Seilscheibe und im Knappenchor »Glück auf, Glück auf, der Steiger kommt« singen, wenn der Stickhusten das mal zuließ. Mehr nicht! Und danach inne Kneipe, den Staub in der Lunge anwässern. Bei so einem Schicksal ist einem dann vermutlich auch egal, ob du in die Schale pinkelst oder daneben.

Nee, war schon ganz gut, dass der Jupp dann auf dem Rosenhügel lag. Da hatte er es schön. Wurde immer wunderbar gepflegt von den Gärtnern.

Ja, und manchmal an seinem Grab dachte ich laut: »Jupp, wenn du meine Fliesen und mein Linoleum doch nur so viel Zuwendung gewidmet hättest wie deine Seilscheibe und deine Täubkes, dann würdest du vielleicht nich da unten ruhen, sondern hier oben, auf unser Sofa. Hätteste mal!« Der Jupp hat aber nicht geantwortet, musste wohl erst noch Nachdenken über meine interessanten Ideen.

Dass der mit mir kaum geredet hat, damit konnte ich schon zu den seine Lebzeiten gut leben. Ab und an einen angedeuteten Schlag in die Fresse, wenn ich den auf unser Klo ansprach – aber das erträgt man ja in mein Alter, das war ja üblich in unserer kuscheligen Siedlung.

Aber alles kann man sich auch nicht gefallen lassen, oder? Schon gar keine bankrotte Prostata. Als den Jupp dieser Unsegen nämlich dann auch noch zugeflogen kam, hatte uns das Schicksal richtig geschlagen, den Jupp und mich. Die Emma hat das leider sehr gelassen hingenommen, die hat nämlich gesagt: »Martha, gegen die dunklen Mächte des Unsegens kommt man nicht an. Die sind allesamt stärker als wir.«

»Meinst du, so wie du gegen Darz Wääda nich ankommen tust?«, habe ich da gesagt, weil nämlich der Tommi, der gute Junge, der mein Großenkel ist, und der sich immer sein Taschengeld bei mir abholt, ein Fan von dem Darz Wääda ist.

Wobei, der Tommi ist eigentlich Fanatiker von allem, was nicht mit Maloche zu tun hat. Drei Lehrstellen hat der wegen Dauerkrankenscheine von über einem halben Jahr schmeißen müssen, weil die Arbeitsbelastung sowas von überhand genommen hatte. Die Chefs haben von dem Schlafentzug verlangt, morgens um fünf sollte der schon zum Appell in der Lehrstube antreten. »Omma, wie soll ich dat denn mit meine tägliche Besuche im Bermudadreieck vereinbaren, wo ich doch erst immer um drei nach Hause komm.«

»Is dat denn wirklich nötig, Tommi, jeden Tag nach die Bermudas?«, hab ich nachdenklich eingewandt, weil ich mir um die Zukunft von dem guten Jungen Sorgen machte.

»Omma«, hat der Tommi mir erklärt, »wenn ich nich jeden Tag da antrete im Bermuda, dann gehen da die Umsätze massiv zurück und ganz viele Menschen werden arbeitslos. Dat willze doch bestimmt nich, du mit dein soziales Herz, Omma, dat willz du nich!« Da hatte der Tommi mich an meine wunde Stelle gepackt. Nee, dat wollt ich nich. Besser nur der Tommi arbeitslos wie ganz viele.

Jedenfalls, um mal wieder auf die Emma und die dunkle Seite der Macht zurückzukommen, weil ich mich ja nicht verzetteln will bei der ganzen Verdrängung der Geschichte mit dem Niederschreiben von allem: Der Tommi, der hat mich als Gegenleistung für sein tägliches Taschengeld mal ins Kino mitgenommen in den Film mit dem Darz Wääda. Und als ich den dann gegenüber der Emma ins Spiel brachte, da hat die Emma aus allen Wolken gekuckt. Kannte die nämlich nicht, den Darz Wääda. Da hatte ich ihr endlich mal was im Voraus.

Als ich der Emma dann erklärt habe, was für ein richtig Bösen der Darz Wääda ist und wie der das macht, das anderen was Schlimmes passiert, was die nicht wollen, da hat die nur gemeint: »Martha, könnte es sein, dass dein dich einstmals liebender Ehemann Jupp recht hatte mit dem, was er immer über dich geäußert hat?« Nee, da war ich total beleidigt gewesen auf die Emma, dass die sowas äußerte.

Wie auch immer, und man kann sagen, was man will über den Jupp, aber Kohle hauen, als noch ging, und poppen, als noch ging – das beides konnte der echt gut, dadrin war der echt spitze! Also früher, damals, vor Ewigkeiten – was sage ich: in einem anderen Zeitalter! »Alle Zeiten haben ihr eigenes Sein«, kommt die Emma in ihren philosophischen Phasen mir immer mit Kalendersprüche, wenn sie nicht weiterweiß. Wobei, eigentlich waren diese philosophischen Phasen immer. Allerdings, damit könnte die Emma sogar recht haben, also mit das eigene Sein von den Zeiten …

Denn die kaputte Prostata von den Jupp war nämlich das Ende der Zeit von den Jupp, seine Endzeit quasi, Sein ohne

Zeit gewissermaßen, letztlich also das endgültige Aus von den Jupp, wie ich ihn vorher gut gekannt hatte, als den sein Schniedel noch ging. Denn mal ganz ehrlich gefragt, so unter uns Pastorentöchtern: Ein Sein ohne intakten Pillemann, sowas hat doch keine Zukunft? Mir wurde das jedenfalls sofort klar, als ich erfuhr, was eine moderne Frau ausmacht.

Ich saß damals in die Frieda ihr Frisiersalon auf der Schalker Meile gegenüber von der ollen Glückauf-Kampfbahn unter der Haube beim Föhnen für die Dauerwelle; und da habe ich, während die Haube so vor sich hin tuckerte, ein bissken verstört in so einem Blatt für moderne Frauen gestöbert, welches die Frieda mir zu meine Unterhaltung angereicht hatte. Also nicht wirklich gestöbert, weil früher, als die Soraya und der Schah noch am Leben waren, da habe ich das immer echt gern gelesen … Aber jetzt, nur noch Fotos von dünnen Modells, von der Klump und dem Tennisspieler aus dem Putzmittelverschlag, der dadrin gepoppt hat. Also heute würde dem das garantiert nicht mehr passieren, heute kommt der doch in so ein enges Kabuff gar nicht mehr rein, der Dicke. Damals mochte ich den noch, wie der schlank und rank einen Hecht gemacht hat über die rote Asche von Wimbledon! Oder hat der da Gras gefressen?

Jedenfalls, was ich da aus dem Blatt zur Kenntnis nehmen musste: Die moderne Frau sagt heutzutage auch mal Nein! Da war ich vielleicht vonne Socken. Und als ich weiterlas, sah ich mein Leben durch eine ganz andere Brille: Die moderne Frau wehrt sich gegen die Männerwelt und zeigt den Kerlen knallhart ihre Grenze auf!

Also, nicht falsch verstehen, ich wollte mich nicht in den Aufsichtsrat der Rheinisch-Westfälischen Elektrizitätswerke, was man bei uns auch als RWE kennt, wählen lassen; die sind ja sowas von am Boden zerstört zurzeit. Nee, das nicht, das lohnt sich heutzutage nicht, bei denen einzusteigen; aber ich fing an, über den Jupp nachzudenken und über den sein Schicksal, als moderne Frau, die ich jetzt war.

Und wie der Zufall das so gespielt hat, habe ich kurz danach von meine beste Freundin Emma die erste Stoorie von Mord und Totschlach gehört, die nicht nur der Beginn von meine Stoorie-Sammlung war, sondern auch der Beginn vom Anfang vom Ende von den Jupp …

Die jetzt hier kommende Stoorie ist übrigens von einem Beteiligten und zeitweise Überlebenden, und zwar von Heinz Kokoschinski aus Waltrop, der wirklich so hieß, als garantiert echt bestätigt worden; und die Emma hat mir das zusätzlich beglaubigt. Denn der Heinz war nämlich der Freund eines Bruders einer weit herumgekommenen Nichte von der Emma; und von der Nichte aus, also von Waltrop über Recklinghausen nach Herten zurück nach Lünen und dann, glaube ich, auch noch ein Tacken nach Bönen und Unna rüber, in jedem Falle aber über Wanne-Eickel zurück, da wurde das traurige Geschehen von der Nichte transportiert. Und ganz am Ende eben zu meine beste Freundin Emma, die mir die Wahrheit der Stoorie endgültig beglaubigt hat, weil, man kann das ja nicht oft genug betonen!

Die Stoorie ist also so wahr, wie ich Martha Kowalski, geborene Woitkowiak, heiße, und das, obwohl sie schon ein bisssken her ist. Was man auch daran erkennt, dass keine Handys und Smartphones in ihr vorkommen. Also quasi, um mal mit der Emma zu sprechen: Sie ist aus dem Sein und der Zeit gefallen, als der Jupp und ich noch in der Blüte unseres reifen Lebens standen und es mir nicht im Traum eingefallen wäre, den geilen Saukerl über die Emscher zu schicken, auch wenn der im wahrsten Sinne des Wortes schon damals eine Pissnelke gewesen ist.

Im schönen Zillertal

Heinz, hallo Heinz, ja, Heinz, ja, hier ist Wenna, genau, der Wenna aus Castrop. Nee, geht gut. An sich. Du auch, in Waltrop, alles im Lack? Ja, Rücken ist immer, aber Blase, ganz neu. Mist. Ansonsten … Jau … Jau … Jau. Aber … Heinz … Jau, genau … Aber … hör doch mal zu!

Hilde will mal wieder. Genau, ja, zum fünfzigsten Mal! Jubiläum! Genau, das ist ein Ding. Fünfzig Mal in dreißig Jahren. Heinz, jetzt ist endgültig Schluss. Heinz, endlich mal die Nordsee sehen!

Ja, ich weiß, genau, ich weiß, Wenna, genau, deine Erna, ich weiß noch, du konntest ihr nie was richtig machen. Und dann damals auf Borkum, irgendwie muss was mit dem Schlauchboot nicht in Ordnung gewesen sein. Gott hab sie selig.

Hallo Heinz, ja, hier ist Wenna, ja ich bin alleine. Hilde bildet sich in der Volkshochschule in Recklinghausen. Da gibt es heute einen Vortrag über die Geschichte der Alpenwelt. Was hab ich mir den Mund fusselig geredet. Igittigitt, hat Hilde gesagt: Igittigitt. Vor dem glitschigen Watt ekelt sie sich, die Möwen würden nur kacken, für Fahrradtouren sei sie zu alt, am Strand spielen ihr zu viel Kinder rum, der Brandungsschaum sei nur noch Chemie und die Nordsee sowieso voll im Eimer.

Heinz, genau, ganz genau, die Bergwelt ist auch bedroht. – Nein, Hilde fährt kein Ski. Nein, ich gebe nicht auf, ich schaff's nur nicht mehr.

Heinz, ja hier ist Wenna. Genau, der Wenna aus Castrop. Nee, geht gut. An sich. Du auch, in Waltrop, alles gut? Ja, Rücken ist immer, aber Blase nicht mehr. Alles Mist. Nein, Hilde lässt sich auf nix ein. Nein, auch auf die Kreuzfahrt nicht. Hilde hat diesen Film in Erinnerung, weißt du, wo der Dampfer von arabischen Terroristen … Nein, nix zu machen. Dafür legt sie den ganzen Tag den Zillertaler Hochzeitsmarsch von den Zillertaler Schürzenjägern auf ….

Heinz, ja, Heinz, hier ist Wenna, der Wenna aus Castrop. Du, Scheidung kommt nicht in Frage. Ja, sagt der Anwalt. In Datteln. Teures Vergnügen. Also, der Anwalt. Und auch so. Gütertrennung. Genau … Nein, rein gar nix. Nein, auch nicht den Mercedes. Den hat Hilde bezahlt.

Heinz, bist du das, Heinz, hallo, Heinz, ja Heinz, ich bin fix und foxy. Nee … nee … Hier ist der Wenna, der Wenna aus Castrop. Nee, Blase doch wieder, Rücken wird nicht besser. Genau! Und jetzt auch noch im Kopf.

Seit drei Tagen immer derselbe Alptraum:

Hilde und ich, auf dem Gerlosstein, ich angeschmiedet, am Felsen, verdammt in alle Ewigkeit, ins Zillertal zu schauen, in der Ferne der Ziller, der sich silbrig schimmernd unter der Fernstraße her schlängelt, auf der voll der Stau ist, und Hilde kommt jeden Morgen, bringt Zillertaler Krapfen für den Hunger und Zillertaler Märzen für den Durst, und jedes Mal holt sie aus ihrer Lodenjacke einen Spielzeugmercedes und wirft ihn vor meinen Augen hinab auf den Fels. Und zuletzt reißt sie mir das Hemd vom Leib, sägt mein Brustbein auf, klappt die Rippen um, reißt aus meinem Herzen eine Prise Nordseesand und wirft sie in den aufkommenden Wind, der den Sand in den Fluss trägt. Wenn der Sand das Wasser berührt, schäumt der Fluss und nimmt wild vor Freude das Opfer an. Schon bald erscheinen sämtliche Buben und Madel aus dem Zillertal und singen in prächtigen Trachten: »Wenn die Nordseewellen rauschen an den Strand.«

Hallo Heinz, ja, hier ist Wenna, der Wenna aus Castrop. Wieso, ich schrei doch gar nicht, nee, die Leitung ist gut, genau!

Ja, ich war beim Therapeuten, ja, genau, natürlich hab ich ihm alles erzählt. Wieso? Hört sich gut an? Was für einen Schein? Welche Anstalt? Wieso Hilde? Wegen der Wasserneurose, dem Alpensyndrom?

Heinz, der Irre bin ich!

Ja, Heinz, hallo Heinz, ja, bist du da? Ja, Heinz, ich versteh dich prima. Du mich nicht? Also ich bin der Wenna, der Wenna aus Castrop. Genau! Nee, Blase besser, aber … sonst alles Mist, genau! Ja, wir sind im Zillertal jetzt.

Du, ich muss mich beeilen, Hilde will gleich zur Tannenalm zum Hüttenabend, nein, wir müssen nicht laufen, da fahren Busse hoch. Sind immer so vier-, fünfhundert Leute da oben. Genau! Nee, die Hilde findet das gemütlich.

Ja, Heinz, ja, immer gute Miene, ja, wie gestern auf dem Dorffest. Uns beiden wurde die diamantene Goldmedaille für den hundertsten Aufenthalt … Als der Sepp vom Fremdenverkehrsverein sagte, dass er keine Sorge habe, dass wir noch den zweihundertsten … da bin ich kreideweiß geworden. Der Sepp – du, der heißt wirklich so –, also der Sepp gab mir einen Obstler aus und hat gemeint, das sei die überwältigende Freude. Du, Heinz, Hilde kommt, genau, alles andere wie besprochen.

Heinz, hallo, Heinz, ja hier ist Hilde. Ja, die Hilde vom Werner, aus Castrop, genau, ja, die Hilde vom – nein, mit mir ist nix. Nein, kein Rücken, keine Blase, kein Herz. Also bestimmt nicht, was soll denn mit mir sein? Genau, ja, mit dem Werner, genau! Mit dem is wat!

Du, Heinz, der Werner ist tot. Abgestürzt. Ja, schrecklich, traurig, genau. Er wollte unbedingt die schwierige Passage über den Nordgrad nehmen. Werner, hab ich noch gesagt, Werner, übernimm dich nicht. Das ist es doch nicht wert. Plötzlich, an einer steilen Stelle, kam der richtig mit Schwung auf mich zu, ja, ist wohl gestolpert oder so, genau, hatte die

Hände ausgestreckt, genau, wollte sich wohl festhalten oder so, ja, wenn ich nicht beiseite gesprungen wär.

Ja, schrecklich. Sieht auch schrecklich aus, der Werner. Ist kaum wiederzuerkennen. War ja gut dreihundert Meter tief, die Spalte … genau!

Nee, mit mir ist wirklich alles bestens. Bis auf den Werner natürlich. Und dabei wollten wir beide doch im nächsten Jahr zur Nordsee. War ja sein sehnlichster Wunsch. Ich wusste es doch. Aber nein, der ließ mich nie zu Wort kommen, der wollte partout immer ins Zillertal. Hilde hat der gesagt, Hilde, das Zillertal ist deine zweite Heimat, unsere zweite Heimat.

Ja, genau, genau, morgen wird die Leiche überführt. Ja, genau, der wollte Feuerbestattung, der Werner. Genau. Deshalb rufe ich auch an. Heinz, du kennst dich doch aus, es gibt doch ganz bestimmte Schiffe. Ja, genau, wenn du das für den Werner arrangieren könntest. Das wäre wunderbar! Ja, genau, du hast vollkommen recht, ja, genau, das mit der Asche bin ich dem Werner schuldig, ja, genau, dass der Werner wenigstens einmal in der Nordsee schwimmt.

Totschlach ist auch ne Methode

Also, ich habe mich halb schlapp beömmelt über so viel Blödheit, damals, als ich die Stoorie das erste Mal gehört habe. Mir war nach dem Beömmeln aber sofort klar: So doof wie dieser Wenna stellst du dich nicht an, wenn du den Jupp kaltmachst. Schließlich bist du eine moderne Frau, da hast du Ansprüche, da musst du dir schon mal ein bissken Mühe geben. Da musst du den perfekten Mord planen.

Das Problem mit mein Jupp war allerdings, dass der einfach nicht in die Ferne fahren wollte, nicht in die Berge und auch nicht ans Meer. Immer nur annen Rhein-Herne-Kanal, und, wenn es hochkam, vielleicht mal zum Halterner Stausee. Also nix mit Klippe oder Schlauchboot. Ich habe nächtelang gegrübelt, wie ich den über die Emscher schicken könnte. Mir fiel aber einfach nix ein.

Also ging ich in die Frieda ihr Salon, um nachzuschauen, ob ich vielleicht etwas überlesen hatte in dem Blatt. Das Blatt war aber nicht mehr da. Das heißt, das Heft schon, aber das Blatt in dem Heft war rausgerissen. Ob da wohl noch jemand so einen grässlichen Stehpinkler zu Hause hatte?

Dann hab ich mir diese EMMA besorgt, also nicht die Emma, die meine Nachbarin und beste Freundin ist und manchmal auch eine richtige Philosophin, sondern die EMMA für moderne Frauen. Bis in die City in die Bahnhofsbuchhandlung bin ich gefahren mit der 302 von der Bogestra. Aber wo moderne Frau draufsteht, da war keine moderne Frau drin; und nix über Stehpinkler und wie man die über die Emscher schickt. Enttäuschend die EMMA!

Auf der Rückfahrt mit die Öffentlichen kam mir dann ganz kurz hinter der Haltestelle Grillostraße ein seltsamer Gedanke in den Kopf: Ich habe mich nämlich in den Jupp versetzt, ob der vielleicht nur wegen mir immer inne Kneipe gegangen ist? Oder zu seine Täubkes? Oder die Seilscheibe am Scheuern? Weil ich dem mit meine ständigen Meckerei vielleicht auf den Sack gegangen bin? Aber man weiß es nich, man kuckt ja nich rein in so ein.

Und als ich nach Hause kam, war die Margret da. Auf Besuch. Die Margret ist eine weitläufige Verwandtschaft vom Jupp; die wohnt in Witten an der schönen Ruhr und suchte uns ganz überraschend auf, weil die zu Hause die Handwerker hatte und Abstand von ihrem Alltag benötigte. Und in der Adventszeit, die wir da gerade hatten, kam die sowieso dauernd, weil die meinen Stollen immer so lecker findet, den ich nach altem Dresdner Rezept backe, weil der Jupp da noch Verwandtschaft hatte, die jetzt auch schon tot ist, glaube ich. Macht aber für die nix, denn den Jupp ist ja auch schon tot jetzt. Aber das kommt noch … Meine ich wenigstens. Wenn nich mein Kopf immer so am Spinnen wär …

Jedenfalls, als der Jupp damals die Margret sah, zog der sofort ab, vermutlich inne Kneipe, denn durch das Fenster sah ich ihn nicht im Vorgarten, seine Seilscheibe füttern. Und seine Täubkes, die hatte der mittags schon gescheuert. – Nee, nee, nee, wat schreibe ich da nur fürn dusseliges Zeugs nieder? Klar: immer noch dieser Rütteltumult.

Als die Margret nach ein paar Schluck Kaffee aufs Klo musste, weil die ebenfalls eine schwache Blase hat, was wohl in den Jupp seine Familie so angelegt ist, entdeckte die natürlich, wie versaut unser Klo aussah mal wieder, weil die Pissnelke von Jupp kurz vor sein Abgang inne Kneipe dadrauf gewesen war. Total peinlich war mir das.

Die Margret hatte aber ihre kritische Auffälligkeit zum Glück nicht direkt bei mir angemeldet, sondern im Flüsterton gefragt, wo wir denn die schöne gelbe Farbe herhätten, mit der die Toilette gestrichen sei, woraus denn die glänzenden tropfenden Fliesen und das wunderbar frische Linoleum entsprungen seien? Und so schön künstlerisch in sich verwaschen sei das Ganze, und wie wir das denn so hingekricht hätten, mal hellgelb, mal dunkelgelb, mal eher gelbbraun, als wie wenn die Farbe einen tieferen Sinn haben täte und auf eine Gesundheitsschwäche von dem Kunstmaler hinweisen würde.

Die Margret hat an meinen entgleisenden Gesichtszügen sofort bemerkt, dass sie da eine wunde Stelle erwischt hatte. Ja, und als ich dann in ein Anflug von Ehrlichkeit zur Margret sagte, ich könnte den Jupp glatt über die Emscher schicken für das, was er unser Klo und mir immer antun täte, da hat die Margret im Flüsterton gefragt, ob ich denn auch in den Salon dieses Heft über moderne Frauen gelesen hätte und besonders die Seite gegenüber dem dicken Tennisspieler, der früher mal, als der noch dünn war, in so ein Kabuff … Erst habe ich gedacht, die Margret hätte das Blatt aus dem Heft in den Salon von die Frieda rausgerissen, doch dann hat die erzählt, dass auch in der ihr Salon in Witten solche Hefte ausliegen täten, in denen solche Blätter drin seien, die man rausreißen könnte.

Und so wurde die Margret die Erste, mit der ich mich über meine künftigen Pläne mit den Jupp ausgetauscht habe. Anders gesagt, wir bildeten eine verschwörerische Bande gegen den Jupp und alle Stehpinkler auf dem Globus. Weil nämlich, wie sich herausstellte, der Margret ihr Pedda auch einer war.

»Und warum hast du dein Pedda noch nich über die Emscher geschickt?«, habe ich die dann natürlich sofort gefragt.

Die Margret hat entgegnet, sie würde lieber erst einmal abwarten, wie ich das mit mein Jupp deichseln täte, und daraus würde sie ein Vorbild für Pedda entnehmen.

Daraufhin ging mir sofort ein großes Licht auf. »Margret, du sammels doch garantiert auch böse Stoories für zum Lernen, richtig?« Und damit hatte ich bei der Margret voll auf den Punkt getroffen.

Und dann meinte die Margret noch, ich solle ruhig mal mit den Jupp anfangen; der habe das echt verdient. Ihr Pedda zwar auch, aber sie werde mir für Ruhm und Ehre einer modernen Frau den Vortritt lassen.

Als verschwörerische Bande hatten wir das alles bei drei Pötten Kaffee, eineinhalb Dresdner Christstollen und einer Flasche Wacholder bekakelt und kamen zu dem Schlusse: Den perfekten Mord gibt es nicht, aber wir könnten es versuchen.

Und nachdem wir die zweite Flasche Wacholder geköppt hatten, ist der Margret die folgende Stoorie aus Hattingen eingefallen.

»Könnte glatt ein Vorbild sein«, hat die Margret mir im verschwörerischen Flüsterton zugeraunt, in dem Banden sich unterhalten, wenn die einen Komplott planen. »Totschlach ist nämlich auch ne gute Methode«, hat sie gegrinst, »Hauptsache is doch, der Jupp ist weg!«

Ohne Senf geht gar nichts

Eine Axt gehört in jedes Haus.

Er trinkt einen Schluck Kaffee, beißt in ein Stück Stollen, blättert den Lokalteil der Zeitung durch.

»Die Sieglinde ist dieses Jahr hervorragend.« Sie wirft die gepellte Kartoffel in die Schüssel mit dem kitschigen Obstdekor und dem hässlichen Sprung. Vor zwanzig Jahren hat er ihr ein Tupper-Set geschenkt. Zu Weihnachten. Sie hat es nie benutzt.

Also, eine Axt gehört in jedes Haus, basta!

»Wieso? Wozu? Warum? Weshalb brauchen wir eine Axt?«

Deshalb!

Sie pellt und pellt und pellt und pellt. »Wir haben kein Senf im Haus.«

Eine Axt, warum wir die brauchen? Zum Beispiel zu Weihnachten, also heute. Und zu anderen Gelegenheiten. Der Stollen krümelt auf seinen Schlafanzug. Ihn stört es nicht.

»Welche? Welche was? Welche anderen Gelegenheiten!?«

Andere eben! Er besteht darauf, auf die Axt, er braucht sie dieses Jahr. Unbedingt.

»Wir haben kein Senf im Haus. Ohne Senf geht gar nichts.«

Der Baum, der Baum muss eingestielt werden. Deshalb braucht er eine Axt. Für ihn ist die Sache seit Monaten klar, seit Tagen abgemacht. Er geht sie nachher kaufen; da wird er den Senf mitbringen, vom Rewe, oben am alten Rathaus. Er liest eben nur noch den Sportteil. Er verbrennt sich den Mund: Scheiß Kaffee, scheiß Leben, scheiß Heiligabend.

Er will auch mal raus aus diesem Kaff, will wie die Freunde, wegfahren, reisen, überwintern, auf Mallorca, Gran Canaria, Madeira, egal. Seine Knochen, denen täte das gut. Aber sie will nicht weg aus Hattingen, sie feiert Weihnachten zu Hause,

Karneval in Holthausen und wieder Weihnachten daheim. Jedes Jahr. Immer wieder.

»Aber es ist doch so schön. Weihnachten und so. Da kommen doch auch die Kinder.«

Er kann es nicht mehr hören. Dafür denkt er, stellt sich vor: Gran Canaria – sein Traum. Die Plaza von Las Palmas. Die Kartenspieler, das Domino. Die vielen Schachbretter. Zweiundzwanzig Grad zu Weihnachten. Die feiern Weihnachten zu den Heiligen Drei Königen. Balthasar, Melchior und wie hieß noch der dritte? Egal, auf Kamelen ziehen sie durch die Stadt. In bunten Kostümen. Das ist toll.

Aber sie will es nicht, seit Jahren will sie es nicht. Erst: »Aber die Kinder.« Dann: »Und die Enkelkinder?« Und jetzt: »Was machen wir mit Oma?« So lange ist er schon in Rente und sitzt hier. Nicht da, wo es warm ist.

»Die Celina ist dieses Jahr nicht so gut. Die Sieglinde ist besser.« Sie greift sich eine weitere Kartoffel. »Wir brauchen Senf. Ein bissken Senf muss in den Salat, und Senf für die Würstchen natürlich.«

Eine Axt, ich brauche eine Axt.

»Und warum borgst du dir die Axt nicht bei den Ludwigs, wie jedes Jahr?«

Soll sie sie sich doch borgen bei den Ludwigs, er nicht mehr, er nie mehr. Bei den Ludwigs borgt er sich nie mehr was! Zehn Jahre lang hat er sich die Axt bei denen geborgt, jetzt ist Schluss damit. Heute, die Axt heute, die muss neu sein, gut geschliffen, nicht gebraucht, sie muss ihr Werk verstehen. Jungfräulich muss sie sein. Bei den Ludwigs, nie!

Er geht ins Wohnzimmer, legt sich aufs Sofa, steht wieder auf, trinkt sich einen Schnaps, das beruhigt, holt die Zeitung aus der Küche, würdigt sie keines Blickes.

Sie guckt auf ihre Kartoffeln. »Ob die Menge wohl reicht?«

Wen erwartet sie denn alles? Jedes Jahr das Gleiche, sie macht viel zu viel. Sie werden bis Silvester Kartoffelsalat essen.

Er blättert in der Zeitung und landet auf der Seite mit den Weihnachtssprüchen vom letzten Aphoristikertreffen im Stadtmuseum. »Die meisten Leute feiern Weihnachten, weil die meisten Leute Weihnachten feiern.« Wohl wahr der Spruch. Trotzdem irgendwie blöd …

Er schaltet den neuen Plasmafernseher ein. Hundertzwanzig Zentimeter Bildschirmdiagonale. Ein Traum. Endlich hat der Begriff Heimkino eine Grundlage. Er zappt und zappt und zappt. Nichts drin. Scheiß Programm, scheiß Weihnachten. Ein Ratequiz, eine Weihnachtsmännin. Oder heißt das Weihnachtsfrau? Egal, die zieht sich eh gleich aus, das kennt er.

Da, ein anderes Programm zeigt einen Film: Weihnachten in aller Welt! Oh ja, Weihnachten auf Fuerte, auf Teneriffa. Da, auf Gran Canaria. Ein Traum. Sonne, Las Palmas, Kamele, die drei Könige.

Sie kommt herein, nimmt sich ihr Strickzeug aus ihrem Strickkorb, setzt sich in den Sessel, in dem sie immer sitzt, guckt kurz mal rüber.

»Die haben ja nicht mal einen Baum. Nee, Weihnachten ohne Baum. Geht gar nicht.«

Sie strickt und strickt und strickt, ganz ruhig, und nach einer Weile fragt sie, ob er sich nicht endlich anziehen wolle, die Oma komme schließlich schon mittags, und bald seien auch die Kinder da. Und was mit dem Senf sei, sie brauche gleich den Senf für den Salat.

Der Senf ist kein Problem. Aber die Kinder und Enkelkinder, die schon. Und die Oma ist eigentlich verwest. Wie hatte er das nur so lange aushalten können?

Da, er solle sich das doch mal ansehen. Ja, die polnischen Bauarbeiter feierten auch Weihnachten, mit einem fünf Meter hohen Baum.

»Wie kriegt man den eingestielt?«

Ganz sicher mit einer Axt.

»Kuck mal, die Türken haben auch Feiertage.«

Sind das denn Christen?

»Oh, schau doch mal, Weihnachten in Kabul. Diese vielen Soldaten. Und der schöne Baum. Ich glaube, die essen auch Kartoffelsalat.«

Weihnachten, das ist eben das Friedensfest.

»Die Taliban feiern aber bestimmt nicht.«

Al-Qaida auch nicht.

»Die haben doch dieses Zuckerfest.«

Wer, die Taliban oder Al-Qaida? Der Islamische Staat auf jeden Fall. Und an Weihnachten köpfen die besonders viele Christen mit ihren Macheten? Vielleicht haben die ja eine Axt?

»Du musst jetzt den Senf besorgen, die Geschäfte machen gleich zu. Sonst gibt es gar nichts mehr.«

Das ist ihm egal. Hungert er eben. Ist ihm sowieso alles irgendwie ekelig. Für die verweste Oma muss er immer die Haut abknibbeln, damit die das Würstchen lutschen kann. Schlimmer geht nimmer. Wegen der Tradition, wegen der verwesenden Oma, wegen der Kinder, die die Schnauze schon lange voll haben und nur noch anrufen. Wenn überhaupt.

Seit vierzig Jahren gibt es Kartoffelsalat. Kannst du nicht mal was anderes?

»Letztes Jahr gab's Nudelsalat!«

Nein, Nudelsalat gab's zu Karneval. Nudelsalat mit klein geschnittener Fleischwurst. Und sie hatten »Mainz bleibt Mainz, wie es singt und lacht« geguckt. Nudelsalat mit Fleischwurst gibt es jeden Karneval. Ob es wohl auf den Kanarischen Inseln zu Karneval auch Nudelsalat mit zerschnittener Fleischwurst gibt? Man wird doch auch mal was anderes machen können!

»Auf jeden Fall keine Gans!«

Die Füllung kriegst du sowieso nicht hin! Hast du schon 1966 nicht hingekriegt.

»Eben!«

Bei ihm zu Hause gab's immer Gans. Selbst im Krieg gab's Gans. Hat Mutter erzählt. Immer. 1971 gab's in ihrer Ehe das letzte Mal Gans überhaupt.

»Weil ihr auf dem Lande wohntet, weil dein Vater ein masurischer Polacke war.«

Sie strickt und strickt und strickt …

Gut, er fährt. Weihnachten lohnt sich kein Streit, sonst ist die Stimmung hin. Die Straßen im Viertel sind leer. Hinter den Fenstern Lichterbögen. An der Lessingstraße Kinder mit Wollmützen.

Der Senf wiegt schwer in der Plastiktüte …

Jetzt nur noch die Axt.

Im OBI an der Beuler Höhe schnappt ihm ein Glücklicher das letzte Beil weg und will es nicht hergeben, weil er nicht wieder bei den Nachbarn klingeln will, dieses Jahr. Also zum nächsten Baumarkt, an der Husterstraße. Da werden gerade die Türen geschlossen. Er fuchtelt mit den Händen, doch der Mann hinter der Glastür sieht ihn nicht und zählt dicke Geldbündel aus der Kasse. Seine Kollegen trinken hinten an Stehtischen Sekt und essen was. Weihnachtsfeier im Betrieb. Mit Sekt und bestimmt auch mit Kartoffelsalat mit Würstchen. Und Senf!

Da liegen sie doch, da liegen sie doch, direkt neben der Kasse, fein aufgestapelt, hunderte von Beilen, Äxte, Beile, ach egal, da liegen sie, in der Form eines Weihnachtsbaumes, doch unerreichbar. Jetzt bemerkt der Mann an der Kasse ihn, doch er zuckt mit den Achseln: Wir wollen schließlich auch mal Weihnachten haben.

Bei den Ludwigs wartet man schon auf ihn.

Wieso er denn dieses Jahr so spät komme wegen der Axt, sie hätten schon gar nicht mehr mit ihm gerechnet. Ach ja, ach so, ach darum! Ja ja, eine Axt im Haus erspare den Zimmermann, nicht wahr?

Wie wahr! Wie die grinsen können.

Er bedankt sich, und als die Ludwig dann noch fragt, was es bei ihnen denn Schönes zum Essen geben werde, zuckt er nur mit den Schultern.

Ach ja, meint die Ludwig, sicher Kartoffelsalat mit Würstchen und Senf, oder? Eine schöne Tradition, das gehe ja auch so schnell.

Bei den Ludwigs gibt es heute Gans. Bei ihnen gebe es jeden Weihnachten Gans, sagt der Ludwig und grinst irgendwie immer noch; das habe bei ihnen Tradition.

Ja, sagt sie, ihr Mann, der habe ostpreußische Vorfahren, die seien ja damals alle gekommen, wegen der Henrichshütte. Und was für schöne Rezepte die für den Gansbraten mitgebracht hätten. Jedes Jahr könnten sie ein neues ausprobieren.

Können die das Grinsen nicht abschalten?

Aber gebe es ja nicht mehr, die Henrichshütte, sagt der Ludwig jetzt wieder, es gebe ja kaum mehr Stahl im Revier, dafür aber ne Menge Flüchtlinge aus allen Herren Ländern. Aber was die hier eigentlich wollen würden, wo es doch keine Zechen und Stahlwerke mehr gebe. Und Rezepte für Gansbraten hätten die auch nicht im Gepäck.

Ach, die Gans, ja, auf die Füllung komme es an, fällt die Ludwig nun ihrem Mann ins Wort, nur auf die Füllung; sie habe jetzt keine Zeit mehr, sie müsse die Gans jetzt in den Ofen schieben, schöne Weihnachten wünsche sie, sie müsse jetzt wirklich nach der Gans schauen.

Der Ludwig geht mit ihm in den Keller, holt die Axt hervor und reicht sie ihm. Er habe seinen Baum schon gestern eingestielt, er mache das ja immer schon am Tag zuvor. Warum er das eigentlich immer auf den letzten Drücker …?

Er bedankt sich, auch das noch, aber es gehört zum guten Ton, nur nichts anmerken lassen, gerade am Heiligen Abend.

Und dann sind alle da und stehen vor dem Baum.

Überraschung, Überraschung, die Kinder sind dieses Jahr tatsächlich vollzählig. Und die verweste Oma ist immer noch nicht tot.

»Und der Baum sooo schööön, so guuut gewachsen, nur ein bisschen krumm.«

Die verweste Oma nascht am Kartoffelsalat und meint, sie könne einfach ihre Putenwurst nicht entdecken! Denn sie ist seit letztem Jahr auf dem Ökotrip, wegen der Gesundheit.

Oma, die Putenwurst liegt doch da hinten auf dem Teller, habe ich doch extra für dich … nein, nein, er sagt es nicht, er hat es schon vor dreißig Jahren aufgegeben, dieser Oma was zu sagen …

Er sieht sie an: Füße und Hände schienen ihm schon komplett mumifiziert und die Weichteile bereits die elfte Generation von Madenbefall aufzuweisen.

Er will nur noch auf Gran Canaria sein. Blauer Himmel, das Frühstück auf der Terrasse, vom Appartementhaus kann er den Teide sehen, wie die schneebedeckte Spitze des fast viertausend Meter hohen Vulkanberges dort hinten im Westen aus einem weißen Wolkenkranz auftaucht. Er hat so ein Bild mal in einer Zeitschrift gesehen. Da will er jetzt sein, da will er jetzt hin. Doch er wird aus seinen Träumen gerissen.

Wie er denn den großen Baum in den kleinen Ständer hineinbekommen habe, ey, stößt ihn die Leiche an.

Ja, fragt auch die Tochter, dazu habe er doch bestimmt eine gute Axt gebraucht; ja die brauche man, sagt der Schwiegersohn, eine Axt im Haus erspare den Zimmermann.

Und alle lächeln bedeutsam, grinsen.

»Ach Mamma«, sagt die Tochter, »Kartoffelsalat mit Würstchen, dass du daran gedacht hast. Eine schöne Tradition. Bei uns gab es immer Gans in den letzten Jahren, aber das Einfache kann doch auch gut sein, nicht?«

Und er hört sie, und er sieht, aber irgendwie nur leere Stühle vor dem gedeckten Tisch, darauf eine Riesenschüssel Kartoffelsalat, eine unglaublich große Schüssel, in der der Sprung immer größer wird, und er hofft, dass die Schüssel gleich auseinanderspringt und dann alles vorbei ist.

Nein, nur noch dieses Jahr. Nächstes Jahr ist er in Las Palmas oder in St. Ingles oder Maspalomas, egal, er hat schon heimlich begonnen, Spanisch zu lernen in VHS-Kursen.

Er möchte, dass der Weihnachtsabend gleich aus, vorbei und zu Ende ist, aber jetzt legt sie erst richtig los, weil jetzt, nach dem Frohe-Weihnachten-Wünschen, nach dem Singen, nach dem Gedichtaufsagen – die Enkelkinder haben es doch so schön gelernt – die Bescherung kommt.

»Schau mal, wie sie sich freuen.«

Ja, klar, das fehlt jetzt seinem Ersparten für die Kanarischen Inseln.

»Aber so viel Geld hätte es doch nicht sein müssen«, sagen die Kinder im Chor.

Er hält das durch.

Denn gleich ist es aus und vorbei.

Zum Schluss muss auch er sich noch freuen, vor den Kindern und Enkelkindern, vor der verwesenden Oma, die den Salat ausgespuckt hat und stattdessen jetzt am Würstchen lutscht. Er packt seine Geschenke aus.

»Das Hemd steht ihm, das steht im gut, doch sooo guuut, nicht wahr, Kinder? Oma schau mal, wirklich, ein schönes Hemd, er muss es gleich mal anprobieren. Und erst mal der Schlafanzug, ob die Farbe nicht ein bissken grell ist? Na ja, er muss ja damit nicht auf der Straße spazieren gehen.«

Er wird ihn umtauschen und sich was Leichtes für die Insel kaufen. Auf den Kanarischen Inseln braucht man keine wollenen Schlafanzüge, da ist es auch im Winter warm.

Eine Stange Zigaretten gibt es von Oma.

»Schau doch mal, was Oma dir gekauft hat.«

Oma, das sollst du doch nicht, muss er sagen, und dann muss er sich über das Knetmännchen von den Enkeln freuen.

Wie, es gibt noch ein Geschenk? Tatsächlich, sie hält ihm ein Päckchen vor die Nase, groß wie eine Mega-Pralinenschachtel, hellblaues Geschenkpapier, er packt es aus, wirklich, damit hat er nicht gerechnet. Eine Axt, ein kleines Beilchen, ein wunderschönes Hackebeilchen, völlig unberührt, so, wie er es sich schon immer gewünscht hat, mit glattem Schaft und blanker Klinge, und er möchte es sofort ausprobieren, aber der Baum ist ja schon eingestielt und der riesengroße Plasmabildschirm noch nicht abbezahlt. Andererseits, wer braucht auf den Kanarischen Inseln einen hundertzwanzig Zentimeter großen Plasmabildschirm?

Jetzt hat er endlich seine eigene Axt!

»Freust du dich denn nicht?«

Ja, sagt er, ich freue mich, und holt aus, schwingt …

Es dauert …

Jetzt sind sie ruhig. Alle.

Aber es fehlt was. Ja, irgendetwas fehlt. Er hat was vergessen.

Den Senf.

Und er greift zur Riesentube.

Und er spritzt in die offenstehenden Mäuler.

Denn ohne Senf geht gar nichts.

Die zweite Chance

Ganz ehrlich: Ich habe nie auch nur eine Sekunde lang daran gedacht, den Jupp an Heiligabend über die Emscher zu schicken. Totmachen ja, aber nicht an so ein Tag. Nee, so eine bin ich nich. Fünfundsechzig Jahre amtlich beglaubigte und sogar vom Pfarrer bestätigte Verehelichung – das verbindet. Da haben sich Gefühle entwickelt.

»Martha«, hat die Emma mal gesagt, was bekanntlich meine Nachbarin und beste Freundin ist, »du hast doch ein gutes Herz, du musst es deinem Gatten gegenüber nur öffnen. Vielleicht wartet der Jupp nur auf ein Zeichen von dir, und er wird dich erhören.«

Nicht eine Silbe hat der Jupp mich erhört. Als ich dem, wie mir die Emma geraten hatte, mein gutes Herz öffnen wollte, stand der gerade vor der Schüssel, sang »Glück auf, Glück auf, der Steiger kommt« und dirigierte das Ganze mit seinem Schniedel. Da habe ich tief durchgeatmet und mich geöffnet: »Jupp, hömma, denkst du vielleicht auch mal daran, wie kacke ich mich fühle, wenn du das Klo mal wieder versaut hast?« Daraufhin hat der Jupp nur gegrunzt, seine Hand hat andeutungsweise zum Schlag ausgeholt, und er ist zu seine Täubkes gegangen. Jau, und ich stand da mit meinem offenen Herzen.

Trotzdem: Ich wollte dem noch eine zweite Chance geben. Zum Frühstück. »Mein lieben Jupp, wenn du gleich Pipi machen gehst, is nich so schlimm, wenn du danebenpinkelst. Du bist ja mit deine Prostata echt geschlagen, aber ich helf dir. Ab sofort steh ich mit ein Eimer hinter dir. Eheleute sind doch füreinander da, bis dat der Tod sie scheidet.« Der Jupp hat nicht mal hochgekuckt hinter seiner WAZ.

So schnell gab ich nicht auf. Ich pellte den Jupp sein Ei ganz lieb ab, schob ihm das unter seine Zeitung durch auf seinen

Teller und machte dem mit einem zuckersüßen Lächeln den Vorschlag: »Jupp, sollen wir nich nomma ganz von vorne anfangen mit unser Beziehung, soll ja angeblich, wat man so liest, nie zu spät sein dafür, wenn man will. Willze? Wir können auch zur Eheberatung inne Stadt fahren, da soll einem geholfen werden, manchmal wenigstens.«

Da legte der Jupp doch tatsächlich die WAZ weg und glotzte mich an. Und es kam noch doller. Der Jupp machte den Mund auf, und aus seinem Mund kamen Worte.

»Is wat?«, hat er gefragt.

»Wat soll sein?«, habe ich so getan, als ob nix wär. Ich hatte mich ja wohl klar und deutlich ausgedrückt

»Irgendwat haste doch.«

»Ich hab nix.«

»Nu sach schon!«

»Nee.«

»Is anders wie sonst!«

»Wieso dat denn?«, habe ich gefragt und den Jupp ganz fix Kaffee nachgeschenkt, um bloß nix Falsches zu sagen. Wenn der seine zweite Chance nicht ergreifen wollte – dann hatte der die eben verpasst. Und ich brauchte mir nix vorwerfen. Denn mehr war nicht drin; man hat ja auch seinen Stolz!

Der Jupp hat jedenfalls seinen Kopf wieder in die WAZ gesteckt, um schließlich irgendwann aufs Klo zu gehen.

Wieder daneben – das war sein Todesurteil!

Ich habe mich danach sofort wieder umgehört, wie die anderen das machen. Und als ich mich umhörte, da kam mir doch noch am gleichen Morgen aus dem Jupp seine WAZ so ein Bericht von dem Blümchenslipmörder aus Gelsenkirchen-Bulmke-Hüllen entgegengesprungen; von dem haben die tagelang noch seitenweise berichtet. Und ich kannte den sogar, diesen Triebtäter; der war nämlich ein entfernter Bekannter von ein von Jupp seine Neffen.

Ich warne aber mal, die Stoorie is nämlich ekelig. Ansonsten, einfach ma locker überspringen!

An allem war nur Modder schuld

Die rohe Holzbank folterte seinen wunden Rücken, Ketten und Handschellen schnitten in die Wülste an Hand und Fußgelenken, der Eisenring um den Bauch drückte in satte zweihundert Kilogramm. In seinen Gedärmen tobte sich eine Dampfmaschine aus. Die letzte Ladung Teig konnte noch nicht verdaut sein. Ob noch irgendetwas durch das Loch in der Holzbank unter ihm abging, das er dort selbst hineingeschnitten hatte? Er konnte nicht mal mehr seine Kacke riechen.

Und daran war Modder schuld.

Die fette Modder, die er schon vor Jahren aufgeschlitzt und nächtens im alten Grimberghafen hinterm Zoo versenkt hatte. Modder, die heiße Tochter eines Kartoffelbauern aus einem winzigen Dorf an der Lippe in der Nähe von Ahlen in Westfalen. Sie hatte in jungen Jahren die große weite Welt kennenlernen wollen und war in Gelsenkirchen gelandet. Beim Tanztee in Ennigerloh lernte sie einen feschen Jungbergmann aus Everswinkel lieben, war ihm stante pede an die Emscher gefolgt. So hatte Modder es ihm immer erzählt, wenn er auf ihrem Schoß saß. Ach, wie lange war das her!

Wirtschaftswunderjahre! Damals gab es an jeder Ecke geile Bergmänner! Und spitze Stahlarbeiter, schnittige Metaller und kräftige Maurer! In Rotthausen, in Bismarck, Schalke, Heßler, Erle, Resse, Hassel, Feldmark, Buer oder Horst und wie die Stadtteile sonst noch hießen. Er lernte sie alle kennen, obwohl er bei jedem von Modders Besuchen in fremde Kohlenkeller geschickt wurde. Modder war nicht wählerisch, sie nahm alle, zumal sich der aus Everswinkel schnell aus dem Staub gemacht hatte, noch bevor er, das Ergebnis der flüchtigen Bekanntschaft und mit acht Pfund schon bei der Geburt ziemlich propper, flott durch Modders Möse gerutscht war.

Dickerchen, mein kleines süßes Dickerchen – solange er denken konnte, hatte ihn Modder so gerufen. Auch, als er eines Tages einen dieser staubigen, rußigen Kohlenkeller verließ, in den sie ihn gesperrt hatten, und nachschauen wollte, was da oben in der Bude so rumpelte. Er kam sofort auf den Geschmack. Bei jeder Gelegenheit, die sich ihm von nun an bot, und es waren nicht wenige, schaute er heimlich zu, was Modder mit den Männern so alles machte – oder umgekehrt. Bis sie ihn entdeckte und ihm Backpfeifen gab: Dickerchen, ab innen Keller.

Mit der Zeit war es Modder dann egal geworden.

Dickerchen. Irgendwann nannten ihn alle so. Vor allem diese kichernden, glucksenden, gibbelnden Mädchen im Kindergarten, die er beim Pipimachen beobachtete. Dickerchen – den Spitznamen war er nie losgeworden. Wie er ihn hasste!

Aaah ... Der Schmerz war kaum auszuhalten. Die Mittel, die sie ihm gaben, halfen kaum noch. Zweihundert Kilogramm. Wer sollte das aushalten! Das war nicht sein Körpergewicht, das war nur der Fettanteil. Und der stieg – Stunde um Stunde.

Und daran war nur Modder schuld.

Ein Schlüsselbund klirrte, Ketten rasselten. Weite schwarze Kutten, tief ins Gesicht gezogene Kapuzen und Hände in Gummihandschuhen kamen auf ihn zu. Sie gönnten ihm nicht einen Fetzen Haut. »Leckerli! Wir bringen wieder Leckerli«, säuselte eine Stimme.

Ihm wurde schlagartig übel, er musste den Kopf wegdrehen.

»Nee, nee, Dickerchen, dat geht aber nich.«

Wie immer fixierten sie seinen Kopf mit einem Lederband.

Die eher flüsternde Stimme hatte er von Anfang an Denise zugeordnet, Denise – blond, einsachtzig groß, Beine wie eine Gazelle, Körbchengröße 85C und eine Möse wie ein Kraftwerk. Zumindest dem Betrachten nach. Lange hatte er überlegt, ob er Denise auswählen sollte, doch die beginnende Cellulitis auf ihrer rechten Arschbacke hatte dagegengesprochen. Für seine letzte Show hatte er etwas ganz Besonderes gebraucht.

»Los, Mund auf!«

Das musste Anett sein, Anett mit ihren rüden Befehlen, mit männlichem Gehabe in einem spindeldürren Körper. Ihr Gesicht war okay, aber ansonsten nix als durchsichtige Haut.

Eine kalte Klammer drückte seine Nasenwände zu. Er musste schlucken. Seit sie ihn in ihrer Gewalt hatten, kübelten sie tonnenweise Reibekuchen in ihn hinein.

Auf dem Nachhauseweg hatten sie ihn abgefangen, nicht weit vom Bulmker Park. »Willze ma kucken?«, hatte die flachbusige Aletta, der Vamp unter den Models, gerufen und ihn zu dem großen Van mit den schwarzen Scheiben gelockt. Yvette mit dem Wahnsinns-Hintern hatte die Schiebetür geöffnet, und auch die geile Agata, die ab und an, wenn sie glaubte, unbeobachtet zu sein, schon mal mit dem Finger in ihrem Arschloch herumpulte, hatte sich in atemberaubend knappen Dessous präsentiert: »Ey, komma her, wir haben wat für dich.« Er hatte nicht widerstehen können.

Ähnlich war es Ende der sechziger Jahre in den wilden Gärten am Kanal gewesen. Die Teenies aus seiner Kolonie hatten eines Tages den dicken Jungen entdeckt, der sie seit Wochen heimlich durch die staubigen Fenster bei ihren Jungmädchen-Spielchen beobachtet hatte. »Ey, Dickerchen, willze ma ausse Nähe kucken?«, hatten sie ihm ihre neueste C&A-Young-Collection vorgeführt und hörten mit Kichern gar nicht mehr auf, als sie den Ständer unter seiner Turnhose entdeckten.

Er kam wieder. Wegen der Blümchenmuster.

Und daran war nur Modder schuld.

»Ey, Dickerchen, zehnmal am Tag dein Lieblingsgericht. Sind wir nicht lieb zu dir?«

Eine Antwort war unmöglich; er war mit dem Wegschmatzen des Breis beschäftigt.

»Wir müssen immer fürchterlich hungern, um die Figur zu halten. Dat is doch ungerecht. Du hasset gut.«

Das war die bissige Simone. Körperlich makellos. Wenn sie ihre Klappe hielt, ein Wunder an Weiblichkeit. Slips, Tangas, Strapse, Mieder, Push-up-BHs – sie trug alles so natürlich. Und ihr anmutiges Lächeln. Ach, wie lange war es wohl her, dass er sie in diesen herrlichen Dessous ganz ungestört hatte betrachten können. Lange, sehr lange …

»Gib Stoff und hau dat weg, wir haben nich ewig Zeit!«

Wehrlos schlang er den kalten breiigen Kartoffelteig herunter, den sie erbarmungslos aus einem Spritzbeutel in seinen Mund drückten. Zu Beginn seiner Leidenszeit hatten sie noch frisch ausgebackene Reibekuchen an ihn verfüttert. Später bekam er nur noch kalte, ranzige Teile in den Mund geschoben. Mittlerweile wanderte kleistriger Teig und schieres Bauchfett durch die Speiseröhre in den Magen und sonst wohin.

Und daran war nur Modder schuld.

Plötzlich war Ruhe. Er war wieder allein; allein in seinem Haus, in seinem Keller, in seiner eigenen schalldichten Geheimkammer, die er vor Jahren in mühsamer Heimarbeit für seine privaten Shows gebaut hatte.

Er ließ die Zunge kreisen und reinigte den Innenraum seines Mundes. Der Drang war übergroß, alles wieder auszukotzen, aber er unterdrückte ihn; einmal wäre er beinahe an seiner Kotze erstickt.

Sein schnuckeliges Geburtshaus, den Bergmannskotten an Kanal und Emscher in Beckhausen, ganz in der Nähe vom Bauer Beck, hatte er verlassen, lange bevor er Modder entsorgt hatte. So idyllisch der Kotten auch gewesen sein mochte, er stand keineswegs für eine schöne Kindheit.

Modder war ständig in Liebesdingen unterwegs gewesen, ihre Liebhaber ersetzten abwechselnd den Mann im Haus. Wenn er die Rede auf seinen Vadder brachte, schrie Modder auf: »Dat Schwein soll bleiben, wo der Pfeffer wächst. Wenn der nomma auftaucht und ich den zwischen die Finger kriege, vermatsch ich den zu Teig.«

Teig vermatschen – das war so ziemlich das Einzige, was Modder konnte. Außer Männerficken natürlich.

Wenn Modder über seinen Vadder sprach, brachte sie schon mal die Namen durcheinander. Mal war es ein Klaus, dann ein Detlef oder Herbert, eine Woche später ein Peter oder ein Hans. Wenn er mal fragte: »Wer is denn nun wirklich mein Vadder?«, dann zog sie ihn auf ihren Schoß, legte seinen Kopf an den Brustspitzenbesatz ihres mit Röslein besetzten Unterrocks und streichelte ihn. »Dickerchen, is doch eigentlich piepegal, du bist doch mein Ein und Alles.«

Und dann fütterte ihn die westfälische Kartoffelbauerntochter. Mit Kartoffeln. Natürlich! Mit Bratkartoffeln, Salz- und Pellkartoffeln, mit Püree und Salat, Kartoffelsalat! Vor allem aber mit Reibekuchen mit Speck, wahlweise mit Rübenkraut oder Apfelmus obendrauf. Im Winter gab es heißen Kakao dazu, im Sommer eine Rhabarber-Erdbeer-Kaltschale mit viel Zucker. Und wenn ihn die Mädchen in der Schule wieder einmal aufgezogen hatten, nahm Modder ihn auf ihren Schoß, das heißt auf ihren nelkenbesetzten Schlüpfer, und drückte ihn an ihren tulpenbesetzten BH, um seine Tränen zu trocknen: »Ach, Dickerchen, lass die doch reden, du hast doch deine Modder. Wat meinze, soll ich uns Reibeküchskes backen!«

Daran war nur Modder schuld!

Für seine allerletzte Show hatte er Chantal ausgesucht, das zierliche Model, das mit seinen Kolleginnen alle vier Wochen in der Damenmiederabteilung des großen Kaufhauses an der Bahnhofstraße, nicht weit weg vom Gelsenkirchener Hauptbahnhof, öffentliche Dessous-Shows präsentierte. Zuvor hatte er sich für seine Zwecke jahrelang junge Frauen aus allen Regionen Deutschlands besorgt. Nur kein Risiko! Viel herumgefahren war er. Dieses Mal hatte er seine Vorsicht aufgegeben. Ganz bewusst.

Chantal, nur sie kam infrage! Chantal war ganz neu bei der adretten Modelagenturtruppe, die er immer, wenn sie in seinem Kaufhaus auftrat, durch das selbst gebohrte Loch in der Garderobenwand beobachtet und ausgeguckt hatte. Von Chantal war er sofort fasziniert gewesen. Sie hatte dieses Besondere, das er gesucht hatte. Stundenlang schaute er sich die Aufzeichnungen der Videokameras an, die er schon vor Jahren in den Garderoben und Künstlertoiletten eingebaut hatte. Schließlich war er ja Chefdekorateur des Hauses.

Als er Chantal das erste Mal beobachtet hatte, entdeckte er an ihr diesen wunderbaren Slip mit den Löwenzahn-Motiven. Er gehörte nicht zur Kollektion, es war ihr eigener. Ein anderes Mal trug sie quer über Hintern und Schoß ein lila Orchideengebinde. Dann wiederum malte sich auf dem spitzenbesetzten Stoff ein roséfarbener Röschenstrauß ab, drückte sich in zarteste Weichteile, wandte sich um zierliche Hüften, bedeckte letzte Geheimnisse …

Eines Abends war es soweit gewesen. Er entführte sie. Die Zeit danach war die schönste in seinem Leben …

Als er in die Lehre ging, tröstete ihn Modder mehr denn je. Er versuchte verzweifelt, diesen Tröstungen zu entgehen. Er war immer der Erste am Kiosk, um eine Bravo zu ergattern, und er sammelte Werbebeilagen von Tageszeitungen, in denen Girlies posierten – aber nur in Blümchenslips. Bald ging er in Kaufhäuser, aber ein dicker Junge in der Mädchenabteilung der WEKA, des Westfalen-Kaufhauses, der in Mädchen-Unterwäsche wühlte und nach Blümchenschlüpfern fragte, fiel auf, und er wurde mehr als einmal rausgeworfen. Pornos waren auch keine Lösung, weil in denen niemand Schlüpfer trug.

Als er älter wurde, ging er zu den Straßenhuren bei Schloss Berge. Schmutzige Matratzen in alten rostigen Wohnwagen fand er auch an der Bickernstraße bei der Zeche Consol ekelhaft, von den schrottigen Huren ganz abgesehen. Die wussten nicht einmal, wie Blümchenschlüpfer geschrieben wurde!

Während der Lehre zum Dekorateur begann er, Kabinenwände aller Art anzubohren: Kundenumkleiden, Umkleiden in Schwimmbädern, in Sporthallen, in Frauenklos … Wenn das Gummi eines Schlüpfers hart ins weiche Fleisch schnitt oder im Leistenbereich ein dünnes Härchen unter einer Tulpe oder Nelke hervorlugte … Wunderbar! Doch ganz befriedigte ihn das nicht; das alles kostete viel Zeit, und oft bekam er nicht das zu sehen, was ihn wirklich interessierte. Da setzte er sich lieber wieder auf Modders Schoß.

Er hatte dagegen angekämpft, unzählige Therapien mitgemacht, sich harte Abstinenzphasen auferlegt; schließlich war er an die Wurzel allen Übels gegangen und hatte – nach langer Planung und natürlich mit bestem Alibi – Modder umme Ecke gebracht. Ein berühmter Suchttherapeut befreite ihn kurz danach von seiner Kartoffelsucht. Er nahm siebzig Kilo ab. Dieses Erbe hatte er besiegt.

Das andere nicht. Der Zwang wurde übermächtig. Stärker als je zuvor. Und Modder, auf deren Schoß er sich ausweinen konnte, gab es nicht mehr. Es musste Ersatz her. Mit dem Mord an Modder hatte er sowieso schon eine Grenze überschritten. Jetzt war alles egal.

Er beschloss, dass die Mädchen es bei ihm auf jeden Fall gut haben sollten. In seinem neuen Haus im Gelsenkirchener Tossehof baute er in Handarbeit abhör- und zugangssichere Kellerräume ein, mit allem Schnickschnack wie Bad, Bett, kleiner Küchenzeile, Radio und Fernsehen. Wenn die Mädchen taten, was er wollte, erfüllte er ihnen jeden Wunsch. Nur gehen durften sie nicht. Das nicht!

Und daran war nur Modder schuld.

Wieder rasselten Ketten, eine Tür schlug zu. Die nächste Fütterung? Er öffnete automatisch den Mund, doch der Brei ließ auf sich warten.

Sie machten sich an den Schläuchen zu schaffen, mit denen er an den lebenserhaltenden Maschinen hing, über die er

Infusionen mit Flüssigkeiten, Medikamenten und Vitaminen erhielt; nur selten netzten sie ihm die Lippen mit Wasser.

»So, Dickerchen, bald is Schluss mit lustig.«

Das war Anett, die bissige Anett, die meistens das Wort führte. Sie war es gewesen, die ihm im Van das Chloroformtuch unter die Nase gedrückt und die Fragen gestellt hatte, nachdem er aus der Betäubung aufgewacht war:

»Warum machs du sowat? Rede!«

Er hatte geschwiegen.

»Du bist doch der Blümchenschlüpfer-Mörder.«

Er hatte geschwiegen.

»Wir haben Beweise. Wir hatten dich längst in Verdacht!«

Sie hielten ihm die ungewaschenen Originalschlüpfer seiner Opfer unter die Nase, die er wie Trophäen gesammelt und hier unten in Vitrinen ausgestellt hatte. An manchen klebte noch das ein oder andere Härchen aus dem Intimbereich.

»Wir wollen Antworten!«

Zu Beginn hatte er noch gegrinst.

»Dat mit die Kartoffeln, wat soll dat?«

Wieder hatte er gegrinst.

»Mach endlich die Schnauze auf!«

Sie zeigten ihm seine Flex, mit der er seine Opfer zerstückelt hatte, bevor er sie in blauen Müllsäcken, beschwert mit Pflastersteinen aus Neubaugebieten, im Hafen entsorgt hatte. Chantals Blut klebte noch daran.

»Ich hab die nie angefasst! Nur gekuckt.«

»Wat is? Haste dir mit der linken oder rechten Hand einen runtergeholt, wenn du die bekuckt hast? Welche Hand sollen wir dir zuerst abtrennen? Spuck aus!«

Reden, ja, reden war vielleicht gar nicht so schlecht. Vielleicht rührte die Weiber ja seine Geschichte

»Daran war nur Modder schuld.«

»Sprich Hochdeutsch! Wer is dat in schuld?

»Mutti. Mutti is dat in schuld.«

Und dann hat er erzählt, von Modder und von Anfang an: Wie er nicht mehr anders konnte und jedes Jahr zu Modders Geburtstag ein neues Mädchen in die Kellerräume einziehen ließ. Jeden Tag zog er ihnen andere Blümchenschlüpferchen an. Schon vor dem Frühstück sah er ihnen zu, wenn sie auf dem kleinen, selbst gezimmerten Laufsteg vor ihm posieren mussten. Und wie freute er sich erst auf den Feierabend! Immer, wenn ihn die Kollegen mal wieder Dickerchen genannt hatten, setzte er sich auf ihren Schoß und weinte sich aus!

Die ersten Jahre blieben sie elf Monate bei ihm, doch dann brauchte er immer schneller Abwechslung.

Irgendwann, drei Dutzend Mädchen lagen bereits im Grimberghafen, überfiel ihn das schlechte Gewissen. Wenn er überhaupt mal schlafen konnte, bekam er furchtbare Albträume. Was hatte Modder ihm nur angetan! Sollten doch auch andere sehen, woran sie in schuld war.

Von da an schaffte er die Mädchen, wenn er genug von ihnen hatte, nicht einfach nur beiseite, sondern er stellte sie öffentlich aus, an der Emscher, am Zoo-Eingang, auf der Bühne des Amphitheaters, neben der Maya-Pyramide auf der Rhein-Elbe-Halde in Ückendorf, im Innenhof des Schlosses Lüttinghoff – es gab so viele tolle Orte in Gelsenkirchen, wo er seine Leichen ausstellen konnte.

Die Leute bemerkten lange Zeit nicht, wen sie da anglotzten. Er hatte die Mädchen haltbar gemacht; mit sowas kannte er sich aus; er wusste genau, wie die Ägypter ihre Toten ausbluten ließen, wie Organe und Gedärme zu entnehmen waren, wie man das Gehirn ziemlich praktisch an einem Haken herausziehen konnte. Auch kannte er die Balsame, die die Mädchen wie Schaufensterpuppen aussehen ließen. Und weil er um seine Modelle herum Blümchenschlüpfer auslegte und kleine Gartenzäune aufstellte, glaubten zufällige Besucher der Orte an wilde Landschaftskunst.

Irgendwann aber, da begannen die Leichen dann doch zu stinken …

Später wusste man sofort, dass wieder einer dieser Morde geschehen war. Nur mit dem Sack Kartoffeln, den er stets am Ausstellungsort neben den Mädchen zurückließ, wusste niemand etwas anzufangen.

»So Dickerchen, dat isset für den Moment. Sonst kommtet ja oben wieder raus«, flötete Denise und wischte ihm mit einem Waschläppchen den Mund ab, wie einem Kleinkind.

Warum hatte er ihnen nur von Modder, den Reibekuchen, Modders Schoß und den Blümchenslips erzählt? Sicher, er wollte verstanden werden. Alle Serienmörder hinterließen schließlich Botschaften, weil sie verstanden werden wollten. Aber die Models hatten nur höhnisch gelacht und angefangen, ihn zu mästen.

Er ächzte.

»Ey, Dickerchen, stöhn hier nich rum. Und wag ja nich, vorher abzukacken.«

Das war die knallharte Anett.

»Bald is Showtime!«

Etwas Heiteres lag in ihrer Stimme.

Wie oft hatte er gefragt, was sie mit ihm vorhatten. Nie hatte er eine Antwort erhalten. Auch die Hoffnung, dass die Polizei auf seine Spur kommen könnte, hatten sie ihm genommen: »Wir haben Chantal entdeckt und die Deko umgebaut; wir haben sie weit weg in Berlin auf einer Müllhalde deponiert und dort finden lassen und auch sonst alle Spuren beseitigt, die zu dir Schwein führen könnten.« Sie hatten der Geschäftsleitung des Kaufhauses sogar seine fristlose Kündigung geschickt und seine Unterschrift gefälscht. Den Nachbarn hatten sie erzählt, dass sie sein Haus gekauft hätten. Da er ein Einzelgänger war, krähte kein Hahn nach ihm.

Die Tür schlug zu, Ketten rasselten. Dann war Ruhe, und er wurde plötzlich fürchterlich müde!

Und daran war nur Modder schuld.

Er heulte auf. Tierische Schmerzen hatten ihn aufwachen lassen. Warum ließen sie ihn nicht endlich sterben? Er hatte die Mädchen doch auch ruhig einschlafen lassen. Und er hatte doch alles beenden wollen! Mit dieser letzten Show! Seiner letzten Show. Es sollte endlich Schluss sein, ja, er hatte gefasst werden wollen. Aber doch nicht von diesen grausamen Models.

Chantal hatte das größte und schönste Schaufenster bekommen, das sein Kaufhaus zu bieten hatte. Jeden Tag gingen daran Tausende von Passanten vorbei, bestaunten die mit viel Liebe hergestellte Blümchen-Dessous-Ausstellung, dessen Mittelpunkt eine einzige Schaufensterpuppe war. Die schönste, die er je dekoriert hatte. Chantal trug seinen Lieblingsslip, einen weißen Slip mit zarten rosé Nelken, so wie Modder ihn …

Dreißig Tage lang fiel niemandem etwas auf, da er dieses Mal auf den Kartoffelsack verzichtet hatte. Unter einem der Blümchenschlüpfer um Chantal herum hatte er jedoch eine dicke Linda drapiert, eine von der gleichnamigen Kartoffelsorte, die gerade wieder auf den Markt gekommen war. Er hatte nicht anders gekonnt.

Als die Models zur nächsten Dessousshow wieder in der Stadt waren, da hatten sie wohl …

Er wachte auf, weil irgendetwas in seinem Mund war. Er wollte es wegschlucken. Aber es ging nicht. Ein Schlauch beförderte in genau getakteten Dosen Brei in seinen Mund. Aber da waren keine Models mehr um ihn herum, keine Mädchen in schwarzen Kutten; es war eine Maschine, reine Technik, die ihn vollpumpte mit Brei und Fett.

Licht von Scheinwerfern blendete ihn, er musste die Augen zunächst wieder schließen, sich langsam an die Helligkeit gewöhnen. Wo befand er sich nur? Auf jeden Fall nicht in seinem Keller, nicht auf der Liege. Er drehte den Kopf zur Seite, blinzelte erneut. Er konnte Menschen erkennen, Menschen …

Plötzlich sah er sich selbst. Über ihm hing ein riesengroßer Spiegel. Sein nackter Bauch erhob sich in atemberaubende

Höhe. Er war auch sonst nackt; nein, nicht ganz, sein Geschlecht hatten sie vor den Blicken der Gaffer bedeckt. Er trug einen Schlüpfer, eine Art riesigen Liebestöter, mit aufgestickten Blümchen aller Art.

Rettet mich doch!

Rettet mich!

Warum rettet mich niemand?

Die Menschen drückten sich die Nasen platt an einem großen Glas, einer Scheibe. Oh Gott, er lag in einem Schaufenster. Einem sehr großen Schaufenster. Seinem Schaufenster? Warum gafften sie nur so, diese widerlichen Spanner? Plötzlich verstand er. Das war seine Show, seine allerletzte Show …

Denise, Anett, Simone … all die anderen … Marit, Aletta, Yvett, Agata … Alle standen sie da hinter der glitzernden Scheibe. Auch diese kichernden und gickernden Girlies aus dem Verschlag in den wilden Gärten in ihrer C&A-Unterwäsche … Na, Dickerchen, willze ma kucken …

Aaah! Modder war auch da, in der Hand eine große Pfanne mit Reibeküchskes, und neben ihr zwei Feuerwehrleute mit einem Hammer, die jetzt die Scheibe einschlugen …

Ein Glashagel prasselte hinab, Polizisten stürmten das Schaufenster, rissen den Schlauch aus seinem Mund.

Rettung, Rettung!

Aber was war das? Geschrei überall. Die Retter sahen hoch zur Decke. Sein Blick ging ebenfalls nach oben. Der riesengroße Spiegel über ihm brach, die Menschen um ihn herum sprangen zurück.

Das Letzte, was er sah, waren herausquellende Eingeweide und unverdauter Teig.

Der Versuchsballon

Gibt solche und solche. Aber ich sach ja immer: Man kuckt nich rein. Und schon gar nich in so ein Dicken. Reibekuchen stehen übrigens nicht auf dem Speiseplan hier in der Klapse.

Aber bin ich hier wirklich drin? Ich kann mir das immer noch nicht vorstellen. Andererseits, bei dem, was da so alles passiert in und mit mein Schädel … Also, falls ich hier drin bin, ich komm hier auf jeden Fall wieder raus, da verwette ich mein letztes Hemd drauf, mindestens den Jupp seine Dauerkarte für die Blauweißen. Und dat soll ja wat heißen!

Zu Hause, da habe ich mir oft Westfälische Kartoffelplätzchen mit Speck gemacht. Nachdem ich damals die Stoorie von dem Dicken gehört hatte, noch öfters. Für den Jupp, also um den über die Emscher zu schicken, wäre das allerdings nix gewesen. Der Jupp hasste Reibekuchen. Die würden ihn zu sehr an seine Mutter erinnern. Jau, das hatte der Jupp tatsächlich mal wörtlich so gesagt, schon vor fuffzig Jahren oder so: »Bei Reibekuchen denk ich an meine Modder, und dann muss ich immer weinen.«

Damals hatte ich das einfach mal stehengelassen, habe mich aber sofort wieder mit eine gehörige Portion Abscheu daran erinnert, als ich die Stoorie von dem Dicken hörte. Kannte ich meinen Jupp etwa nicht, hatte sich da die vielen Jahre lang neben mir unerkannt ein Scheusal in mein Herz geschlichen? Ich habe dann sofort die Margret angerufen, um mich mit der zu besprechen. Die sollte mal umgehend vorbeikommen. Weil, am Telefon ging ja nicht – da hört ja jeder Kappeskopp mit heutzutage.

Als die Margret dann da war mit der 302 von der Bogestra, die ja quasi direkt vor meine Haustür hält, habe ich sofort den Wacholder rausgeholt. Dass der Jupp schon vor Jahren wie das westfälische Kartoffelsöhnchen mit den Blümchenunterhosen über seine Modder gesprochen hat – auf den Schauder haben wir uns erst mal ordentlich einen genehmigt.

Und dann meinte die Margret so ganz allgemein zu der komplexen Materie: »Herr vergibse, da brauchse kein Zement.«

Nach dem dritten Wacholder waren wir uns allerdings ganz sicher: reinster Zufall. Und drei weitere Wacholder später sprang meine Strategie endgültig von Reibekuchen über auf Senf. Was das in Hattingen zu Weihnachten eigentlich für einer gewesen wäre, habe ich die Margret gefragt. »War dat en süßen, en lauen milden, en mittelscharfen, en scharfen oder en ganz scharfen, war dat vielleicht Pommerie- oder Feigensenf oder sogar einen aus Dichon?«

»Hauptsache Senf«, hat die Margret gekichert, »und zwar sehr reichlich.« Doch nach dem nächsten Wacholder wurde sie plötzlich ernst: »Wenn du den Jupp mit Senf totfütterst, hast du keine Chance. Die bei der Polente haben so ein Register mit alle ungereimte Todesfälle ausse Gegend. Wenn die Senf hören, kommen die ruck, zuck dadrauf, dat in Hattingen eine ganze Familie durch Kartoffelsalat mit Senf über die Emscher geschickt worden is. Und wenn die dich wegen den Jupp sein Senf kriegen sollten, dann kriegen die dich garantiert auch noch für Hattingen sein Senf dran.«

Trotzdem habe ich am nächsten Tag einen Versuchsballon steigen lassen und den Jupp Kartoffelsalat, Würstchen und Senf serviert. »Ja, haben wir denn schon wieder Weihnachten?«, hat der gefragt, ohne einen Blick von der Glotze wegzunehmen, wo gerade Sportschau lief. Und danach, was soll ich sagen, stopfte der das ganze Gedöns in sich rein. Was überraschend war, denn ich hatte den Jupp an jenem Abend keine gewöhnlichen dicken Sauerländer Würstchen, die der so gerne mag, sondern Putenwürstchen auf den Teller getan, also die gleichen, die diese Ommaleiche in Hattingen … Denn falls der Jupp wegen den labbrigen Teilen wütend werden sollte und zu seinem berühmten angedeuteten Schlag ausholen würde, wie der das gewöhnlich tat, dann könnte ich ja mal versuchen, Notwehr auszuüben.

Doch der Jupp knurrte am Ende mit überraschend sanfter Stimme nur: »Lecker, Martha, richtig lecker. Kannze ruhig öfters machen, auch wenn noch nich Weihnachten is. Haste noch wat mehr?«

Das hätte der nicht so sagen sollen, denn ich war gerührt. Herrschte da vielleicht doch noch so ein klitzekleines bissken Gewogenheit zwischen uns? Wegen dieser Gerührtheit meinerseits kam das Beil, das ich unterm Tisch deponiert hatte, dann doch nicht zum Einsatz. Mein Ballon war damit quasi geplatzt und labbrig abgestürzt.

Ich wieder die Margret angerufen.

Die Margret wieder mit der 302.

Wir wieder Wacholder.

Ich: »Wie soll ich den Jupp denn über die Emscher schicken, wenn vielleicht doch noch so ein klitzekleines bissken Gewogenheit zwischen uns herrschen tut?«

Die Margret: »Stehpinkler bleibt Stehpinkler! Dat war so, dat is so, dat wird immer so sein, basta!«

Nach dem, ich meine, es war der sechste oder siebte Wacholder, beugte sich die Margret langsam und mit Bedacht zu mir rüber. Denn Schnappes, der löst ja bekanntlich sogar bei ganz schwierigen Fällen die Zunge, und außerdem waren wir ja eine verschwörerische Bande.

»Kannze ein großes Geheimnis bei dir behalten?«, flüsterte die Margret.

»Klar wie Wacholder!«, flüsterte ich zurück und machte flugs unsere Pinnchen wieder voll.

»Dat mit der Liebe is eben sonne Sache …«

Wir stießen an.

»Zur Mitte, zur Titte, zum Sack, zack, zack!« Ich kippte den Wacholder in einem Zug runter.

»Nur so trinkt dat Ruhrpottpack!« Die Margret kippte auch und wischte sich mit dem Handrücken die Lippen trocken.

Kam da noch was? Löste sich der Margret ihre Zunge? Musste ich noch ein bissken mit Wacholder nachhelfen?

»Dat is einfach ma so, also ma sonne Sache mit die Liebe …« Die Margret rülpste so laut, dass das bei offenem Fenster mindestens bis zum Gyrosgrill von der Ismene und dem Odysseus an der Bahnschranke drei Straßenecken weiter zu vernehmen gewesen war. Und dann fing sie plötzlich an, Andrea Berg zu schallern: »Du hast mich tausendmal bekohlt, du hast mich tausendmal verarscht …«

Jetzt war vorbei mit vernünftig reden, und ich habe die Margret schnell zur Haltestelle gebracht und die in die 302 gesetzt, damit die auch nach Hause findet. Kam ja alle zehn Minuten, die 302. Wenn die mal kam. Aber dieses Mal kam sie.

Auf dem Rückweg bin ich noch in den Kaufpark, frischen Wacholder holen. Und ein bissken Aufschnitt. Und etwas Käse. Und bei dem bin ich hängengeblieben, bei der Gitti am Käsestand. Ne ganze Zeit. Und die Gitti hat mir die schlimme Stoorie vom Phoenixsee erzählt, der sich bekanntlich mitten in Dortmund-Hörde, ganz tief im Osten vom Pott, da, wo die Zecken hausen, also, der sich da erstreckt. Die Gitti hat da Kontakte hin. Obwohl sich das eigentlich verbietet. Die Gerti ist aber die Stiefkusine von der Gitti gewesen, und die Gitti hat ja somit den ganzen langen Prozess mitgekricht, wo der Mörder sich gerechtfertigt hat, und somit ist sie entschuldigt.

Die Gitti is übrigens ne echt Töfte! Die legt nämlich – unaufgefordert – immer drei Scheiben Käse mehr in das Fettpapier vom Kaufpark, wenne auch bezahlen muss …

Ich habe sie doch geliebt!

Nein, Frau Richterin, es war kein Mord. Geplant war das alles nicht. Ich habe sie doch geliebt.

Es war ein Freitag. Gerti ist nach der im Institut üblichen abschließenden Teambesprechung nachmittags aus Scharnhorst ziemlich geschafft nach Hause gekommen. Ich habe Jonas-Martin aufgefordert, leise zu sein, die Mama brauche ihre Ruhe. Tina-Maria habe ich fertig gemacht und ins Bett gelegt.

So gegen halb sieben muss es gewesen sein, dass Gerti vom Sofa aufgestanden ist. Ich habe gerade den Flur geputzt. Wir wohnen ja in Dortmund-Hörde, Phönixsee, fünfte Reihe, und da wird bei manchen Nachbarn nicht so darauf geachtet, dass zweimal die Woche geputzt wird; ich aber schon.

Jonas-Martin guckte Sesamstraße. Gerti hat ein paar unverständliche Brocken in den Flur gerufen, von wegen Scheißkinderprogramm und so. Dann hat sie ihre Turnschuhe gesucht.

Ich kannte Gertis Wutanfälle und hatte gelernt, mit ihnen umzugehen. Doch als ich Gerti aus dem Schlafzimmer schreien hörte, was das hier überhaupt für ein Saftladen vom Haushalt sei, wo man nix, aber auch gar nix finde – da ist mir schon ein wenig der Kragen geplatzt. Wenn du willst, habe ich Richtung Schlafzimmer zurückgerufen, kannst du gerne den Hausmann spielen, ich werde schon irgendwann eine andere Beschäftigung finden. Wenn schon, dann bitte Hausfrau, hat Gerti zurückgeschrien. Und dann, Frau Richterin, kam sie zu mir auf den Flur und zischte mich an, dass bei der Stadt noch Müllmänner gesucht würden, vielleicht habe meine Bewerbung ja eine Chance, ich sei doch so eine sensible Ordnungsnatur.

Daraufhin bin ich ins Schlafzimmer, habe Gertis Turnschuhe aus dem Fach im Schlafzimmerschrank geholt, aus dem Fach, in dem sie immer, aber auch wirklich immer aufbewahrt wurden, und habe ihr die Turnschuhe vor die Füße geworfen. Ich kannte mich selbst nicht mehr, ich bin sogar etwas laut geworden: Etwas Ordnung müsse schließlich sein, nur Schlampen würden ihre Sachen durch die Gegend schmeißen!

Gerti knallte umso lauter die Tür, war weg zu ihrem Volleyball, und ich habe geheult.

Dann habe ich auch Jonas-Martin zu Bett gebracht, danach wieder geweint. Um mich zu beruhigen, wollte ich eigentlich eine Runde um den Phönixsee drehen. Wie oft war ich dort mit Gerti verliebt Hand in Hand spazieren gegangen, schon als er noch im Bau gewesen war! Sie hatte immer davon geträumt, hier einmal zu wohnen, also in der ersten Reihe.

Aber ich konnte nicht zum Phönixsee, ich konnte doch nicht die Kinder alleine lassen. Fußball gab es auch nicht im Fernsehen, und die Borussia spielte erst morgen, am Samstag. Gerti würde wohl wieder mal erst spät nach Hause kommen. Also habe ich gebügelt.

Unzählige Gedanken schwirrten mir durch den Kopf: Sollte ich vielleicht arbeiten gehen? Hatte ich sechs Jahre studiert, um Blumenkohleintöpfe mit Sesamsamen zu garnieren, Gertis Lieblingsgericht? Mein Psychologe hat immer gemeint, ich müsse meine Rolle als Mann annehmen und mir eigene Ziele setzen. Aber damals, als die Kinder so schnell hintereinander kamen, ich studierte noch, und Gerti verdiente schon …

Ich öffnete das Schlafzimmerfenster, versuchte über die Häuserschluchten hinweg einen Blick auf den See zu erhaschen. Würde ich mein Studium abschließen, könnte auch ich arbeiten. Gut, das würde noch drei Jahre dauern, mindestens, und als Diplomkulturwissenschaftler mit Nebenfach Indologie bekam man wahrscheinlich nicht sofort eine Stelle, schon gar nicht am Phönixsee. Oder wenn ich neben Kindern und Haushalt jobben ging, um dazuzuverdienen? Dann könnte ich Gertis größten Wunsch vielleicht erfüllen. Aber ich liebte Jonas-Martin und Tina-Maria doch über alles, ich würde sie niemals vernachlässigen, Frau Richterin.

Um mich ein wenig abzulenken, holte ich Gertis Dessous aus dem Wäschekorb. Zuerst bügelte ich ihre Alltagsslips, faltete sie in dieser raffiniert-ausgeklügelten Art, die ich über Jahre entwickelt hatte. Heutzutage streicht man die ja höchstens noch glatt. Viele Menschen benutzen für ihre Unterwäsche sogar nur beliebige Kisten und Kästen, in die sie ihre intimsten Kleidungsstücke lieblos hineinwerfen und achtlos hinausklauben, so wie die da unten, die Reichen und Neureichen am See. Nicht bei mir!

Die Zeit war an jenem Abend eine verstopfte Sanduhr. An Gertis Büstenhaltern war leider nichts zu bügeln. Als ich mich Gertis Stringtangas widmete, die sie immer in diesem teuren Geschäft in der Thier-Galerie am Hauptbahnhof kaufte, wurde ich erneut ärgerlich. Ich mochte diese alberne Reizwäsche nicht und fragte mich oft genug, für wen sie die überhaupt trug? Mit mir schlief Gerti nur noch gelegentlich, alle halbe Jahre, und auch nur, wenn sie gut drauf war, also, etwa, wenn sie im Stadion bei der Borussia gewesen war und die Schwarzgelben gewonnen hatten. Wann war ich das letzte Mal dort?

Einen dieser teuren Stringtangas, den mit der lila Spitze, vermisste ich. Wo war der nur? Vermutlich lag er irgendwo unter den Betten oder hinter einem Schrank, weil Gerti ihre Sachen ja ständig in der Gegend herumschmiss.

So konnte es nicht weitergehen. Ich fasste einen Entschluss: Gerti und ich mussten unser Leben ändern, gemeinsam! Während ich mir passende Worte zusammensuchte, mit denen ich Gerti überzeugen könnte, sortierte ich Strings, Büstenhalter, Strapse und Mieder in die dafür vorgesehenen Fächer ein. Den lilafarbenen Stringtanga fand ich dabei allerdings nicht.

Als Gerti endlich nach Mitternacht nach Hause kam, ließ ich von einem auf den anderen Augenblick alles liegen. So war ich eigentlich nicht, ich lasse nie etwas liegen. Aber diese Nacht musste ich mit Gerti ja etwas sehr Wichtiges besprechen.

Als sie unter die Decke kroch, roch ich sofort ihre Fahne. Mindestens ein halber Kasten Dortmunder Union. In ihrem

Zustand hätte ich sie eigentlich nicht ansprechen dürfen. Es musste aber sein. Jetzt! Und so bat ich Gerti darum, wieder arbeiten gehen zu dürfen.

Erst hat sie mich lange angeschaut, dann hat sie mit ihren Händen vor ihrer Stirn gewischt, als ob sie es mit einem Vollidioten zu tun hätte. Als ich meinen Wunsch ernsthaft wiederholte und sie bat, doch einmal in den nächsten Monaten oder Jahren darüber nachzudenken, schließlich hätte ich doch auch ein Leben, hätte Wünsche, da hat sie mich plötzlich wild abgeküsst. Sie fände es ja toll, dass ich mir so viele Gedanken machen würde, aber ob ich auch an die Kinder gedacht hätte? Eine Kinderfrau sei schwer zu finden, und die Steuer würde mein Gehalt doch auch gleich wieder auffressen. Gut, meinte sie schließlich, vielleicht sollten wir morgen mal drüber reden, mal wieder richtig vernünftig reden; das sei wohl mal wieder fällig. – Nein, besser übermorgen, morgen spiele die Borussia. Und Sonntag, verdammt, da sei ja das Meisterschaftsspiel, ihre Volleyballtruppe stehe kurz vor dem Aufstieg, ob ich mich auch schon so drauf freuen würde? Und wenn sie dann aufsteigen würden, ja, dann werde die ganze Mannschaft eine Woche nach Mallorca fliegen, mit dem Trainer. Eine Woche Mallorca, ob das nicht toll sei.

Als ich fragte, ob ich und die Kinder auch mitfliegen dürften, hat sie nur gelacht: Ach, Schätzchen, lass uns Frauen doch ein wenig Spielraum, wir wollen auch mal alleine Spaß haben.

Ich wollte noch fragen, warum denn dann der Trainer mitfliegen dürfe, aber dazu kam ich nicht mehr. Auch den flüchtigen Gedanken, dass dieser Trainer unten am See wohnte und möglicherweise Gertis lilafarbener Slip dort zu finden wäre, konnte ich nicht zu Ende denken …

Ich musste mit ihr schlafen.

Sie war nicht zufrieden mit mir, Frau Richterin, obwohl ich mir große Mühe gegeben hatte. Und sie war plötzlich hungrig, ging in die Küche und haute sich fünf Eier in die Pfanne. Dabei hat sie den kompletten Ofen mit Fett versaut.

Verdorrig nomma, hat sie plötzlich aus der Küche geschrien, wo denn schon wieder das Salz sei, was das denn für ein Sauhaushalt sei, und da wolle dieser impotente Ordnungsfetischist eine Stelle annehmen, wo er doch noch nicht einmal mit dem Haushalt fertig werde. Bügelbrett, Bügeleisen und die Wäsche seien auch nicht weggeräumt.

Ich stieg aus dem Bett, ging in die Küche und zeigte ihr, wo das Salz stand. Nämlich da, wo es immer stand. »Arschloch«, schrie sie, »Arschloch, Hurensohn«, wiederholte sie, als sie mir ins Schlafzimmer folgte. »Ich hab's ja grad eben nochmal versucht mit dir, aber ich sag dir, gegen meinen Trainer bist du ein Flachwichser. Und die Kinder kannst du auch behalten.«

Als sie ihre Sachen packte, um zu ihrem Trainer in die erste Reihe vom Phönixsee zu ziehen, ja, da habe ich den erstbesten Gegenstand ergriffen und zugeschlagen, es war die Nachttischlampe. Immer wieder, auf ihren Schädel.

Als sie so röchelnd vor mir lag, da war ich schon bekümmert – das können Sie mir glauben, Frau Richterin. Ich konnte den Anblick ihrer großen Qualen nicht ertragen. Deshalb habe ich das Bügeleisen genommen und den heißen Wasserdampf auf ihr Gesicht entweichen lassen, immer wieder, damit ihre halbtoten Augen mich nicht mehr so ungläubig anstarrten.

Und als sie immer noch wimmerte, habe ich nach den Strings gegriffen, die ich ja noch nicht weggeräumt hatte. Ihre Schreie gingen mir so nahe, dass ich ihren Mund mit Strings vollgestopft habe, bis sie dann irgendwann endgültig verstummte.

Nein, Frau Richterin, das war kein Mord, geplant war das alles nicht, wirklich nicht. Ich habe sie doch geliebt.

Die hitzige Libido

Mannomannomann! Wo die Liebe hinfällt, da wächst kein Gras mehr. Aber Chapeau, was der so weggebügelt hat: der konnte bestimmt auch gut kloputzen! Egal, mir wurde jedenfalls ganz heiß im Unterleib, während die Gitti die Stoorie an der Käsetheke im Kaufpark erzählte und dabei immer mehr Scheiben Holländer in das Fettpapier stapelte, so dass sie mir auch gleich das volle Goudarad hätte einpacken können.

Jedenfalls, meine konvulsivischen Wallungen führten dazu, dass die Gitti schließlich glaubte, mich hätte der Schlag getroffen. War ja auch so, nur nicht irgendein Schlag, zum Beispiel ein aufe Fresse, der in unserer kuscheligen Siedlung ja bekanntlich an der Tagesordnung ist, sondern ein Schlag von meine unerfüllte Wollust, die sich ganz jäh, aber nicht unerwartet zu Wort gemeldet hatte, so ein Schlag hatte mich getroffen.

Hatte ich meine hitzige Libido schon einmal erwähnt? Meine Libido, die ist für mein Alter nämlich außergewöhnlich hitzig, geradezu sensationell hitzig, wie ich finde; die könnte ich glatt aufe Kirmes im Zelt für Abnormitäten ausstellen.

Genauso sah das übrigens auch der Jupp. Ist allerdings lange her. Was waren das für Zeiten gewesen, als wir uns inne Büsche am Rhein-Herne-Kanal gewälzt hatten. Ja, und einmal hat der Jupp dann gemeint, als er sich seine Hose hochgezogen hat, weil er meine hitzige Libido an dem Tag nach so rund sechs Stunden poppen nicht mehr gewachsen war: »Kochen kannze gut, im Putzen biste spitze, im Bumsen Weltklasse! Martha, willze mich heiraten?« Da war ich vielleicht stolz gewesen, und natürlich wollte ich!

Dass der Jupp ab und an mal geschwächelt hat, scheißegal; alle anderen vorher hatten noch viel mehr geschwächelt! Was Besseres war einfach nicht auf dem Markt gewesen damals.

Und mal ehrlich: Welche junge Frau macht sich denn vor ihrer Entscheidung, welchen Männe sie fürs Leben nimmt, Gedanken über Stehpinkeln und kaputte Prostata im Alter?

So ganz grundsätzlich bin ich ja ein gutes halbes Jahrhundert lang mit den Jupp zufrieden gewesen, so dass ich nicht nötig hatte, woanders zu kucken. Bis auf manchmal, was aber normal ist, wenn große Wogen der Versuchung angerollt kommen. Aber ich stand trotzdem da wie ein Fels in der Brandung, an dem sich die Wellen brechen konnten, wie die wollten.

Aber als allerdings Zechenschließungen und Blasenschaden kamen, und beide auch noch gleichzeitig, da wurde es eben zunehmend schwieriger mit unseren Kuschelstunden, vom steigenden Schnappes-Konsum mal ganz abgesehen. Der Jupp, der schmuste doch nur noch mit seinen Täubkes, und meine Hitze verpuffte wie bei einem Ofenschaden in der Kokerei, als es noch Kokereien gab. Und die eigenhändigen Verpuffungen waren auf Dauer auch nicht des Rätsels Lösung.

Der bereits erwähnte eingebildete Psychologe, der mich hier in Aplerbeck bekanntlich regelmäßig besucht – so stelle ich mir das wenigstens vor –, der hat mir doch tatsächlich folgende Überlegung nahegelegt: Eigentlich sei es doch gar nicht die Stehpinkelei vom Jupp gewesen, die mich immer so rasend gemacht habe – die Stehpinkelei sei nur der Auslöser gewesen; der wahre Grund dagegen sei meine überschwappende Sinnlichkeit, die nicht mehr zu ihrem Recht komme. – Ja, da sieh ma einer kuck und kriss ein mitte Wixbürste!

Jedenfalls, so hat sich ganz plötzlich durch den eingebildeten Seelendoktor ein ganz anderes Bild eingebildet für mich … von mir … und warum der Jupp hatte sterben müssen. Da war also letztlich meine böse Libido dadran in schuld.

Ich wandte dem Psychologen dagegen ein: »Nee, nee, meine Libido hat sich durch dat Schicksal von mein Gatten zurückgezogen, is erkaltet zu Eisklumpen, war überhaupt nich mehr da. Wie kann denn die dann schuld dadran sein, dat ich sauer auf den Jupp war?«

Da hat sich der sowas von eingebildete Psychologe mindestens zwanzig Sekunden über seine Glatze gestreichelt und hat danach wohl geantwortet: »Frau Kowalski, unsere Zeit ist um. Ich komme in der kommenden Woche wieder. Denken Sie einfach mal darüber nach, was ich gesagt habe.«

Habe ich dann auch, und da sind mit der Zeit Tore in mein Kopf aufgegangen, Scheunentore, und ich habe in Abgründe geschaut, teuflische Abgründe. Eine hitzige Libido, die ist schon eine höllische Erfahrung, zumal sie in mein hohes Alter eine gewisse Reife entwickelt hat und besondere Ansprüche stellt. Bei der kann eine Frau wie ich durchaus schon mal teuflisch werden, wenn ihr Gatte höllisch säuft, satanisch die Seilscheibe scheuert, mit dem Knappenchor mystisch »Glück auf, Glück auf, der Steiger kommt« singt und wie ein Dämon mit seinen Täubkes schmust! Und dann auch noch stehpinkelt! Meine hitzige Libido wollte sich einfach nicht mehr gefallen lassen, was die kaputte Prostata von den Jupp ihr angetan hatte.

Der eigentliche Auslöser für mein Vorhaben war dann aber schlussendlich die Emma. Ich erinnere mich, als wäre es heute gewesen: Wie ich mit der bei einem Stück guten Butterkuchen und einem Tässken Kaffee zusammensaß und die mir erzählte, was sie jüngst in der WAZ gelesen hatte. Überschrift: »Mörder nicht zwangsläufig mehr lebenslang in Haft!« Nach einem neuen Gesetz solle es für Morde von wegen »emotionale Zwangssituationen« nur noch fünf Jahre Knast geben.

Und da dachte ich mir: Eine hitzige Libido ist doch die allergrößte emotionalste Zwangssituation überhaupt. Endlich ein Gesetz für Frauen wie mich!

Von da an stand ich quasi Gewehr bei Fuß!

Der große Ratschlag

Ich entschloss mich also, unwiderruflich zu Potte zu kommen mit den Jupp, und wie ich mir das so ausmalte in mein Kopf, wie sich das vielleicht entwickeln könnte, war das mit dem Pott sogar wortwörtlich zu nehmen. Dafür brauchte ich aber einen großen Ratschlag mit der Emma. Denn die Emma, was ja inzwischen sehr bekanntlich meine Nachbarin und beste Freundin ist und manchmal auch eine bewährte Philosophin, war genau die richtige Ratschlägerin für das Unterfangen, das mir vorschwebte: Den Jupp in sein bereits bezahltes Grab auf den Rosenhügel zu überführen, was ja, wie schon mal angedeutet, der schöne Name von unserem Friedhof in Gelsenkirchen-Schalke-Nord ist.

Geschickt lud ich die Emma zu Kaffee und einem Stück Erdbeertorte ein, als der Jupp gerade seine Täubkes besuchte und anschließend seine Seilscheibe scheuern wollte, und vertraute der Emma meine teuflischen Gedanken an, wollte ihre Meinung zu diesen hören. Doch die Emma meinte nur: »Martha, hat dir einer ins Hirn geschissen!«

Da kenn sich mal einer aus mit Philosophinnen.

Danach hat die Emma mich lange angeschaut und schließlich feierlich zu einer ganz besonders hochgestochenen Rede angehoben: »Martha, ich zitiere meinen Lieblingsdichter. ›Der wahre Weg geht über ein Seil, das nicht in der Höhe gespannt ist, sondern knapp über dem Boden. Es scheint mehr bestimmt, stolpern zu machen, als begangen zu werden‹.«

Ein Seil spannen und den Jupp darüber stolpern lassen? So einfach sollte das sein? Am besten könnte ich ein Seil auf dem Flur draußen direkt vor der Treppe spannen, denn wenn der Jupp in seine heißgeliebte Kneipe ging, dröhnte der die Stufen immer runter und achtete nie auf nix.

Aber nee, und das kam mir zum Glück in letzter Minute noch in den Sinn, dat ging ja überhaupt nich, denn der Belag von der Treppe war ja aus Linoleum, wie bei uns auf dem Klo, und bei so einem weichen Zeugs, da würde den Jupp nur mit ganz viel Glück was richtig Schlimmes passieren; da könnte ich ja gleich den Teppich von der Esmahan ausrollen, wo auch schon die Ilse dran gestorben war. Nee, den Jupp im Rollstuhl pflegen, das wollte ich nun auch nicht. Also wenn schon, denn schon und ganz richtig tot!

Nachdem ich der Emma das klargelegt hatte, putzte die sich die Schlagsahne vom Mund, nahm einen Schluck Kaffee, wackelte mit dem Kopf und sagte: »Martha, der Dichter will damit zum Ausdruck bringen, dass das Leben nicht so einfach zu bewältigen ist, wie wir gemeinhin glauben. Das Leben ist keine Seiltänzerei. Du zum Beispiel bist den langen Weg mit deinem Jupp bisher sehr gut gegangen; ihr habt bisher eine wunderbare Balance in eurem Leben gehalten. Und ihr habt das Seil am Boden wohl stets bemerkt, denn sonst würdet ihr ja nicht mehr zusammen sein. Doch wenn nun so ein Seil, also zum Beispiel die kranke Prostata von deinem Jupp, nicht mehr zu übersteigen ist, dann musst du alles daransetzen, auch dieses Stolpern zu vermeiden.«

»Soll ich den Jupp dat Seil etwa wegnehmen? Wie komm ich denn ran an den seine Prostata? Und wird dat dann wirklich besser für meine Libido?« Fragen über Fragen.

Die Emma packte sich auf meine Einlassung hin ihr drittes Stück Erdbeertorte auf den Teller und wackelte wieder mit dem Kopf hin und her und sah ganz unglücklich aus, als sie sagte: »Martha, ich fürchte, mit allgemeinen Ratschlägen komme ich bei dir nicht weiter.«

Da hatte sie recht. Jetzt musste Butter bei die Fische.

Und die Emma hörte mit dem Kopfwackeln auf, als ob sie eine Eingebung hätte, und sagte: »Martha, hast du es bei deinem Gatten schon einmal mit guten Medikamenten versucht? Wenn jemand erektile Dysfunktionen hat …«

»Wat is? Wat is? Nun red ma wie alle hier inne Siedlung. Du bist nix Besseres wie wir … Meinze etwa, wenn einer kein mehr hochkricht? Tusse dich etwa für schämen, so wat zu reden?«

»Martha, die Medizin hat auch bei solch delikaten Hinfälligkeiten gewaltige Fortschritte gemacht.«

Da hakte ich aber sofort nach: »Auch die Medizin in Schalke-Nord, hat die bei solche Delikatessen auch Fortschritte gemacht? Der Doktor Krahwinkel vonne Üchtingstraße mit seine Praxis anne Bahnschranke etwa? Der is halbblind und weit über siebzig, weil der kein Nachfolger findet. Macht der auch noch köstliche Fortschritte?«

»Martha, du musst deinen Gatten zum Urologen schicken.«

»Der Jupp sacht immer, Ärzte sind Verbrecher; bei die gehst du kränker raus, als du gesund reingegangen bist.«

»Dann musst du eben mit reingehen.«

»Dat ist ja dat Problem; der Jupp geht nirgendswo mehr rein, ob mit oder ohne mir.«

»Und wenn du ihn in ein Heim gibst? Am Kanal Richtung Wanne, ganz in der Nähe vom Zoo, da wird demnächst eine moderne, sehr exquisite Seniorenresidenz eröffnet.«

»Aber Täubkes sind da bestimmt nich erlaubt, und sonne Seilscheibe in den Park von sonne schmackhafte Residenz – dat kann ich mir echt nich vorstellen.«

»Du Dummerchen«, hat die Emma daraufhin nur gesagt und ein Grüppchen Kuchenkrümel von ihrer Bluse gewischt.

»Ich kann nimmehr«, habe ich gerufen, »bei mir is doch untenrum immer so hitzig, immer!«

»Du bist eben eine große Ausnahme, Martha, du bist etwas ganz Besonderes.« Die Emma wollte mir ganz offensichtlich schmeicheln und mich einwickeln, denn ziemlich geschickt wechselte sie das Thema: »Martha, dir geht es doch gut, was willst du noch, man kann nicht alles haben im Leben. Als ehemaliger Bergmann bekommt dein Gatte doch eine gute Rente, und von der Abfindung habt ihr sicherlich auch noch etwas von übrig.«

»Dat wär mir neu! Davon haben nur die Kneipen in Schalke-Nord wat von. Und der Taubenvadderverein.«

»Martha, falls du dem Druck untenrum wirklich nicht mehr standhalten kannst: Es gibt auch für Frauen bestimmte Einrichtungen.«

»Ich soll innen Puff gehen?!«

»Das wäre zumindest eine Ultima Ratio.«

»Eine wat? Nee, die Zeiten sind lange vorbei. Rationen gab es im Krieg, als ich noch Jungfrau war. Da war alles rationiert, sogar die Männekes, weil die im Kriech waren oder tot; oder Arm app, Bein app, Hirn und Klöten weggeschossen mit Panzerfaust von dem Russen. Aber verdient war dat ja alles, konnt der Russe nix für, wir ja hatten angefangen, dat sacht der Igor in unsere kuschelige Siedlung auch immer! Und der Igor muss dat wissen, der kommt ja ursprünglich vonne Wolga.«

»Martha, falls es dir besser auskommt, kannst du dir auch einen Callboy nach Hause bestellen.«

»Dat geht aber nur, wenn der Jupp in seine Kneipe oder bei seine Täubkes is. Oder seine Seilscheibe am Scheuern. Also eigentlich immer. Klasse Idee, Emma!«

»Ich stelle dir gerne mein Schlafzimmer dafür zur Verfügung. Hauptsache, ich weiß dich in Sicherheit, man hört ja so viel von Notzuchten heutzutage wieder.«

»Ja, wenn dat mal so wär, dann bräucht ich mich nich kümmern in mein Alter.«

Die Emma sah mich mit strafendem Blick an. Da war ich wohl echt en Stücksken zu weit gegangen; das heißt, meine Libido, die aus mir gesprochen hatte, war zu weit gegangen. Die konnte sich einfach nicht beherrschen. Verdammig aber auch, wat die sich rausnahm! Also sagte ich ganz ernst: »Nee, nee, wenn ich's recht bedenke, Emma, ich bin zwar eine moderne, aber keine unanständige Frau. So habe ich dat mein ganzes Leben lang gehalten, wenn auch manchmal wehtat.«

»Martha, was willst du eigentlich? Könnte es sein, dass du schizophren bist?«

»Wat soll ich sein?« Doch bevor die Emma antworten konnte, kam mir der Spruch von vorgestern vom Abreißkalender in den Sinn. »Emma, ›wenn wir bedenken, daß wir alle verrückt sind, ist das Leben erklärt‹. Wat meinze dazu?«

»Martha, es ist besser, eine unanständige Frau und befriedigt zu sein, als dass du deinen Gatten umbringst und lebenslänglich ins Gefängnis gehst. Und das Schwerter Frauengefängnis ist mit den öffentlichen Verkehrsmitteln auch nicht einfach zu erreichen, als dass ich dich da jeden Tag besuchen könnte.«

»Aber wegen emotionale Zwangssituation, da krich ich doch höchstens fünf Jahre. Dat haste gesagt, dat haste gesagt!«

»Martha, du brauchst dringend eine Auszeit. Fahre bitte in Urlaub. Alleine. Die Hoffnung stirbt zuletzt …«

An sowas hatte ich überhaupt noch nicht gedacht. Aber dann kamen sofort dicke Zweifel: »Und wer kocht dann für den Jupp, wer macht den morgens den Kaffee und abends die Sauerländer heiß, wer bezieht die Betten neu? Der Jupp schwitzt nämlich immer so. Und wer kümmert sich um die ganzen gelben Flecken?«

»Martha, wofür sind wir Freundinnen!«

»Dat würdest du tun für mich?«

»Mache du eine schöne Reise, genieße die Zeit. Und wenn du zurückkommst, siehst du die Welt mit ganz anderen Augen.«

Bei näherem Licht besehen, sah ich das wirklich mit anderen Augen. »Emma, Schrubber und Lappen stehen hinter der Tür im Klo! Ich geh dann ma zum Reisebüro.«

»Martha, ich komme zurecht. Und dein Ehemann wird bestimmt nichts dagegen haben, wenn du ein paar Tage ausspannen möchtest. Ich kümmere mich sorgsam um deinen Gatten. Ihm wird an nichts fehlen.«

Hat er dann auch nicht gehabt, der Jupp. Also nix gegen meine Pläne. Der Jupp hat nicht mal gemerkt, dass ich die Koffer packte und die Tür hinter mir zuzog. Hauptsache, da war irgendeine Olle, die dem was auf den Tisch brachte und das Klo wischte.

Gebucht hat mein Urlaub dann der Tommi, was ja bekanntlich mein Großenkel und ein guter Junge ist, der sein tägliches Taschengeld bei mir abholt, damit er den Menschen von den Bermuda helfen kann. Für seine Hilfe für mich mit den Welan, wo der gebucht hat, habe ich dem Tommi dann einen Extra-Hunni in die Hand gedrückt, damit der sich auch mal eine Übernachtung im Dreieck von Bermuda leisten konnte; allerdings mit dem Befehl, dass er seiner lieben Großomma von den Koralleninseln auch mal eine Postkarte schicken täte.

Daraufhin ist der Tommi stutzig geworden. »Aber Omma, dat Bermuda-Dreieck, dat is doch in Bochum.«

Da war ich vielleicht platt: »Wie, hat schon wieder sonne Erdverschiebung stattgefunden? In welchen Zeiten leben wir denn? Dann rück die Knete ma schön wieder raus.«

Der Tommi daraufhin: »Geschenkt is geschenkt, Omma, und wiederholen is gestohlen.«

Da hatte er nun auch wieder recht, und so verbrachte ich eine Woche Winterurlaub im Zillertal, und dort habe ich die nächste Stoorie selber erlebt.

Die ist sozusagen aus allererster Hand.

Darm ohne Charme

Tolles Wetter. Viel Schnee. In Tirol fing alles gut an, denn die Tiroler sind ja bekanntlich lustig. Und erst der Skilehrer! Der war vielleicht fesch. Also im Zillertal blühte ich so richtig auf. Genau wie die Emma das vorhergesagt hatte. Und meine Libido auch. War klar. Die spielte total verrückt bei dem Einzelunterricht von dem Skilehrer. Obwohl der mich ganz gemein links liegen ließ. Höchstens mal so Küsschen rechts, Küsschen links; mehr ließ der nicht zu; dabei hatte ich mich bei uns in Gelsenkirchen auf der Bahnhofstraße noch extra mit dem letzten modischen Pistenschick ausgerüstet.

Nach drei Tagen war mir dann klar, dass ich den Skilehrer sowieso nicht ranlassen würde. Ja, den würde ich sowas von abblitzen lassen, falls der doch noch der Geruch aufnehmen täte. Wenn die Tiroler so wählerisch waren – dann eben nix mit Fremdgehen. Schließlich war ich ja amtlich verheiratet und der Jupp immer noch unter die Lebenden. Ich verschloss also mein Herz, obwohl hier auf den Hängen Pistensäue runterpreschten, dat kannze nich glauben …

Auch beim Après-Ski lief verdammig wenig. Völlig unverständlicher Weise, weil ich mich für die Abende in der Dorfbar jedes Mal ziemlich aufgebrezelt hatte und sogar im Mini mit scharfen Strapsen erschienen war. Die Männer waren alle wie vom Donner gerührt. Im Nachhinein denke ich ja so: Vielleicht doch ein Tacken zu viel mit die schlanken Schenkel.

Ich erholte mich trotzdem, denn Schnee beruhigt ja bekanntlich und gibt neue Kraft. Am vorletzten Tag traute ich mir sogar für die allerletzte Schussfahrt des Tages den allerhöchsten Berg zu, ganz alleine, dreitausendvierhundert Meter, den Hintertuxer Gletscher. Das Problem war nur, dass im Lift nach oben plötzlich mein Darm verrücktspielte. Zumindest einer der Zillertaler Käsespätzle aus der Mittagspause hatte was Fieses ausgelöst in mir; das mit den Windungen im Unterleib wurde auf jeden Fall immer verkrampfter. Schitt häppens im wahrsten Sinne des Wortes.

Was tun? Ich saß ja im Lift und musste höllisch auf den ziemlich klapprigen Sicherungsbügel achten, durch den kleine Gestalten garantiert durchrutschen könnten, wie ich als Gattin eines Steigers, der sogar einmal Sicherheitsbeauftragter gewesen war, natürlich sofort erkannte.

Ganz oben gab es nicht mal ein Plumpsklo. Nur Lifthütte. Ich also ganz fix hinter die Hütte, neben mir die Hüttenwand, unter mir der Abgrund, tausend Meter freier Fall. Musste alles ruck, zuck gehen, bevor einer auf die Idee käme, hier auch auszutreten. Ich also Skihose runter, lange Unterhose runter, und … wat für eine Erleichterung!

Danach hielt ich nach Klopapier Ausschau. War aber schwierig an der Rückwand einer Lifthütte. Andersrum gesagt: War aussichtslos. Wat nu? Schlimmste Unterkühlungen drohten, würde ich die beiden Hosen nicht sofort wieder hochziehen. Wollte mich der liebe Gott etwa hinter einer Lifthütte einsam erfrieren lassen, obwohl ich doch so enthaltsam gegen den Kitzel der wogenden Versuchung angekämpft hatte?

Apropos Kitzel. Da fiel mir doch prompt in meine Not eine Notlösung ein: meine hitzige Libido. Jetzt könnte die mal zeigen, was die alles drauf hatte. Durch der ihr Feuer könnte ich doch der Unterkühlungen Herr werden, und so stellte ich mir sowas von prompt den Skilehrer völlig nackig vor. Danach war gut und überhaupt nicht mehr kalt. Eher das Gegenteil!

Dies Problem war also gelöst, aber immer noch kein Klopapier in Sicht. In Ermangelung anderer Eventualitäten kam ich auf die Idee, mir eine Handvoll Schnee zu packen. War aber eine Schwachsinnsidee, wie ich Sekunden später begriff. Auf eisigem Grund rutschten mir bei die Schneepackerei die Ski weg, und es ging rapide bergab, und ein neues Problem tauchte auf: Wie sicher fahren mich meine Ski auf Schussfahrt ins Tal?

Die Frage war überflüssig, wie sich herausstellte, als die erste riskante Schräge kam. Also, eigentlich bestand das ganze Gelände nur aus riskanten Schrägen, und im ungebremsten Schussfahren mit runtergelassenen Hosen in den Kniekehlen hatte ich bisher keine Erfahrung gemacht.

Während der gut zwei Kilometer steilen Abfahrt, schloss ich also mit mein Leben ab und musste dabei an das Lieblingslied von mein Jupp denken, vor allem an die letzte Strophe: »Glück auf, Glück auf ... wir tragen dat Leder vor dem Arsch bei der Nacht und saufen Schnaps und saufen Schnaps!« – Auf den Schnaps geschissen, aber Arschleder wäre gut gewesen.

War aber nicht zur Hand, und deshalb unterkühlte sich mein Ärschlein zur eisigen Arschbombe, je weiter es runterging. Bis mich ganz unten dann endlich ein riesengroßer Hinkelstein hilfreich zum Stoppen zwang, wofür ich ihm auch ewig dankbar gewesen wäre, wenn nicht meine Ski und ein Arm dran glauben hätten müssen.

Nur ein Arm! Glück im Unglück sozusagen. Jedenfalls, ich hatte überlebt und genoss den letzten Tag von meine Zillertaler Auszeit mit Gipsarm, Sonnenbrille, einem Latte Macchiato und ohne Ski in allertiefsten Zügen.

Und meine Libido? Die hatte ich vermutlich hinter der Lifthütte arg überfordert. Die war jedenfalls völlig groggy und hatte sich zurückgezogen.

Aber nicht lange. Denn, wat sach ich, wie dat Leben eben so spielt: Wer humpelte mir da so auf ein Gipsbein entgegen und fragte, ob er den Liegestuhl neben mir ...? Genau, mein Traummann! Sozusagen aus dem Nix entsprungen, und die große Philosophin Emma hatte mal wieder recht mit ihren intellektuellen Sinnsprüchen behalten: Die große Liebe kommt meist umme Ecke, wenne selber ma nich dran glauben tust, aber wenn die umme Ecke kommt, dann musse voll bereit sein. Die Emma hat das zwar schwülstiger, in ihrer naturgemäß geschraubten Art dahergeschwafelt, aber letztlich kam es aufs Gleiche raus.

Aber war ich bereit? Ich hatte doch noch den Jupp am Bein mit seinen zwei heilen Beinen und seiner kaputten Prostata. Aber man muss auch mal über seinen Schatten springen können bei der ganzen Wogerei mit den Versuchungen. Wenigstens einmal. Einmal war nämlich keinmal. Und Urlaub zählte sowieso nicht. Also: Ich war bereit! Das heißt, meine Libido, die sich natürlich prompt aus ihrer Zurückgezogenheit zurückmeldete. Und mit wat für eine wogende Wucht!

Ich malte mir angesichts meines humpelnden Traummannes sofort aus, wie der Jupp, wenn ich zurück war, unglücklich über den Perser von der Esmahan stolpern würde, den ich, glücklicherweise, muss man sagen, nicht zum Sperrmüll, sondern im Keller gebracht hatte, nachdem die Ilse … Und dann, nach einem klitzekleinen Trauerjährchen, da könnte ich den Willi heiraten. Denn so hieß nämlich der große, saustarke Kerl, der sich, ohne meine Antwort abzuwarten, auf die freie Liege neben mich wälzte.

Gottverdammig, ich spürte dieses ominöse Kribbeln, und wie sogar meine Härchen unter den Achseln zu kitzeln begannen bei so viel ungewohnter Nähe! Die müsste ich mir demnächst ausrasieren, dachte ich noch, wie überhaupt: alles ratzekahl kahlrasieren, denn das macht die moderne Frau heute so! Und manche Männer sogar auch. Warum dat? Man weiß es nich …

Jedenfalls, meine Libido geriet in einen äußerst unruhigen Zustand, zumal der Willi auch noch aussen Ruhrpott kam, und genau wie die Emma es gesagt hatte, von quasi umme Ecke, nämlich aus Herten-Süd. Und der war auch mal Steiger gewesen, auf Zeche Ewald, die natürlich auch schon lange zu war. Und der war seit einem Jahr Witwer. Und Täubkes zum Schmusen und Seilscheibe zum Scheuern hatte der auch. Da passte einfach alles zwischen uns zusammen.

Fast alles …

Jedenfalls, der sah gut aus, wie Kumpels aussen Pott eben so aussehen, selbst ein mit siebenundachtzig Lenze. Ein echten Pfundskerl. Bissken gebrechlich zwar aufs Ganze gesehen, wofür auch sein Gipsbein sprach, was der trotzdem recht unverkrampft mit sich rumtrug. Und vor allem: Der Willi würde garantiert nicht im Stehen pinkeln, der musste sich setzen, schon wegen sein Gipsbein.

Als Pottler duzten wir uns natürlich von der ersten Sekunde an und sangen bereits gemeinsam, bevor der erste Obstler überhaupt aufen Tisch kam: »Jau, und wir tragen dat Leder vor dem Arsch bei der Nacht, rattata, und saufen Schnaps, und saufen Schnaps, rattata!

Höflichkeitshalber fragte ich zwischendurch mal, wie das mit sein Bein denn so geschehen wäre. Eine ganz lange Geschichte, meinte der Willi. Um die kurz zu machen: Der Willi war mit einem dieser Lifte den Berg raufgefahren, und was er da ganz oben auf dem Berg gesehen hatte, das hatte ihn ganz tief erschüttert: eine Frau auf Schussfahrt, mit runtergelassene Hosen und Schleifspur.

Während der Willi die Geschichte erzählte, wurde ich immer stiller, weil, den sein Lachen ging ja voll auf mein Konto. Doch dann plötzlich wurde der Willi ernst, fast wütend sogar: »Durch den Schreck hab ich dat Gleichgewicht verloren und bin aus diesem scheiß Sessel rausgerutscht, unter den Bügel durch, satte drei Meter tief, bin um Haaresbreite neben son Felsen aufgetupft, zum Glück nur dat Bein und die eine Rippe. Wenn ich die Olle mit die Kackspur erwischen tu! Die kann aber wat erleben!«

Ich überlegte kurz und entschloss mich, in Beziehungsfragen zukünftig offen und ehrlich zu sein. »Nur wer wahrhaftig ist, kann darauf aufbauen«, sagt die Emma ja immer. Und so sagte ich mit allem Ernst, der mir zur Verfügung stand, zum Willi: »Die Olle mit die Kackspur, dat war ich.« Und ich lächelte den Willi an mit allem Charme, den ich zusammenkratzen konnte. Ich glaube, es war das schönste Lächeln meines Lebens.

Der Willi sah mich lange an und ich unsere gemeinsame Zukunft schwinden. Wieder mal dumm gelaufen, dachte ich, im wahrsten Sinne des Wortes eine Chance verschissen, und ich malte mir meine kommenden letzten Lebensjahre aus, einsam und verlassen in einem Zechenhaus mit versautem Klo.

Da stand der Willi plötzlich auf und küsste mich. »Kack egal! Willze mich heiraten?«

Meine Libido tanzte spontan einen fetzigen Rock 'n' Roll, wie damals mit den Jupp vor unser Verehelichung in der Eisbar neben dem Apollo-Kino aufe Bahnhofstraße, wo heute so ein Glitzershop drin ist. Und aus dem Hintergrund erklang Andrea Berg. Mit mein Lieblingslied: »Die Nacht is jede Sünde wert, und im Mondlicht sind wir zwei ganz ungestört.« War zwar noch kein Mondlicht, aber trotzdem gut.

Klar, dass ich anschließend den Willi mit aufe Bude in der Pension nahm. Und der Willi, der konnte vielleicht poppen. Irre! Also, für seine klapprigen Verhältnisse konnte der irre poppen, denn das Gipsbein und die kaputte Rippe waren ja schließlich mit zu berücksichtigen. Dazu gesellte sich natürlich noch mein gebrochener Arm. Dat war vielleicht ein Kuddelmuddel! Und dann noch die Schreie von den Willi. Also wegen seine gebrochene Rippe und die wilden Verdrehungen von den sein Gipsbein und mein Gipsarm auf den sein Kopf. Wir waren wie Sodom und Gomorra. Zu Salzsäulen erstarrt in kürzester Zeit. Und mit Orgasmus war schomma gar nix. Bei die ganzen Behinderungen, die wir berücksichtigen mussten, doch verständlich, oder? Wir haben es dann bei sparsamen Streicheleinheiten an unsere empfindlichsten Teile belassen. Wobei, die Teile zu ertasten, das war, bei rechtem Licht besehen, bei dem ganzen Gipskuddelmuddel in unserer Liebesnacht eigentlich dann doch auch eine harte, traurige Nuss der Unmöglichkeit gewesen, die wir nicht knacken konnten …

Jedenfalls, die Nacht bis zum nächsten Morgen, an welchem für mich Abreise anstand, träumte ich vor mich hin. Davon, dass ich mich von den Jupp scheiden lassen oder den nun endlich über die Emscher schicken würde, dann den Willi heiraten und mit den ein glückliches Leben führen bis an unser beider Ende …

Die ganze Nacht ist mir kein Auge zugefallen. Und als mir dann doch mal erst das eine und danach das andere ganz kurz zufielen, danach, ja, danach da war der Willi weg! Diese feige Socke! War nur auf son Standby ausgewesen! Hat sich gar nicht für mich als menschliches Wesen interessiert! Nur für meine Libido! Der ganze Erholungsurlaub war also für die Katz. Von meine seelischen Verletzungen als moderne Frau gar nicht zu reden …

Und der Jupp lebte immer noch!

Jetzt muss der Jupp erst recht weg

Als ich von meinem Ausflug in die Tiroler Berge zurück war, ließ ich mich sofort auf mein Sofa fallen. War ganz allein mit mir. Der Jupp war in der Kneipe. Oder bei seine Täubkes. Oder bei seine Seilscheibe. Und die Emma, bei der ich angeklingelt hatte, um unseren dritten Wohnungsschlüssel abzuholen, den ich der gegeben hatte, die war auch nicht da.

Also ging ich Klo kucken: Schale, Fliesen, Linoleum – alles pikobello. So, wie ich sie verlassen hatte.

Wie hatte die Emma dat nur hingekricht?

Mir wurde ganz melancholisch. Ich nahm mir ein Kissen und lehnte mich aus dem Fenster. Und was war da draußen: Nix! Kein Arsch auf der Straße. Alles wie ausgestorben. Kein Bello, der auf den Bürgersteig kackte, keine Esmahan, die auf den seine Kacke ausglitschte. Keine Woche weg, und schon war sie nicht mehr dieselbe, meine kuschelige Zechensiedlung in Gelsenkirchen-Schalke-Nord. Als ob es die gar nicht mehr geben würde.

Ich konnte das Elend nicht mehr schauen, ging weit weg vom Fenster, holte mir den Wacholder, dachte: So kann eine anständige Frau auch zum Alki werden. Dann griff ich zu den gelben Seiten und suchte nach Callboys. Fand aber keine. Und Frauenpuff stand auch nicht drin.

Weiter kam ich nicht, denn ich roch den Jupp seine Fahne schon, als der die Treppe im Flur hochkroch.

»Wo warste?«

»Hasse mich nich vermisst?«

»Dat Meckern schon.«

»Dat ich ein gebrochenen Arm hab, interessiert dich nich?«

»Besser wären zwei, dann würdeste nämlich nich mehr aufen Klo rumkrauchen mit dein Pipivernichter.«

Was war nur los? So viele Silben hintereinander hatte der Jupp unaufgefordert doch noch nie geredet, so weit ich mich erinnern konnte, bestimmt seit unsere Hochzeit.

»Jupp, ich bin ab sofort eine moderne Frau.«

»Hasse ein anne Waffel!?«

Direkt nach der Waffel drehte der Willi sich um und ging aufs Klo. Ich hinter den her, um zu kucken, ob die Emma es vielleicht doch geschafft hatte, den zu erziehen.

Hatte sie aber nicht. Wie immer daneben!

Ich griff zum Lappen, tunkte den in die Regentonne mit das Sagrotan und wischte. Auch wie immer. Aber die Frage aller Fragen war noch offen, denn das Klo war ja vorher picobello gewesen.

»Samma, hat die Emma auch immer hinter dir her geputzt?« Ich kuckte zum Jupp hoch, da ich mich mittlerweile hingekniet hatte, damit ich auch mit der Zahnbürste um die Keramik herum mit meine Chemie gut an die Ränder kam.

»Jau, die Emma, die hat mein Schniedel immer punktgenau Richtung Schüssel ausgerichtet.«

Wenn meine Knie das mitgemacht hätten, wäre ich in die Knie gegangen, wenn ich nicht schon auf die Knie gewesen wäre … Oder an die Decke. Wie das HB-Männchen vor ewigen Zeiten. So aber musste ich mich an der Schale hochhieven, und während dieses Vorganges dachte ich nach. Was hatte die Emma gemacht? Den sein Schniedel ausgerichtet? Die große Philosophin!? Da taten sich Welten auf vor mir …

Als ich endlich auf meine Füße stand, war der Jupp schon wieder weg, seine Täubkes füttern. Ich wieder hinter den her. Mitten auf sein Schlag, da habe ich ihn gestellt, zwischen das ganze Gegurre von die Viecher.

»Wat hat die Emma genau gemacht?«

»Den ausgerichtet und danach Klopapier genommen.«

»Wofür?«

»Um den trocken zu wischen.«

»Und?«

»Kein Tropfen auf dat Linoleum.«

»Und auf die beigen Fliesen?«

»Auch kein Tropfen.«

»Und dann?«

»Wieder inne Hose verfrachtet.«

Eine Minute später stand ich vor der Tür von meine Freundin Emma. Jetzt war die da. Als die offen machte, nahm ich feindselige Haltung an.

»Emma, wir müssen wat klären.«

»Martha, liebste Freundin. Schon wieder zurück?«

Klar, die hatte sich gewünscht, ich wäre länger weggeblieben.

»Du Arme, was hast du denn mit deinem Arm gemacht?«

Ich holte ganz tief Luft, aber die Emma, die ließ mich einfach nicht zu Wort kommen.

»Sei froh, dass es nur der Arm ist. Es hätte auch etwas anderes sein können.«

Mein Kopf wahrscheinlich. Ja klar, dann hätte die Emma freie Bahn bei den Jupp gehabt. Aber nicht mit mir, so wahr ich Martha Kowalski, geborene Woitkowiak, hieß und aus Gelsenkirchen-Schalke-Nord kam.

»Martha, hast du dich nicht gut erholt? Im schönen Zillertal kann man sich doch nur gut erholen, so angenehm wie es da ist. Bis auf deinen Arm natürlich. Doch falls es dir ein Anliegen sein sollte, bei mir Trost zu finden, ein berühmter Grieche dozierte einmal: ›Harre aus im Unglück, denn oft hat schon, was im Augenblick als Unglück erschien, zuletzt großes Glück gebracht.‹«

Die Emma ihr Gesicht, das verstellte sich immer hochnäsiger bei der ihr Gesülze, fand ich.

»Martha, ich glaube ja …«

»Wat du glaubst, dat geht mir voll am Arsch vorbei, halt ma endlich deine philosophische Hackfresse, Emma«, unterbrach ich das Geschnatter.

»Liebe Martha, geht es dir nicht gut, hast du dir etwa auch noch ein Schädel-Hirn-Trauma zugezogen?«

»Du hast dich während meine Abwesenheit an den Jupp vergangen, und zwar ganz schwer!«

»Aber Martha, du hast mich doch selbst darum gebeten.«

»Aber nich den sein Schniedel anpacken.«

»Martha, es ist wirklich nichts gewesen zwischen deinem Gatten und mir. Ich versichere es dir!«

»Und dat mit den sein Schniedel seine Ausrichtung auf die Schüssel – punktgenau?«

»Martha, ich habe mich ganz schwer überwinden müssen, das Genital von deinem Ehemann anzufassen.«

»Wieso dat denn? Is dat noch schrumpliger geworden, als dat vorher schon gewesen war?«

»Nein, Martha, die Abneigung gegen den Jupp deines Gatten hat einen anderen Hintergrund. Ich habe ein Geheimnis …«

Der großen Philosophin Emma fehlten auf einmal völlig die Worte. Einmalig!

»Martha, ich bin lesbisch.«

»Dann is ja alles in Butter.«

»Du hast keine Vorurteile?«

»Mit wem haste wat?«

»Du kennst sie.«

»Spuck aus!«

»Es ist Esmahan.«

»Wat, die Esmahan? Haste ma gesehen, wenn die den Schleier lüftet? Dat sieht aus wie hinter die Gardinen im Wohnzimmer, wenn du da mal ein Jahr nich den Staub geputzt hast. Glaub ich wenigstens …«

»Ich liebe ihren Gang, ihre Gestik, ihr Gewese …«

»Den fliegenden Teppich auch?«

»Martha, es ist eher platonisch.«

»Sonne Art Fernbeziehung?«

»Martha, Platon war ein berühmter Grieche. Platon war gewissermaßen die Geistigkeit selbst.«

Jetzt fing die schon wieder an …

»Wat hat denn der Grieche mit die Esmahan zu tun?«

»Martha, Platon hat uns zusammengeschweißt.«

»Dat Schwein, gleich mit zwei Frauen. Wo find ich den? In den Gyros von den Odysseus und die Ismene bestimmt. Den knöpp ich mir vor.«

»Martha, du verstehst nicht …«

Und dann bot mir die Emma ein Stück von ihrem frisch gebackenen Frankfurter Kranz an, und wir waren wieder Freundinnen, und als ich bei der Emma aus der Tür trat, da bekam ich eine Eingebung, vielleicht auch durch Genuss der leckeren Buttertorte, denn auf dem Stock von der Emma wohnten ja auch die Libanesen. Und bei denen habe ich angeklingelt, habe einfach draufgedrückt auf die Klingel, ja, habe gar nicht mehr aufgehört, da draufzudrücken.

Frag doch mal die Mafia! Das war meine Erleuchtung!

Die Mafia hat doch jahrtausendelange Erfahrungen, wie man Leute am besten über Abwässer schickt, in Wuppertal über die Wupper oder in Jordanien über den Jordan und bei uns eben über die Emscher. Und die Libanesen sind doch auch so ein Fall von Camorra, wie man in der WAZ immer lesen kann. Und die tummeln sich gerne rum in unsere Gefilde, dat glaubt man nich, wie! Soll zwar auch gute Libanesen geben, aber die sind dann freiberuflich von der Mafia einbestellt.

Der Libanesen-Chef öffnete mir persönlich die Tür. Der glotzte mich vielleicht an, als ich höflich, aber bestimmt mit meinem Wunsch aufwartete, dass der mal kurz anordnen solle, den Jupp über die Emscher zu schicken.

»Chef, hier sind schomma fuffzig Euro. Wenn der Jupp dann tot is, leg ich noch ne ordentliche Schüppe drauf.«

Da hat der nicht mehr dumm gekuckt, sondern mir gesagt, ich solle mich in Ückendorf auf der Bochumer Straße einfinden und da ein schönen Gruß von ihm bestellen. Dann hat der die fuffzig Euro genommen und mir die Tür vor der Nase zugetreten. Und sowas nennt sich Nachbar.

Aber das Benehmen von dem habe ich mir sowas von gemerkt, was später dann noch Folgen hatte!

Jedenfalls, ich schleunigst mit die Öffentlichen nach Ückendorf, so schleunigst das mit die Öffentlichen geht, alle angequatscht, die da rumliefen, keiner kannte den Libanesen-Chef, nix mit Mafia, nix mit Camorra, dafür aber mindestens zwanzig Galerien für Kunst und so. Habe dann irgendwo angekloppt, weil es ja den Künstlern an sich, wie man so hört, finanziell nicht immer gut gehen soll. Hat son Zausel aufgemacht; dem hab ich dreißig Euro hingehalten, weil, so üppig ist es bei mir ja auch nicht, und den gefragt, ob der sich die verdienen wollte. Bräuchte sich nur mit den Jupp beschäftigen, als eine Art totes Kunstobjekt quasi. Der hat mir die Tür vor der Nase zugetreten, genau wie der Libanese. Dabei hatte ich immer gedacht, Künstler seien anders.

Den ganzen Weg von den Künstlern zurück in unserer kuscheligen Siedlung habe ich rumgegrübelt, und auf der Kurt-Schumacher-Straße, gar nicht weit von der Glückauf-Kampfbahn, da fiel es mir wie Schuppen von den Augen: Mafiatorte! Ich ging nämlich gerade an den Luigi seine Pizzabude vorbei. Ich bei dem rein und … voll auf die Zwölf.

»Martha, null Problemo mit dein Jupp, machen Kollega. Du tun denen klein Gefallen, die tun dir klein Gefallen, ich mach Vermittlung und ich nix löhnen Schutzgeld halbes Jahr.«

Gebongt! Habe sofort eingeschlagen in den Handel. So muss dat laufen. Kein pisseliges Gedröppel, sondern volles Rohr!

Schon einen Tag später stand ich in der hinterletzten Containerecke im Duisburger Hafen unter einer total bekleckerten Betonbrücke, zwei Anzugtpyen mit schwatte Gelhaare mir gegenüber. Ich müsste bloß an einem ganz bestimmten Tag in eine dicke Mülheimer Villa kommen, anne Ruhr, da wo die Millionärspinkel hausen; sollte eine Kneifzange mitbringen.

»Kneifzange nix Problem«, habe ich zu die Gelierten gesagt, »hat den Jupp Massen von in unser Keller, vonne Zeche.«

Daraufhin haben die Gelierten gegrinst, wie das nur Italiener so können. »Deal! Du Kneifzange, wir Jupp.«

Weihnachten auf Mafia-Art

Der Boden aus Carrara-Marmor glänzte, und nicht ein Staubkorn lag auf den alten Möbeln. Auf dem wuchtigen kalabrischen Holztisch mit den geschnörkelten Barockstühlen hatte ich immer schon mal vögeln wollen. Heute war der Tisch mit dem florentinischen Porzellan, noch aus Zeiten der Medici stammend, eingedeckt. Ihr Babbo, wie Maria ihren Vater nannte, hatte es uns zur Verlobung geschenkt. Dazwischen modernes Dekor, alles wunderbar aufeinander abgestimmt. Dafür hatte Maria ein Händchen. Leider nur dafür.

Ein dreiviertel Jahr waren wir nun verheiratet, aber noch nie hatte ich mit ihr geschlafen. »Weihnachten«, hatte sie letztens gesagt, »spätestens Weihnachten, ja? Ich brauche Zeit. Dann wird es auch richtig schön für dich. Lass dich überraschen.«

Ich stand auf der mehrfach gestuften Terrasse unserer Vorstadtvilla in Mülheim Ruhr, der Stadt im Revier, wo die Millionäre wohnen; ebenfalls ein Geschenk von ihrem Babbo, zur Hochzeit. Vor mir lag eine riesige Park- und Gartenlandschaft, in nur hundert Meter Entfernung schlängelte sich der Fluss. Am Fluss ein eigener Steg, ein großes Boot. Allein das Grundstück war zehn Millionen wert.

Alles könnte perfekt sein. Aber ich verstand Maria einfach nicht. Sie war so … mehrdeutig?

Ich blies mit dem Rauch meiner Zigarette Kringel in die Luft. Heute hätte ich in Wien sein können, bei einer meiner Ausweichfrauen, wie ich sie nannte, bei Bernadette, diesem blonden Vamp aus der Wirtschaftsredaktion der Wiener Zeitung, ihre Hände spüren, ihre Haut … Und dann würde ich sie bestrafen … Ich durfte gar nicht daran denken …

Als ich vorgestern eine vielleicht mögliche Geschäftsreise übers Wochenende erwähnte, da hat Marias Blick mich sofort umgestimmt. »Mio familia. Es ist der erste Advent. Und der Babbo will etwas bereden.«

Ich drehte mich um und schaute ins Haus. Inmitten des Kaffeetisches stand ein Adventskranz, einfach und schlicht aus Tannen gewunden, mit vier dicken roten Kerzen. Marias Zugeständnis an meine deutsche Herkunft.

Gerade betrat sie den Salon und legte Servietten zum Service. Sie trug die Haare offen, ihr Rock endete knapp über den Knien, und die Bluse war so weit geöffnet, dass der teure Spitzen-BH und ihre wunderschönen Brüste mehr als nur zu erahnen waren. Oh mein Gott, bis Weihnachten waren es noch vier Wochen. Auf den Mülheimer Straßen, um Schloss Broich herum oder an der Ruhrpromenade drehte sich jeder Mann nach dieser makellos schönen Italienerin um. Nach meiner Frau! Egal, in welcher Stadt sie shoppen oder spazieren ging. Doch all diese Typen wussten nicht, was ich wusste: Nicht immer ist drin, was die Verpackung verspricht. Kein Sex vor der Ehe, auf jeden Fall eine katholische Trauung, ich musste konvertieren und mindestens einmal in der Woche mit ihr nach Essen fahren und dort in den Dom gehen. Manchmal sogar nach Köln. Das alles hatte ich vor unserer Ehe in der Erwartung des Himmels klaglos hingenommen. Doch nichts hatte sich seither geändert.

Und das passierte ausgerechnet mir! Mit elf hatte ich meinen ersten Samenerguss, mit zwölf drei Freundinnen gleichzeitig, mit dreizehn meinen ersten Geschlechtsverkehr, und bald fand ich zunehmend Spaß daran, Mädchen auf den nackten Hintern zu schlagen. Meine Mutter hatte das von mir auch immer verlangt, und mein Taschengeld war daher immer gut bemessen gewesen. Später entwickelte ich ausgefeiltere Methoden. Ich sah zwar nicht aus wie Brad Pitt, aber Geld macht nun mal attraktiv.

Bei Maria wollte ich vorsichtig vorgehen, schließlich war sie meine Frau, und vor allem verfolgte ich mit der Heirat noch andere Pläne.

In unserer Hochzeitsnacht hatte Maria Migräne gehabt! Wie so oft später auch. Als ich glaubte, sie mit viel zärtlicher Rücksicht und unendlicher Geduld – so kannte ich mich gar nicht – ein paar Monate später doch soweit zu haben, klemmte sie im entscheidenden Moment mit ihren Schenkeln meine Eier ein. »Ich bin noch nicht soweit«, hauchte sie und zupfte verschämt ihr Seidennachthemd zurecht, das sie nicht einmal ausgezogen hatte. Während ich mich im Bad mit meinen Phantasien zufriedengeben musste, betete Maria Rosenkränze. »Ich brauche einfach Zeit, Liebster.«

Geredet hatten wir, unendlich viel sogar. Und dann hatte sie einmal ganz traurig geflüstert: »Ich wollte das alles nicht.« Was sie nicht wollte, habe ich bis heute nicht herausbekommen. Maria blieb mir fremd und rätselhaft. Irgendwann war mir das häusliche Wundreiben zuwider geworden.

Na ja, vielleicht würde der morgige Sonntag zumindest kein komplett vergeudeter Tag werden, möglicherweise akzeptierte mein Schwiegervater endlich mein Kooperationsangebot.

Ich musste grinsen, denn bei rechtem Licht betrachtet war es schlicht und ergreifend eine feindliche Übernahme. Immerhin war ich stolzer Eigentümer eines gut aufgestellten, europaweit arbeitenden Hochbau-Unternehmens, das auch auf dem Finanzsektor ziemlich weit oben mitspielte. Wenn alles gut ging, würde ich die Firma meines Schwiegervaters noch vor Weihnachten schlucken. Dafür nahm ich sogar die keusche Maria in Kauf, zumindest bis zur Übernahme.

Und auch diese Bauarbeiten, die seit einer Woche fürchterlichen Lärm mit sich brachten, würde ich bis dahin ertragen. Maria hatte auf einer neuen Garagenanlage bestanden, weil ihr Fuhrpark immer größer wurde. Mein bestes Stück rührte sie nicht an; dafür fuhr sie Ferraris, Lamborghinis, Maseratis und Alfa Romeos. Manchmal hatte ich den Eindruck, Maria spielte mit mir. Aber warum?

Ich ging hinein und sah, wie sie die erste Kerze am Adventskranz anzündete. Advent, Advent, ein Lichtlein brennt. Ich lachte in mich hinein. Erst eins, dann zwei … Montag flog ich nach Lyon, da würde ich mit Mireille meinen Spaß haben, Mittwoch war Alva in Stockholm dran, am Donnerstag würde ich es Kjersti in Oslo besorgen, und wenn es zeitlich klappte, am Freitag Bernadette in Wien ein paar blaue Flecke verpassen … Maria mochte kalt sein, meine Woche würde auf jeden Fall heiß werden … Und drei, dann vier, und dann stand Weihnachten vor der Tür. Dann war Maria fällig. Ganz egal, welche Ausreden sie wieder haben würde.

Die Türglocke ging.

Ich atmete tief durch. Das hier war kein üblicher familiärer Adventsbesuch, und meine Schwiegermutter war gar nicht erst mitgekommen. Wir nippten an Kaffee und Grappa und schwiegen uns an. Nicht einmal die von Maria gebackenen Zimtsterne hatte jemand angerührt.

Mein Schwiegervater Daniele saß mir direkt gegenüber. Er war rund und dick wie das Riesen-Eishörnchen aus Plastik, das einmal vor Café Calabria, meiner Lieblingseisdiele in der Oberhausener Straße, gestanden hatte. Wie dieser lächerliche Kloß einer der größten Baumagnaten Italiens hatte werden können, war mir schleierhaft. Danieles Begleiter, Giacomo und Tommaso, die mir als Geschäftsfreunde vorgestellt wurden, waren hingegen jung, groß und stark. Mit ihren Designeranzügen, den schwarzen, zurückgegelten Haaren und den dunklen Sonnenbrillen sahen sie aus wie aus einem Mafiafilm entsprungen.

»Geschäfte, Geschäfte!« Daniele sprang plötzlich auf, liebkoste seine Tochter, flüsterte ihr etwas zu, legte dann seinen Arm um meine Schulter und führte mich auf die Terrasse. Giacomo und Tommaso folgten in einigem Abstand, Maria blieb zurück. Jetzt würde Daniele sicherlich auf den Vertrag zu sprechen kommen.

Draußen nahm er mich in den Arm und küsste mich auf italienische Art mindestens tausend Mal ziemlich nass ab. Wenn Maria doch so küssen würde!

Daniele lächelte mich an. Etwas … Diabolisches war in diesem Lächeln. So kannte ich ihn gar nicht.
»Was glaubst du, warum wir reden?«
»Du wirst es mir sagen.«
»Italiener lieben Bambinos. Ich will Bambinos.«
Wie sollte das mit Maria gehen?
»Ich brauche einen Erben.«
Hatte Daniele wirklich »ich« gesagt? Ja, die Betonung lag ganz deutlich auf ich.
»Ich werde mich bemühen, aber Maria … Maria …«
Wie sollte ich es Daniele nur erklären?
»Bist du ein Mann oder nicht? Du kannst, glaube ich, nicht wirklich ermessen, wie sehr ich meine Tochter liebe. Ich weiß, sie ist … etwas kalt. Aber auf ihren Babbo wird sie hören, sie wird sich meinen Wünschen beugen!«
Beugen, ja, das wäre doch mal ein Anfang.
»Und dann zu unserem Vertrag. Ich habe ihn ein bisschen verändert.« Er drückte mir ein Papier in die Hand. »Unsere Anwälte werden alles vorbereiten, capito! Heiligabend ist ein guter Zeitpunkt, dann wirst du unterschreiben.«
Ich las und war zuerst sprachlos. Dann lachte ich laut los. Ich sollte meine Firma an ihn abtreten? Was glaubte dieser Fettsack eigentlich, wer er war?
Der Fettsack packte mich fest am Arm. »Liebster Sohn, was glaubst du eigentlich, wer vor dir steht? Du willst mich, Daniele Domenico, über den Tisch ziehen? Meinst du etwa, ich habe dir mein Juwel einfach so zur Frau gegeben.«
Ich lachte wieder laut los, aber eher hysterisch, verstummte erst, als neben mir Giacomo und Tommaso auftauchten. Den gefährlich glänzenden Argumenten zwischen meinen Rippen konnte ich mich nicht entziehen.
»Ich überlege es mir.«
»Du hast die Wahl, mein Sohn. Ansonsten Finger, Hand, Fuß ab, Zunge raus, Kehlschnitt, Elektroschocks an den Hoden … Ja, das wäre genau das Richtige für dich.«

Wusste Daniele etwa von meinen europäischen Verhältnissen?

»Unterschreib, und du bleibst Geschäftsführer. Und mach Bambinos mit Maria! Eine Familie, eine Ehre, ein Erbe!«

Daniele küsste mich noch einmal schmatzend, bevor er – gefolgt von Giacomo und Tommaso – in seine schwarze Limousine stieg. Als der Wagen um die Ecke bog, ging ich sofort ins Bad und wusch mir gründlich Gesicht und Hände.

Mein Schwiegervater ein Mafioso? Das konnte nicht sein, so blöd konnte vor allem ich nicht sein. Ich wurde zunehmend wütender, setzte mich vor den PC und googelte. Viele Informationen über einen gewissen Daniele Domenico, aber nichts darüber, dass er als Mafioso bekannt wäre. Und selbst, wenn? Was bildete sich dieser Scheißer eigentlich ein; mein Konzern war schließlich international aufgestellt … Angst konnte der vielleicht dem kleinen Pizzabäcker um die Ecke machen, aber nicht mir! Als Erstes musste ich Maria zur Rede stellen.

Als ich ins Wohnzimmer trat, traute ich meinen Augen nicht. War das wirklich Maria? Ja, nackt wie ihr Gott sie geschaffen hatte, allerdings eine verkrümmte Haltung einnehmend, die notwendig eintreten musste, weil sie mit Armen und Händen sowohl Brust und Scham verdecken wollte …

»Babbo hat gesagt …«

Ich hatte Maria noch niemals nackt gesehen. Auch nicht unter der Dusche oder auf dem Klo.

»Babbo will das«, flüsterte sie, »Babbo will Bambinos. Ich soll mich öffnen – für dich.«

Öffnen, wie süß.

Konvulsivische Wellen liefen durch Marias Körper, aber wohl kaum vor erotischer Erregung …

Trotzdem machte mich Maria unglaublich an. »Komm her!«, herrschte ich sie an. Mit dem zärtlichen Getue und der unendlichen Geduld war es jetzt endgültig vorbei. Hatte denn das Mega-Mafia-Eishörnchen nicht gefragt, ob ich ein Mann sei? »Räum den Tisch leer!«

Das harte kalabrische Holz bot sich für einen ganz besonderen Fick einfach an. Danach hätte ich den Kopf frei zu überlegen, was wirklich zu tun wäre.

Maria räumte den Tisch tatsächlich ab. Da sie sich dazu umdrehen musste, sah ich sie wenigstens einmal komplett von hinten – Hölle! Da kam selbst Bernadette nicht mit. Und ihre schwungvollen Hüften waren für Bambinos einfach wie gemacht. Jetzt noch der Adventskranz. Mit einem kräftigen Armwischer fegte ich ihn vom Tisch. »Wir werden unseren Spaß haben«, raunte ich ihr ins Ohr. »Und glaub nicht, dass ich mir von dir und deinem Babbo alles gefallen lasse.«

Täuschte ich mich oder war da wieder für einen Moment dieser traurige Blick in Marias Augen.

»Bambinos machen Spaß. Nicht, wie man sie macht.«

»Quatsch nicht rum und leg dich endlich auf den Tisch!« Ich zog mir bereits meine Boxershorts über die Knöchel und griff mir schnell noch den Kaminhaken an der Wand.

Mit einem Griff schnappte ich Maria und drückte sie auf die Tischplatte. Sie war zu überrascht, sich zu wehren; kurz darauf saß ich auf ihr, ließ den rußverschmierten Haken unter ihren Brüsten, um ihren Bauchnabel und über ihre …. Herrgott, welch reines Wesen würde mich da gleich empfangen. Dazu noch die eigene Frau … endlich.

»Nein, nein, das will ich nicht, nein, ich küsse nicht … deinen, deinen …«

»Ja?«

»Kindermacher.«

Ogottogott. Was redete sie da. »Bambinos ohne Spaß werden keine starken Bambinos.«

»Nein!« Sie schlug nach mir.

Langsam wurde ich wütend. »Du lässt mich monatelang nicht ran! Mit jeder anderen Frau macht es mehr Spaß, mit jeder anderen. Der Vater ein Mega-Eishörnchen, die Tochter ein Super-Gefrierschrank. Jetzt reichts!«

»Verdammt, lass das …«

Oooh, der Schmerz war grausam, sie hatte doch tatsächlich zugebissen. Der fast gleichzeitig erfolgende Stoß brachte mich aus dem Gleichgewicht. Aaah, mein steifes Teil erreichte den Carrara-Marmor als Erstes, und mit dem Kaminhaken schlug ich mir selbst ein Loch in die Stirn. »Das wirst du irgendwann büßen. Richtig büßen!«, schrie ich.

Als ich mich aufrappelte und mir mit meinem Boxershorts das Blut aus dem Gesicht wischte, sprang Maria vom Tisch und hielt plötzlich etwas in der Hand.

»Ich werde büßen? Oh nein, das glaube ich nicht. Genau das Gegenteil wird der Fall sein. Ich habe dich in meiner Hand. Schau her!«

Immer noch mein bestes Stück reibend, sah ich mir an, was Maria mir vor die Füße geworfen hatte. Einen selbstgebastelten Adventskalender.

Und mit sowas wollte sie mir drohen?

Scheiße. Scheiße. Scheiße. Mittlerweile war ich bei Türchen Nr. 13 angelangt. Ich kannte jedes dieser Mädchen, die hinter diesen Türchen auf kleinen einmontierten Fotos auftauchten.

Bei Türchen 24 legte mir Maria ihre Hand auf meine. »Mio amico intimo, bitte, später, nicht heute, am Heiligabend, da darfst du auch dieses Türchen öffnen.«

Ich sah sie prüfend an. Ihr Blick war irgendwie … irgendwie seltsam. Hintergründig, wie ihr Lächeln. Was würde mich am Heiligabend für eine Überraschung erwarten?

»Und nun zur Sache. Hör gut zu, mio amico intimo! Treue ist für Babbo nämlich die allererste Tugend. Nicht nur als Mafioso. In jeder Beziehung. Er wird dir höchstpersönlich alles abschneiden, was dir heilig ist, wenn er erfährt, dass du mich in ganz Europa betrügst. Für seine Tochter tut er alles.«

Ich saß im Garten, in einem der dekorativen Designer-Flechtsessel aus Mailand, dreitausend Euro das Stück. Die Zigaretten waren mir ausgegangen, was mich nur noch nervöser machte.

»Lies das!« Maria drückte mir Papiere in die Hand.

Im meinem Kopf fuhren mindestens drei Bulldozer hin und her. Wieso warfen die jetzt am ersten Advent hinten an der Garagenbaustelle den Betonmischer an?

Ich glotzte auf den Ausdruck einer Mail, die ich vorgestern an Bernadette geschickt hatte, um für heute abzusagen. Aus Versehen musste ich eine meiner Verteilerlisten, in der ich all meine europäischen Verhältnisse versammelt hatte, angeklickt haben. Ich hatte die Angewohnheit, Nachrichten an Maria gleichzeitig mit der Mailfunktion des bcc an meine Geliebten in aller Welt zu schicken – was ich gerade tat, wo ich mich aufhielt, was ich gegessen hatte, wie anstrengend die Sitzungen und Vorträge waren. Es reichte vollkommen, wenn ich an meine Liebste schrieb, da fühlten sich alle angesprochen.

»Maria, ich bin ein Mann, du hast mich nicht rangelassen, was sollte ich machen?«

Über Marias Gesicht huschte plötzlich ein trauriger Zug. »Ich bin die Ehe mit dir nicht freiwillig eingegangen. Babbo wollte das. Und jetzt soll ich auch noch Kinder mit dir machen. Schau dich an! Du bist nicht gerade der Schönste, nur dein Geld lockt die Frauen. Babbo zwingt mich, immer schon. Zu allem.« Wieder dieser traurige Blick.

»Wie bitte?«

»Du hast schon richtig verstanden.«

Oh Gott, welche Abgründe taten sich auf. Das erklärte alles. Auf einen Schlag. Ich war ja auch von einem Elternteil sexuell geprägt worden, nur halt in eine andere Richtung, aber ich hatte für sowas Verständnis, nahm Maria in den Arm und wollte ihr über die Haare streichen, sie trösten …

Sie stieß mich zurück. »Lass das! Mir ist es egal, mit welchen Weibern in welcher Hauptstadt du es wie auch immer treibst. Von mir aus fick dich auch durchs ganze Ruhrgebiet an der Emscher entlang, bevorzugt Dortmund-Nordstadt, Duisburg-Marxloh, Schalke-Nord oder von mir aus durch Bottrop.«

Woher kannte Maria diese Orte; außer in Mülheim war sie doch höchstens in Düsseldorf oder Köln gewesen?

»Egal, wir machen einen Deal.«
»Was für einen Deal?«
»Ich will meine Freiheit zurück. Und ich will mich an Babbo rächen. Dafür wirst du dein Unternehmen behalten.«
»Ich gebe dich auch so frei. Kein Problem. Mit der Mafia will ich nichts zu tun haben. Und mit dir auch nichts mehr. Und dann erstatte ich gegen deinen Vater Anzeige.«
»So einfach ist das nicht. Mein Babbo, der ist nicht irgendjemand, der hat Macht. Sehr viel Macht …«
»Und trotzdem willst du gegen ihn antreten?«
»Ich bin seine Tochter.«
»Und wie soll das gehen?«
»Ich habe einen Plan.«
Maria hatte nicht nur einen Plan, sie hatte bereits Teile von ihm umgesetzt, mit gut funktionierender Logistik und Helfersystem, mit Leuten, die Zugang zur Zentrale ihres Vaters hatten. Kurze Zeit später standen wir nämlich an der Baugrube der neuen Fuhrparkanlage. Bernadette, gefesselt an Händen und Füßen, wurde von Giacomo und Tommaso bewacht, die auch auf mich ein Auge hatten.
Und der Betonmischer lief auf Hochtouren …

Es war mittlerweile der vierte Advent. Wir gingen langsam zur Baugrube. Die anderen warteten bereits an einem mit blanken Holzbohlen provisorisch aufgebauten Tisch, auf dem ein Adventskranz mit vier Kerzen einen schwachen, fast unheimlichen Schein verbreitete.

Babbo war mit seinem ganzen Führungsclan und seinen Anwälten und Notaren erschienen, alles Leute seines Vertrauens, alle aus Italien, wie Maria es erwartet hatte. Heute sollte ich den Übernahmevertrag unterschreiben. Aber zunächst wollte Daniele höchstpersönlich sehen, wie ich alle anderen Mädchen des Adventskalenders in einem Aufwasch erledigte. Maria hatte ihn unterrichtet, ihm den Adventskalender gezeigt und Rache gefordert. »Babbo, er hat mir meine Ehre genommen. Dreiundzwanzig Mal, mindestens.« – Es war alles gelaufen, wie von uns geplant.

»Treue«, trat Daniele jetzt auf mich zu, »Treue ist das Wichtigste im Leben! Neben der Ehre.«

Ich machte mir keine Illusionen. Mittlerweile wusste ich, in welcher Liga Marias Babbo wirklich spielte. Auch wenn ich meine Aufgabe erfüllte, würde er mir alles abschneiden, was an mir abzuschneiden war. Aber da war zum Glück noch Marias Plan. Der war raffiniert, wenn auch äußerst gefährlich.

Daniele küsste mich auf beide Wangen. »Liebster Sohn, du hast es so gewollt. Jetzt musst du alle Türchen wieder schließen.« Er drückte mir eine MP in die Hand. Und Tommaso und Giacomo pressten mir ihre Revolver in die Nieren, damit ich keine Dummheiten machte.

Der neue Fuhrpark war fast fertiggestellt. Nur in einer Ecke war noch ein größeres Loch zu sehen. Und links davon standen sie aufgereiht: Minotte aus Brüssel, Clara aus Rumänien, Kamila aus Gdansk, Marta aus Madrid … Maria und Daniele hatten gut drei Wochen Zeit gehabt, meine sämtlichen Ausweichfrauen in ganz Europa einzusammeln … Ich erkannte Gerhilde aus Kopenhagen, Betty aus London, Michelle aus Nancy, Alva aus Stockholm, Fleur aus Amsterdam.

An sich war jede von ihnen eine erotische Zeitbombe, doch jetzt nur noch eine Nummer, eine Türchennummer des Adventskalenders. Mit dieser Einstellung war es einfacher, die MP rattern zu lassen. Letztlich war die Frage: sie oder ich.

Keine zwei Minuten später waren sie tot. Alle. Nicht nur die Mädchen. Auch Daniele und seine Leibwächter, seine Juristen, sein Führungsklan … Diese Aufgabe hatten Tommaso und Giacomo übernommen.

Die Überraschung war gelungen. Wie von Maria geplant. Sie spuckte in die Grube und warf Tannenzweige als letzten Gruß hinterher, schließlich war morgen Heiligabend.

Tommaso und Giacomo klopften mir auf die Schulter.

Maria nahm mich beiseite, sie strich mir zärtlich über die Wange, küsste mich zart auf die Stirn. »Jetzt muss nur noch der Beton trocknen, dann kommt der Estrich drauf. Und niemand wird auf dich kommen.«

Hatte sie »dich« gesagt?

Es war der 24. Dezember, 18 Uhr, Heiligabend. Maria führte mich in unser Schlafzimmer, das Bett war aufgeschlagen. »Ich danke dir. Niemand in Italien wird nach Daniele fragen, denn ich bin jetzt der neue Chef.« Mit einem unglaublichen erotischen Funkeln in den Augen nahm sie mich an den Händen und drückte mich aufs Bett. Offenbar hielt Maria ihre Versprechen. Zeit zum Auspacken der Geschenke. Ich nestelte an ihren Blusenknöpfen. Zärtlich kraulte sie mir meinen Nacken und liebkoste mein rechtes Ohrläppchen …

Doch dann stoppte sie ihre Liebkosungen, griff unters Bett, der Adventskalender kam hervor. »Bevor es losgeht, mio amico intimo, musst du nun das letzte Türchen noch öffnen. Du erinnerst dich?« Sie lächelte mich innig an und nestelte an meinem Hosengürtel.

So schnell war ich noch nie aus den Hosen gekommen. Das war also die große Überraschung. Hinter dem letzten Türchen verbarg sich Maria. Sie löste ihr Versprechen ein. »Weihnachten«, hatte sie damals gesagt, »Weihnachten …«

Aber was wollten Giacomo und Tommaso hier, die plötzlich mit einem Grinsen den Raum betraten, wie halt nur Italiener grinsen können? Und warum richteten sie ihre Maschinengewehre auf mich?

Marias inniges Lächeln gefror zu Eis. Schon wieder eine andere Maria. »Los, mach endlich das 24. Türchen auf. Du stehst doch auf Bestrafungen.«

Sich zu wehren hatte keinen Zweck. Ich knibbelte an dem Türchen – und eine unglaublich hässliche Frau, mindestens hundert Jahre alt, bucklig und pockennarbig, starrte mir mit einem dementen Blick entgegen.

Zu den Klängen von »Stille Nacht, heilige Nacht« streichelte mir Maria tröstend das Haar. »Ich werde niemals mit dir schlafen, egal wie alt und dement ich werde.«

»Aber unser Deal!«

»Hast du wirklich geglaubt, was ich dir erzählt habe?« Maria brach in ein hysterisches Lachen aus. »Babbo hat mich nie geschändet, aber er hat mich mit dir verheiratet und ich musste auf meine große Liebe in Italien verzichten. Er hat sie mir genommen, er hat ihn auch in Beton gegossen, weil ich nicht von ihm lassen konnte und er andere Pläne mit mir hatte. Und jetzt unterschreib hier!«

Sie legte mir einen neuen Übernahmevertrag vor. Ich sollte ihr meinen ganzen Konzern überschreiben.

»Was ist, wenn ich nicht unterzeichne?«

Maria gab Giacomo einen Wink. Der öffnete die Tür zum Schlafzimmer. Es war zwar nicht die gräulich-grindige Ur-Ur-Oma aus dem Adventskalender, die da hereinhumpelte, aber ich schätzte sie ebenfalls auf mindestens neunzig. Sie hatte ein Weihnachtslied auf den Lippen: »Süßer die Glocken nie klingen«. Als sie auf mich zukam, entdeckte ich eine Kneifzange in ihrer rechten Hand.

»Gestatten, ich heiße Martha Kowalski, geborene Woitkowiak, ich komme aus Schalke-Nord und ich hab eine hitzige Libido! Machen wir es uns doch gemütlich.«

Sie bückte sich zu meinem Unterleib herunter, kniete sich schließlich vor mich hin und begann, an meinem Gürtel herumzuspielen. Spätestens, als sie nach meinem besten Teil griff und sich diesem mit Zunge und Zange näherte, wusste ich, dass alles von langer Hand geplant worden war.

Ich hatte verloren.

Wortlos setzte ich meine Unterschrift unter den Vertrag. Anschließend fesselten mich Giacomo und Tommaso auf einem Stuhl und stiegen dann zu Maria ins Bett. »Hast du Idiot wirklich geglaubt, ich bin frigide?« rief Maria mir von dort zu. »Oh Gott, wie naiv bist du gewesen! Nimm's nicht persönlich, aber du bist einfach nicht mein Typ. Ich bin so wie du. Immer auf Achse, immer schon gewesen. Mein Pech war nur, dass mein Babbo nicht nur den einen, sondern alle meine Liebhaber über Po, Etsch und Tiber geschickt hat. Ich war für ihn geschäftlich wichtig. Ein Kind, ein Erbe, ja, das machte sich gut. Du warst eine exzellente Partie für ihn. Mit deinem Unternehmen wäre er in die allererste Liga Europas aufgestiegen. Genau dorthin, wo ich jetzt bin.«

Maria griff nach Tommasos Maschinengewehr und richtete den Lauf auf meinen Unterleib. »Soll ich abdrücken oder soll ich nicht?«, fragte sie mit einem Lächeln, das mir das Blut in den Adern gefrieren ließ.

Mir wurde schlecht, ich begann am ganzen Körper zu zittern, ich war völlig am Ende.

Maria lächelte weiter und sagte dann mit samtweicher Stimme: »Oh nein, mein Lieber. Das wäre viel zu einfach. Eine Ehe ist eine gute Tarnung. Irgendjemand muss ja meine Autos waschen, den Fuhrpark fegen und die Bilanzen säubern. Und damit du nicht auf dumme Gedanken kommst: Es gibt ein schönes Video von dir und dem Ableben deiner Gespielinnen. Und schade für dich, Sex ist künftig natürlich nicht mehr drin, mit mir sowieso nicht und auch nicht mit anderen. Obwohl …« Ihr Blick ging Richtung der hässlichen Alten aus Schalke-Nord, die ihre Zähne aus dem Mund nahm, sich erneut vor mich hinkniete, mit ihrer Zunge schleckte und mit der Zange wedelte.

Ich sackte in mich zusammen, schaute Maria an und nickte wie ein Aufziehmännchen mit dem Kopf: »Nie wieder Sex, nie wieder Sex, nie wieder Sex …« Ich nickte und nickte und nickte. Dann griff ich zum Adventskalender und schloss ganz vorsichtig das 24. Türchen.

Ein astreiner Plan

Undank ist der Welt ihr Lohn. Abserviert haben die mich, die Olle und der ihre beiden Gelierten. Nach getaner Arbeit haben die mir einen Heiermann in die Hand gedrückt. Für den Bus. Und als ich ganz vorsichtig fragte, wie das wäre mit der Gegenleistung, mit den Deal, da haben die mit dem Betonmischer gewinkt und mich rausgeschmissen. Tja, die Mafia ist auch nicht mehr das, was sie Jahrtausende war.

Ich war also immer noch kein Schritt weiter mit den Jupp und den sein Ableben. Habe danach die Ohren gespitzt wie noch was, aber nirgendwo eine neue Stoorie mit einer Idee. Es war wie abgeschnitten.

In meiner Niedergeschlagenheit holte ich jeden Tag erst Butterkuchen, dann Kirschlikör, dann Wacholder und ganz am Schluss das alte Fotoalbum auf den Tisch. Und als ich so richtig einen intus hatte, blätterten meine Finger automatisch auf die Seite mit den Bildern vom Kanal, wo der Jupp ganz nackig drauf ist, also mit Badehose, weil so welche waren wir ja nicht, und wo der auf die Böschung ihre Steine hockt.

Was war der Jupp doch mal für ein Kerl gewesen!

Und ich sah noch mehr Ungeheures: den Jupp freihändig mitten auf der Kanalbrücke ihr Stahlgeländer mit ausgebreiteten Armen; den Jupp mit seine Arme vorneweg ein Köpper von der Brücke in den Kanal schießen; den Jupp wieder auf der Brücke ihr Geländer, ganz aufgereckt stehend und punktgenau auf den Bug von einem Kohlendampfer schiffend. Ja, was waren das für schöne Zeiten! Da wurde Kohle noch verschifft. Vom Pott aus in die gesamte uns damals bekannte Welt …

Und schon hatte ich einen Plan! Und einen richtig guten noch dazu! Der war astrein, der Plan! Einen, bei dem es hieß: Jetzt oder nie. Bei dem gar nix schiefgehen konnte, absolut nix, so, wie ich den durchdacht hatte in alle geplanten Einzelheiten. Und ich setzte den Plan sofort um.

Obwohl es draußen arschkalt war, warf ich mir nicht mal eine Jacke über, sondern marschierte im Kittel los. Der hatte für die Oper gereicht, also reichte der auch für den Jupp sein Ableben. Ich in alle Kneipen von Schalke-Nord rein, und in der fünften wurde ich fündig. Glück gehabt, für meinen Plan nämlich lag die Suffbude, in der der Jupp gerade seine Station machte, günstig nahe bei den Kanal und die Emscher.

Der Jupp, der hat sich echt gefreut über meinen Besuch. »Wat willz du Keifer denn hier«, begrüßte der mich, glotzte aber nur seine Kumpels an. »Ey, dat is meine Olle, nich mehr blond, aber schweren Schlag mitter Wixbürste.«

Unter seine Kumpels krichte der Jupp sein Maul auf.

»Willze hier auch dat Klo putzen?«

Gegröle aus jede Ecke.

So ging der Jupp also mit unsere Intimitäten hausieren. Egal! Den sein Schicksal war eh besiegelt. Und ich konnte ihn ja nicht zweimal über die Emscher schicken. Leider!

»Hier, ich bin ja nich so, Freundschaftsangebot!«

Und dann bestellte der Jupp doch tatsächlich Pils und Korn für mich, prostete mir zu:

»Prostata!«

»Prostata«, schallten seine Kumpels im Chor zurück.

Besser konnte es gar nicht laufen.

Irgendwann war der Jupp abgefüllt, und ich schleppte den raus ausse Kneipe. Das ließ der sich sogar gefallen, so voll wie der war. Dabei war erst spätnachmittags.

Alles gut für meinen Plan!

»Früher war doch auch schön, Jupp«, bemerkte ich so ganz nebenbei, als ich ihn bedächtig, aber gezielt Richtung Kanalbrücke bugsierte, und als wir endlich mitten auf der Brücke standen, befahl ich den Jupp: »Mach ma wie früher. Auf dat Geländer hüppen, schön dat Gleichgewicht halten und punktgenau auf den Bug von son Kohlenschiffken schiffen.«

»Pütt is kaputt, alles kaputt! Nix mehr mit Kohlenschiffkes«, brummelte der Jupp zurück und wankte gefährlich Richtung nach Hause. Ich den fix wieder am Schlafittchen gepackt und Richtung Geländer geschoben.

»Auf unsern Kanal schippern jetzt aber so Ausflugsschiffkes drauf rum. Hauptsache, du triffs, is egal, wat. Mach einfach so wie früher. Hock dich oben auf dat Geländer, Jupp.«

»Fahren die Schiffkes nich nur, wenn Sonne is?«

»Kumma da, boah, da kommt gerade son richtig dicken Pott. Der hat bestimmt Schrott oder so geladen.«

»Ich seh nix.«

»Unter der Brücke is der gerade. Hock dich schomma oben auf dat Geländer.«

Konnte der natürlich nicht, sich oben auf die Brüstung hocken, in den sein Zustand. Also habe ich den auf das Geländer gehievt – aber zu langsam. Der dicke Pott war schon unten durch, als der Jupp noch nicht oben war. Immerhin: Der Jupp lag so halb drauf. Ein Schubs noch … Entweder würde der ersaufen oder voll vor den Betonpfeiler knallen.

Ich wollte gerade den Schubs ausführen, da bölkte der Jupp: »Weiße wat, ich schiff auf dat Polizeiboot, dat da kommt.«

Das war jetzt gar nicht gut.

Den Schubs konnte ich gerade noch so abwenden, indem ich mich quasi verdrehte. Doch durch die Verdrehung flog ich ein Stück weit durch die Luft, war quasi der fliegende Teppich von der Esmahan auf einer Kanalbrücke.

Ich rappelte mich hoch, sah den Jupp oben auf dem Geländer stehen, mit eine Hand am Winken, mit die andere sein Schniedel aus der Hose am Friemeln.

Ohne Verzögerung packte ich ganz feste den Jupp sein Pimmel, wollte den von der Brücke ihr Geländer runterziehen.

Der Jupp wehrte sich aber wie ein Berserker und bölkte Richtung Polizeiboot: »Ich piss euch Bullen auf die Glatze.«

Ich wieder mit festem Griff an den sein Schniedel, aber nicht feste genug, und der Jupp wieder frei und am Bölken.

So gingen die Zieherei und die Bölkerei hin und her, bis ich den Jupp sein Schniedel müde gezogen und den Jupp von der Brücke ihr Geländer runtergehievt hatte. Und danach konnte ich endlich den Jupp sein Schniedel wieder in den Jupp seine Hose einpacken.

Plötzlich ein Lautsprecher von unten: »Achtung, Achtung, hier spricht die Wasserschutzpolizei! Sie zwei beiden da oben auf der Brücke, benötigen Sie Hilfe?«

Der Jupp wieder mit eine Hand am Winken, mit die andere Hand wieder den Schniedel aus seine Hose am Friemeln, sich auf der Brücke ihr Geländer am Hochhieven. Ich die beide gegriffen, den Jupp und den sein Schniedel, den Jupp an den Schniedel runter auf die Brücke gezogen. Der am Janken, der Jupp, wie schön früher doch war.

Während dieser ganzen gleichzeitigen Verrichtungen, da bemerkte ich Erstaunliches: Da war noch Leben drin, in den Jupp sein Schniedel! Erstaunlich!

Von unten nochmal der Lautsprecher: »Sie zwei beiden da oben auf der Brücke, benötigen Sie Hilfe?«

So ging das hin und her.

Bis der Jupp plötzlich zu rülpsen anfing, sich über der Brücke ihr Geländer beugte und auf das Polizeiboot kotzte. Und zwar punktgenau, man glaubt es nich! Und wenn die Bullen da unten nicht flugs in den Kanal gesprungen wären, dann wäre den Jupp sein Bröckelhusten voll auf der ihre Glatzen gelandet, genau wie er es versprochen hatte.

Als der Jupp dann völlig leer war, habe ich mir den so richtig gegriffen – und schleunigst ab nach Hause.

Kacke aber auch, jetzt hatte ich den Jupp immer noch am Bein! Dabei war das doch so ein astreiner Plan gewesen.

Aber da ging noch wat …

Die Wiederauferstehung

Zu Hause ging der Jupp natürlich sofort aufs Klo. Ich dem so schnell wie möglich hinterher, doch so schnell, wie der sein Schniedel rauszog, konnte ich gar nicht dazwischenfahren, dass der auf keinen Fall danebenpinkelte.

Da gingen alle meine Pferde durch. Völlig unplanmäßig. Ich haute den Jupp den Stiel von mein Schrubber, der hinter der Tür vom Klo sein angestammten Platz hat und ganz leicht zu greifen war, auf den sein Kopf und traf punktgenau den seine rechte Schläfe. Voll auf die Zwölf! Da hatte der nicht mit gerechnet. Trotzdem: Er wankte noch, aber er fiel nicht, sondern stand immer noch vor dem Klo, sein Schniedel ganz feste in seine Hand, und pinkelte – daneben.

Ich sah mich schon vor ein Gericht, auf mein Lippen die Worte: »Nein, Frau Richterin, dat war doch kein Mord, ich hab den Jupp geliebt. Der Schrubber is mir ausgerutscht.«

Um ganz auf der sicheren Seite zu sein, haute ich nochmal zu. Aber auch dieser Hau war bei so ein Kerl wie ein Baum, der mal Steiger gewesen war, eher eine Streicheleinheit.

»Tut denn nich wenigstens son bissken weh?«, fragte ich den Jupp ganz leise, denn die Sache kam mir jetzt doch komisch vor. Warum kippte der verdammt nomma nich um? – Keine Antwort. Da haute ich den mit den Stiel von mein Schrubber vor den sein Kehlkopf. Genau gezielt. Und nach den Hau stand der Jupp wie eine Salzsäule, mit weit aufgerissene Augen stierte der in die Schüssel und pinkelte – punktgenau.

Hatte ich den Jupp bekehrt? Oder hatte der Stiel von mein Schrubber den Jupp bekehrt? Wie auch immer: Eine Sensation bahnte sich an. Und auf jeden Fall: Ich habe an diesem denkwürdigen Tage gelernt, dass ein Schrubber nicht nur für zum Schrubben da ist.

Vermutlich hatte mein Hau auf die Schläfe den Jupp betäubt und der auf den Kehlkopf den in Transe versetzt. Und in so einer Transe soll man ja unglaubliche Sachen machen können.

Und so geschah es: Der Jupp torkelte in meine Richtung, drehte sich wie ein Brummkreisel und pinkelte wieder punktgenau – diesmal nur von hinten auf mein Kittel. Das konnte geschehen, weil ich mich umgedreht hatte, um für einen weiteren Schrubberhau besser ausholen zu können. Jedenfalls, den sein Strahl traf genau mein Popo. Und wie der dabei am Grinsen war, der Jupp … Da habe ich bei mir gedacht: Martha, keine Gnade mehr, jetzt hau ganz feste druff!

Trotz meiner inneren Aufwühlungen kam ich noch dazu, kurz zu erwägen, wie ich das Druff am Besten anstellen sollte, damit es nicht so auffallen würde hinterher. Das Ergebnis von meinen Erwägungen war: Kein Blut durfte fließen.

Ich steckte also den Schrubberstiel blitzschnell zwischen den Jupp seine Beine und drehte den hin und her, immer hin und her. Und, gesagt, getan, gar nicht lange, und den Jupp seine morschen Knochen gaben erste feine Knackgeräusche von sich – den sein Grinsen war wie weggeblasen, den sein Strahl verkümmerte. Und das alles nahezu gleichzeitig.

Schließlich trat ein, worauf ich innerlich gehofft hatte: Der Jupp sank auf die Knie und mit sein Kopf vorneweg in die Schüssel. Das hatte der nun davon! Jetzt kniete der genauso wie ich, wenn ich die Schüssel von innen und außen an den Rändern scheuerte, ich mit mein krummen Rücken.

Plötzlich fing der Jupp an zu würgen.

Meinte der das ehrlich? Oder täuschte der das arglistig vor? Andererseits, ich hatte ja auch den Jupp sein Kehlkopf volle Kanne ein mitgegeben; da kann man schon mal würgen. Oder hatte ich den Jupp den Stiel durch sein Maul direkt in den sein Magen getrieben? Ich würde es wohl nie erfahren, weil der Jupp ganz offensichtlich auf dem direkten Weg war in das ewige Schattenreich, wie die Emma das ausgedrückt hätte. War aber eigentlich auch völlig schnurz und piepe.

Ich schaute mir das gesamte Drama noch eine Weile an, bevor mich dann doch das Mitleid überkam. Ich verfüge halt über ein gutes Herz, zumal der Jupp offenbar wahrhaftig am Würgen war. Also sagte ich zu dem, als der so krampfend vor mir und der Kloschüssel herumkroch: »Jupp, wenn du mir versprichst, ab jetzt nur noch Pisse inne Schüssel, und wenn du mir schwören tust, wegen deine kaputte Prostata so ein Pillemann-Doktor ein Besuch abzustatten, wie die Emma dat meint, dann könnt ich dat mir nochmal überlegen, ob ich dir bei deine kommende Erstickung behilflich bin.«

Der Jupp rappelte sich schnurstracks hoch und versuchte es, traf punktgenau: erst links, dann rechts, dann wieder links, aber eben vorbei. Wie immer!

Was tun?

Ich war noch mehr außer mir als sowieso schon, so dass ich nach allem griff, was greifbar war. War aber kaum was Greifbares zu greifen. Natürlich dachte ich an Senf, aber so viel hatte ich davon nicht im Haus. Stringtangas schon überhaupt nicht. Für die müsste ich nach Oberhausen ins Centro reisen. Und dat Bügeleisen war nicht auf Hitze …

Die Rettung war Klopapier. War ja ein ordentliches Klo, das ich führte. Jedenfalls, ich stopfte den Jupp drei Rollen davon ins Maul. Damit musste der klarkommen, Klopapier tat ja nicht weh. Ich kaufe nämlich immer das gute dreilagige, extra weich, mit Blümkes drauf.

Oder war Klopapier für seine Erstickung zu trocken? Nur so ganz sicherheitshalber träufelte ich aus meine Regentonne, wo ich mein Sagrotan drin bevorrate, den Jupp so ein guten halben Liter in den sein Mund, damit der es angenehm hatte bei seiner Erstickung – das musste reichen, wäre zu schade sonst um das gute Zeugs.

Um völlig und ganz sicherzugehen, wollte ich den Jupp jetzt allerdings auch noch den seine Nase zuhalten. Man weiß ja nie.

Und genau in diesem wichtigen Moment erschien mein Großenkel Tommi auf dem Klo.

Der Tommi, der wollte natürlich sein Taschengeld abholen, und der liebe Junge hat natürlich einen Wohnungsschlüssel, falls mal was ist und dass der uns alten Leuten helfen kann, wenn wir mal den Notarzt nicht selber anrufen können.

Der Notarzt wurde aber gerade nicht benötigt, denn der Jupp war schon tot. Schluss. Aus. Feierabend. Zeche dicht. Kneipe dicht. Kein Mucks mehr. Abgenippelt.

»Dein Großoppa is über die Emscher«, sagte ich zu dem Tommi, weil mir nix Besseres einfiel.

»Und deshalb kneifs du dem die Nase zu?«, fragte der Tommi zurück. Ein Gewieften war der immer schon gewesen.

»Nee, natürlich nich!«, empörte ich mich aufrichtig, »ich wollt dein Großoppa säubern, weil der sich besabbert hat in den Minuten seines Ablebens. Das kann ich den Totengräbern ja nich zumuten.« Zum Beweis hielt ich das Klopapier hoch.

Und wie der mich so komisch ansah, der Tommi, da kam ich glatt ins Schwitzen: Wie lange hatte der sich das ganze Schauspiel wohl schon angekuckt? Ob der gegen mich aussagen würde und ich in den Knast müsste? Großoppa tot, Großomma für ewig hinter eiserne Gitter: Da hätte der freie Bahn und könnte direkt aus mein Sparstrumpf im Kleiderschrank unter die Unterwäsche sich sein Taschengeld entnehmen.

Die Kacke war am Dampfen. Was tun?

Den Tommi auch noch mit Klopapier? Oder gleich kopfüber in das Sagrotan? So ein lieben Jungen? Nee!

Ich habe stattdessen gesagt: »Tommi, wir drei sind jetzt ein weniger. Doppelt Taschengeld?«

Dieses Angebot brachte den Tommi vollends zum Schweigen. Ich habe den nämlich gleichzeitig mit meinem Angebot ein Hunni in die Hand gedrückt.

Für den zweiten Hunni begab sich der Tommi dann zu den alten, halbblinden Doktor Krahwinkel in die Üchtingstraße, da direkt anne Bahnschranke gelegen, wo dieser Medikus immer noch seine Praxis geöffnet hat, weil kein anderer in Schalke-Nord dem nachfolgen will.

Jedenfalls, der Doktor Krahwinkel hat, als der irgendwann angewackelt kam, als Todesursache von den Jupp Zirrhose und Alkoholabusus auf den Totenschein niedergeschrieben. Das Klopapier hat der gar nicht gesehen, so blind wie der war, und das Sagrotan hatte sich längst verflogen.

Abusus, das machte sich gut auf so ein Totenschein. Der Doktor Krahwinkel hat leider noch was notiert, was ich bei den seine Sauklaue aber nicht entziffern konnte.

Bissken Schiss hatte ich daher schon, als ich daran dachte, den Schein am andern Tag bei beamtete Personen der Stadt Gelsenkirchen abgeben zu müssen. Andererseits, das Gekrakel von den Doktor Krahwinkel würden die bestimmt auch nicht lesen können. Und wenn einer mit siebenachtzig über die Emscher geschickt worden ist, wer kuckt da noch so genau hin? War doch ein Esser weniger, und die jungen Leute wären doch sowieso froh, wegen die Rentenkasse und der ihre Kosten.

Den Doktor Krahwinkel selber wollte ich nicht fragen, was den sein Gekrakel bedeuten könnte, denn der Doktor sah auf einmal so komisch aus; der wurde immer blasser um seine Nase und der hechelte so komisch.

Da fing der Jupp plötzlich mit den Doktor Krahwinkel gemeinsam an zu hecheln.

Eben noch tot, jetzt wieder am Hecheln.

Kacke aber auch wieder mal!

Im Heim kann auch schön sein

Natürlich war ich vonne Socken. Eine Wiederauferstehung direkt vor meinen Augen. Aber der Jupp hat sich leider reinkarniert, ohne vorher bei mir anzufragen. Ich war der Ohnmacht daher mehr als nahe, und wenn mich der Doktor Krahwinkel nicht mit Riechsalz wieder auf die Beine gebracht hätte, wäre meine Wenigkeit statt mein Jupp über die Emscher geschickt worden. Meine Anstrengungen, die konnte ich alle in die Tonne kloppen. Und dann auch noch das doppelte Taschengeld für den Tommi. Hätte ich vielleicht doch mehr Klopapier opfern sollen? Ich machte mir schwere Vorwürfe.

Wie auch immer, der Doktor Krahwinkel hat sofort geahnt, dass da doch noch ein Hauch von Leben drin war in den Jupp. Und der hat alles getan, den allerletzten Odem von den sein Leben zu retten. Weil, der ist ja Arzt und hat im Gegensatz zu mir einen Eid geschworen.

Während der Doktor Krahwinkel das Rote Kreuz bestellte und mit Papierkram beschäftigt war, versuchte ich stickum hinter den seinem Rücken, den Jupp doch noch über die Emscher zu schicken. Den seine Nase war nicht das Problem, die war mit Schleim und son Zeugs sowieso verstopft. Damit der Jupp aber auch durch den Mund keine Luft mehr schöpfen konnte, küsste ich ganz feste auf den seine Lippen. Wie so eine Art Abschiedskuss. Aber nicht lange genug, denn hören konnte der Doktor Krahwinkel leider noch ganz gut, so dass er mich sofort tadelte: »Was machen Sie denn da, Frau Kowalski, Sie bringen Ihren Mann ja um!« Und er zog energisch an meine Schulter. Also, fast blind und dann so eine Beobachtungsgabe!

Das Weiteratmen vom Jupp übernahmen dann die vom Kreuz. Und wie auch immer. Der Jupp kam ins Krankenhaus. Diagnose: Oberschenkelhalsbruch und Schädelfraktur.

Also, da fällst du im Alter einmal hin, und, zack, schon ist dein Oberschenkel fratze. Wir Alten sind schon geschlagen mit unsere Knochen. Ja, und dann habe ich überlegt: Wat nu? Ins Heim wollte ich den Jupp auf jeden Fall nicht geben. Eine fünfundsechzig Jahre alte, gemeinsam beglaubigte Verbindung überwindet man ja nicht so mir nix, dir nix. Zumal Heime … Aber das ist ein anderes Thema. Ich habe also für den Jupp erst mal bei der Krankenkasse ein Pflegebett bestellt, was ich hinstellen wollte oben auf den Boden vom Dach, damit der ganz nah sein konnte bei seine Täubkes. Ja, ich bin eben ein gutes Herz. Aber dat is ja bekannt, nicht?!

Aber es ging nicht, den Jupp einfach mal so aus dem Krankenhaus nach Hause zu holen; das war fast wie ein Ding der Unmöglichkeit. Als ich den nämlich auf der Geriatrie besuchte, kurz bevor ich den Samaritern den Auftrag geben wollte, mir den Jupp zu seine Täubkes zu liefern, fiel es mir wie Schuppen von den Augen: Mein Schrubber hatte an den Jupp seine Schläfe mehr Folgen hinterlassen, als ich mir je gewagt hätte zu träumen. Der Jupp brabbelte nur noch. Das würde seine Täubkes auf Dauer ganz schwer auf den Zeiger gehen.

Nach langen Überlegungen entschied ich mich dann doch fürs Heim, selbstverständlich erst, nachdem ich die Emma zu Rate gezogen hatte. Doch die wurde sofort fuchsig: »Nein, Martha, für Granny Dumping bin ich nicht zu haben!«

Da stand ich da mit meine Bildung und dachte: Mein Gott, wat kennt die Emma für Wörter ….

Wie der Tommi sein doppeltes Taschengeld abholen kam, habe ich den gefragt, was Dumping ist? Granny wusste ich ja, das ist eine Apfelsorte. Der Tommi hat mir erklärt, dass Dumping sowas Ähnliches wie Müllabfuhr wäre. Aber was hat die Müllabfuhr mit Äpfeln zu schaffen und dass ich den Jupp ins Heim tun wollte? Das konnte mir der Tommi leider auch nicht erklären.

Wie auch immer, ich habe den Jupp dann doch in dieser niegelnagelneuen Seniorenabsteige am Rhein-Herne-Kanal untergebracht, zwischen Zoo und dem ollen Grimberghafen, genau da, wo die Schrotthalde in den Himmel ragt. Dieses feine Haus hatte mir die Emma empfohlen irgendwann, aber mit den Erinnerungen von Philosophen scheint es offenbar nicht weit her zu sein, wo die doch in ihrem eigenen Kosmos leben, da oben und hier unten gleichzeitig. Oder war die Emma verkalkt so ganz plötzlich? Soll ja geben, so wie abgeschnitten. War ja auch älter als ich, zwei, drei Monate oder so …

Wenn ich so nachdenke heutzutage beim Niederschreiben von allem im Auftrag von den eingebildeten Psychologen aus Aplerbeck: Eigentlich hätte ich die Emma und ihren Kosmos mit den ihren ganzen Lücken auch ins Heim geben sollen. Da hätte die den Jupp den Schniedel wieder abputzen können und ich auch mal eine ruhige Minute gehabt.

Jedenfalls, der Jupp hat sich da sehr schön eingelebt in diesem edlen Haus, in seine Residenz, was auch für mich Vorteile hatte. Also allein schon von den sein kleinen Balkon aus der Blick auf den Kanal und die Emscher, wo alles so schön grünt im Frühjahr. Selbst die Schrotthalde hatte grüngelbes Unkraut angesetzt, weil der Schrott da bereits mindestens vierzig Jahre lag und seitdem wie Dünger wirkte. Jedenfalls, wenn mich die Bagage aus unserer Siedlung nach den Jupp im Heim befragt hat, habe ich immer gesagt: »Is traurig, aber schön hatter da!«

Ab und an hab ich den Jupp sogar in sein Rollstuhl raus auf den Balkon geschoben, damit er auch mal selbst das ganze Grün von die Schrotthalde bekucken konnte. Mit der Zeit ließ ich das … Der Jupp bekam nämlich wegen sein kaputten Schädel nix mehr auf die Kette, hatte keine entfernte Ahnung von der großartig geschwungenen modernen Brücke über die alte Wasserstraße und den Käfigen im Zoo.

Für mich war das alles aber äußerst angenehm. In unserer kuscheligen Zechensiedlung hatte ich ja nur das Fenster vorne raus und die Esmahan, die immer ausglitschte. Und hinten raus versammelte sich auf dem Garagenhof immer der ganze Libanesen-Klan und machte Rabbatz mit die anderen Klans, wenn die auf den Hof grillten und sich anschließend die Köppe einhauten. Aber wie meint ja die Emma immer so philosophisch: »Martha, man kann nicht alles haben im Leben.«

Jedenfalls, ich war zufrieden mit mein Leben, bis auf eine Sache. Und so fing ich an, über einen neuen Männe nachzudenken. Das konnte nicht ausbleiben, denn als der Frühling immer frühlingshafter wurde, der Mai alles neu machte, wenn ich den Jupp besuchte und auf den sein Balkon die Ansicht genoss, dann konnte ich am Kanal stundenlang junge Kerls in knappe Badehosen kucken. Da war sie also wieder, meine Libido … Und wie sie wieder da war!

Was tun? Ich war noch verheiratet, auch wenn ich nichts mehr davon hatte. Also dachte über Scheidung nach, kam aber zu dem traurigen Schluss: Dat geht nich! Weil der Jupp und ich uns ja geschworen hatten: Bis dat der Tod uns scheiden tut.

Da andererseits meine Libido aber immer mehr unter Feuer geriet, musste ich einen Ausweg für sie finden. Ich hörte mich auf den Fluren der Residenz um, und ganz bald wurde mir klar: Die Einschläge von Mord und Totschlach in Altersheimen mussten ganz gewaltig sein. Zumindest, wenn man dem glauben wollte, was die Angehörigen so von sich gaben. Waren zwar nicht viele, kam ja kaum einer zu Besuch. Aber in der Residenz nippelten die Insassen ab wie die Fliegen.

Und, wie der Zufall es wollte, lief mir auf dem Flur von des edlen Hauses eines Tages ein Fräulein über den Weg. Vierundneunzig Jahre auf dem Buckel, aber noch Fräulein. Und dann traf ich sie nochmal und nochmal, obwohl die mir von Anfang an nicht so ganz geheuer war, aber die hatte sowas … ganz Unbeschreibliches.

Wir beide wurden immer enger miteinander, und schließlich brachte das Fräulein mir eine Stoorie zu Ohren – die zog mir echt die Socken vonne Füße.

Crime im Heim

Fräulein Ilse, die mit vollem Namen Ilse Irmgard Traute Gertrud Annelie Kaczerowski hieß, was aber niemand wusste, da sie in der Residenz nur als Fräulein Ilse bekannt war, und zwar wie ein bunter Hund, stand auf der Mini-Veranda ihres Appartements und genoss die untergehende Sonne.

Der Ausblick auf den Grüngürtel des Rhein-Herne-Kanals nach Schloss Herten hinüber war einfach wunderschön. Ein Ausflugsschiff mit lachenden und winkenden Menschen fuhr vorbei. Ilse schwenkte ihr Fernglas, Leute beobachten war eine ihrer Lieblingsbeschäftigungen. Angler saßen auf den steinigen Uferböschungen. Ihre besten Freunde waren Zeit ihres Lebens begeisterte Sportangler gewesen. Oft genug hatte sie mit ihren Freunden Ausflüge an Ruhr, Lippe oder eben zum Kanal unternommen – und keineswegs nur geangelt! Auch danach hatte sie selten im Trüben gefischt. Egal ob Aale, Karpfen oder Rotaugen, Ilse sorgte für den anschließenden Gaumenschmaus! Festtage waren das! Aber lange her … Leider!

Ilse kicherte in sich hinein. Frollein! Sollte man sie doch für ein zurückgebliebenes Mütterchen halten, für eine, die von der modernen Welt keine Ahnung und nicht alle Tassen im Schrank hatte. Abgesehen davon, dass Fräulein stimmte! Als Trümmer- und ehemalige Putzfrau sowie spätere vielbeschäftigte Inhaberin einer kleinen Reinigungsfirma hatte sie kaum Zeit für Männer gehabt und daher irgendwann entschieden, auf ewig Single zu bleiben. Männer waren für sie zwar was ganz Tolles gewesen, aber nur ab und an und zu bestimmten Gelegenheiten; ansonsten hatte sie stets ihre Freiheit geliebt, und bis ins hohe Alter war sie gut damit gefahren.

Altwerden am Wasser – das war der Werbeslogan der Seniorenresidenz, in der sie jetzt lebte. So blöd der Spruch war, Ilse lebte gerne hier, in ihrer alten Umgebung, auch wenn sie sich mit ihren vierundneunzig Jahren überhaupt nicht alt fühlte. Okay, Rücken hatte sie, manchmal Blase. Aber das war normal. Auch dass ihr der Onkel Doktor vor Jahren schon mit Blick auf ihr Geburtsdatum quasi routinemäßig einen Rollator aufgedrängt hatte. Doch ihre Devise war mittlerweile: Wer Rollator fährt, wird unterschätzt! Genauso wie uralte Frolleins, die in geblümten Hauskitteln aus den fünfziger Jahren des letzten Jahrhunderts mit übergroßen Taschen herumliefen. So wie sie. Fräulein Ilse begriff sich nämlich als Rächerin aller Opfer von Wäschediebstählen, Pflegefehlern, Enkeltricks und was Gehhilfeabhängigen, Hirnverkalkten und Dekubitusfällen sonst noch regelmäßig an Ungerechtigkeiten in Heimen zustieß. Als ehemalige Putze roch sie jede Art Schmutz, und ihre Devise war: Der Dreck muss weg!

In der Residenz war sie als Treppenterrier bekannt und gefürchtet, da sie ständig im Haus unterwegs war, überall ihre Nase reinsteckte und garantiert jedes gefälschte Pflegeprotokoll entdeckte. Fräulein Ilse hatte einfach ein feines Gespür für jede Art von kriminellem Schmutz. Besonders im näheren Umfeld waren ihre Gerechtigkeits-Sensoren ausnehmend empfindlich. Für sie war jedes Seniorenheim nämlich eine Brutstätte des Verbrechens, anders gesagt: ein Knast! Schlimmer noch: Hier kam man nur noch auf der Bahre raus.

Fräulein Ilse fühlte sich bettschwer. Noch ein wenig Fernsehen, am besten die Wiederholung des Tatorts mit diesem Klamauk- und Jammeraffen Til Schweiger, und dabei schön einnicken.

Sie wollte gerade von ihrem Balkon zurück ins Appartement gehen, als sie jemanden erkannte. War das auf dem Kanaluferweg nicht Silke Schmidt, dieser wunderbare, noch so junge Pflegeengel der Residenz? Ilse stellte ihr Fernglas schärfer. Ja, und neben ihr ging Egon Walter, der neunundsiebzigjährige Witwer, der das allerteuerste Appartement der Residenz überhaupt bewohnte.

Schön, Silke ging mit dem alten Herrn spazieren; sie nahm sich immer so viel Zeit für die Bewohner, mehr als alle anderen Pflegekräfte. Sogar außerhalb ihrer Dienstzeit. Sie war eben ein Engel … auch mit ihrer Figur und den blonden Haaren.

In letzter Zeit schien sie allerdings verändert – verschlossener, zurückhaltender. Das junge Ding war zwar immer schon ein wenig bekümmert herumgelaufen. Aber jetzt war sie oft nervös, ja sogar gereizt, was sonst überhaupt nicht ihre Art gewesen war. Letzte Woche war sie dreißig geworden, immer noch Single. Vielleicht war es ja das …

Mit Sicherheit! Auch für Ilse war es ein Weltuntergang gewesen, als sie dreißig wurde. Und vierzig, fünfzig … Ach Gottchen, Ilse hatte schon viele Weltuntergänge mitgemacht. Aber wieso ging Silke gerade mit Egon spazieren? Der war zwar nicht mehr der Fitteste mit seinen hundertzehn Kilo, aber im Prinzip war der Fettwanst noch ganz beweglich. Allerdings auch geil wie Nachbars Lumpi. Der ging sogar in den Puff. Hielten die etwa Händchen? Ja, aber nicht nur … Jetzt küssten sie sich … Der Bock und der Engel … Da stimmte doch was nicht! Fräulein Ilses Schmutz-Sensoren schlugen Alarm!

Wieso mach ich das?, fragte sich Silke Schmidt, als sie sich zu Egon Walter ins Bett legte und ihn zu streicheln begann. Und sich streicheln ließ. Natürlich wusste sie, warum! Aber es ekelte sie trotzdem an. Es war einfach nur widerlich. Aber hatte sie eine andere Möglichkeit?

Der ehemalige Sparkassendirektor war leicht zu kriegen gewesen. Nur ein Mal hatte sie mit ihm spazieren gehen müssen. Auf der Ruhebank am Kanal hatte er sofort davon gesprochen, dass ihre Brüste ihn an seine verstorbene Frau Ida erinnerten. Wenig später hatte er vor ihren Augen eine blaue Pille eingeworfen und gefragt: »Zu mir oder zu dir?«

Silke schätzte ihn auf fünfzigtausend Euro, mindestens! Ein Teil davon würde schon reichen, dass Frank die kahlköpfigen Bodybuilder mit seiner Restschuld befriedigen konnte, einschließlich der horrenden Zinsen! Mehrfach hatten sie ihm gedroht. Und Frank … Sie durfte gar nicht daran denken!

Egon Walter grabbelte mit seinen Wurstfingern zwischen ihren Beinen herum und versuchte, ihr das Höschen runterzuziehen. Silke stöhnte lustvoll auf. Was blieb ihr anderes übrig.

Ihr Bruder Frank war schon als Jugendlicher ein Dieb und Schläger gewesen, danach kamen im Rockermilieu weitere Straftaten dazu, und vor acht Jahren wurde er wegen schweren Raubes mit Todesfolge verurteilt. Nach seiner vorzeitigen Entlassung auf Bewährung hatte er sich sofort in ihrer kleinen Wohnung eingenistet. »Du bist doch son Sozialengel«, hatte er gegrinst. »Kannst mir auch mal helfen!«

Klar, schon als Kind war Silke immer für andere da gewesen, stets hilfsbereit; ihr Taschengeld hatte sie für Kinder in Afrika gespendet. Sie war das genaue Gegenteil von Frank. Nachdem ihre Eltern damals vor Gram über ihren aus der Art geschlagenen Sohn gestorben waren, hatte sie für sich eine Entscheidung getroffen. Andere wurden Nonne, sie Altenpflegerin.

Egon Walter wälzte sich auf sie. Irgendwann würde sie sich für das rächen, was Frank ihr antat. Aber wie? Sie war schwach, sie würde gegen Frank niemals ankommen … Schon gar nicht gegen diese beiden brutalen Typen …

Schon am ersten Tag nach seiner Entlassung hatte Frank ihr seinen Plan erläutert, wie er seine hohen Schulden loswerden wollte. »Die reichen Alten in dem Greisenhort haben ihr Schwarzgeld bestimmt nich auf Konten. Konzentriere dich auf die teuren Appartements, da liegt die Kohle zwischen den Kackwindeln«, hatte er dreckig gelacht. »Schaukel den antiken Säcken ihre Schrumpeleier, dann werfen die dir ihr Geld nach!«

Als sie nicht mitmachen wollte, hatte er sie geschlagen, wie so oft später noch, als sie immer wieder gesagt hatte, wie sehr sie das anwiderte. Danach war Frank, als ob nichts gewesen wäre, stets zum Kanal angeln gegangen, seine Lieblingsbeschäftigung – außer saufen im Anglerheim! Und er hatte seine gefangenen Fische gefressen, die sie ihm braten musste.

Egon Walter war fertig. Keuchend zog er sich seine Hose hoch. »Ich liebe dich«, säuselte Silke und wollte ihn küssen. Irgendwie musste sie ja gefühlsmäßig an ihn herankommen. Egon Walter brach in ein schallendes Gelächter aus. Dann gab er ihr einen Klaps auf den Hintern, drückte Silke hundert Euro in die Hand und sagte: »Kannst gerne wiederkommen!«

Soweit war es also gekommen. Sie wurde wie eine Nutte behandelt. Der Walter würde ihr sein Geld niemals freiwillig geben. Was sollte sie nur Frank sagen?

Verdammt, warum ging die Silke da vorne nur so schnell. Ein junger Hüpfer war Ilse nun wirklich nicht mehr, obwohl sie Schlaglöcher und Bodenwellen ignorierte und im Zickzackkurs mit ihrem Rolli entgegenkommenden Spaziergängern, Joggern und Fahrradfahrern geschickt auswich. Sich zu ärgern, hatte Ilse aber keine Zeit. Seit sie den Residenzengel schmusend mit Egon Walter gesehen hatte, hatte sie Witterung aufgenommen. Engel hin, Engel her! Ihr Gespür sagte ihr: Da stimmt was nicht!

Schon seit Monaten verließen doch tatsächlich Bewohner die Residenz freiwillig. Sehr ungewöhnlich! Alle hatten auf der Beletage mit den teuersten Mieten gewohnt, hatten keine Verwandtschaft mehr und so auch keine sozialen Kontakte. Alle waren Männer! Ilse hatte einen Verdacht, aber niemand redete; Scham verklebte die Lippen! Doch jetzt hatte sie endlich eine Spur. Ob Silke wirklich etwas damit zu tun hatte? Kacke! Sie hatte sie aus den Augen verloren.

Ilse pustete durch. Vielleicht sollte sie ihr wöchentliches Schwimmtraining im Kanal verdoppeln, immerhin war sie mal Ruhrgebietsmeisterin im Rettungsschwimmen gewesen. Lange her, klar, aber gut war sie immer noch! An sich liebte sie diese Stunden an der steinreichen Uferböschung des bereits über hundert Jahre alten Gewässers, von dem aus früher Kohle verschifft wurde und umgekehrt Erze aus aller Welt angekommen waren.

Einer ihrer liebsten Lover hatte drüben im Grimberghafen als Kranführer gearbeitet und die Kähne voll oder leer geschaufelt, genauso wie gerade ein Kran mit einem riesigen Elektro-Hebemagneten Schrott in ein Schiff beförderte. Auf dem Kanal fuhren zwar immer noch viele Lastschiffe, doch ihre Ladungen waren heute eher Getreide, Sand oder Zement, denn es gab ja kaum noch Stahlwerke, von den stillgelegten Zechen gar nicht zu reden, die mittlerweile zu multiplen Kulturoasen oder rustikalen Lichtkunstobjekten mutiert waren. Ja, die Zeit verging … Trotzdem, Ilse hatte Freude an all dem, auch an den jungen Leuten, die sich wie in alten Zeiten in die Büsche verzogen und kuschelten und knutschten und …

Oh, stand dort hinten am Nebeneingang des Anglerheims nicht Silke? Ihre langen blonden Haare verrieten sie. Ilse nahm ihr Fernglas zur Hand. Aus einem Seitenweg trat jemand auf den Engel zu, ein Mann in Silkes Alter, in Lederjacke mit Regenbogen-Irokesenfrisur. Über Geschmack ließ sich bekanntlich streiten, aber für Silke freute es sie. So ein junges Ding brauchte einen jungen Mann, nicht so einen alten Knacker wie den Walter. Doch was war das, hatten die etwa Streit? Eine unglückliche Liebe würde Silkes Reizbarkeit erklären. Oh, das ging ja gar nicht. Die Lederjacke schlug Silke, oder? Dann stieß der Typ sie weg, so dass sie stolperte.

Ilse griff zum stets griffbereiten Pfefferspray und lief los. Doch als sie das Anglerheim erreicht hatte, war niemand mehr zu sehen. Nur zwei Glatzen trollten sich in der Gegend herum.

Silke bemerkte die Frau in dem geblümten Kittel sofort, als sie mit ihrer Gehhilfe in den Speisesaal rollte. »Guten Tag, liebe Silke«, trat der Treppenterrier an ihren Tisch. »Ah, lecker Fisch gibt es heute. Ich liebe Fisch – vor allem Raubfisch.«

Fräulein Ilse – die hatte ihr zu ihrem Glück noch gefehlt. An sich mochte sie diese schräge Alte. Die war so anders, so lebenslustig, so erfrischend! Aber was wollte die hier, das war doch gar nicht ihre Station; war die wieder mal einem ihrer angeblichen Verbrechen auf der Spur? Silke zitterte plötzlich genauso stark wie der an Parkinson erkrankte Herbert Otto neben ihr, den sie seit geraumer Zeit mit einer zerdrückten Kartoffel zu füttern versuchte. In letzter Zeit hatte sie den Treppenterrier ziemlich oft in ihrer Nähe gesehen. Schnüffelte Fräulein Ilse etwa hinter ihr her?

Die Alten an ihrem Tisch nahmen keine Notiz von Fräulein Ilse. Die konzentrierten sich ganz auf ihre – neben dem Schlafen – zweitliebste Beschäftigung, aufs Essen: Mit ihren Nasen hingen sie in den Fischfilets, fingerten mümmelnd nach tödlichen Gräten oder zogen sich Feldsalat aus ihren künstlichen Zähnen. Noch vor einiger Zeit hätte Silke nicht so abfällig geurteilt. Aber durch die Sache mit Frank war sie eine andere geworden. Ihr Herz war kalt, ihre Gedanken zynisch. Und sie war auf Rache aus. Und sie trug nicht umsonst seit Wochen trotz des warmen Wetters Strumpfhosen, Rollkragenpulli und Sonnenbrille. Im Haus hatte sie überall herumerzählt, sie habe eine Lichtallergie.

»Ist hier noch frei?«

Silke konnte nicht antworten, weil Herbert den Bissen ausspuckte, den sie ihm gerade mit sehr viel Mühe in den Mund gestopft hatte.

»Das würd ich auch nicht essen, das ist viel zu trocken; Fisch muss schwimmen!« Ilse nahm Senfsoße und Butter und goss beides reichlich über die Drillingskartoffeln und den Rotbarsch auf Herberts Teller.

»Fräulein Ilse, der Herbert hat sehr hohe Cholesterinwerte.«

»Mein Motto: Lieber fett sterben, als gesund dahinsiechen. Aber keine Angst, der Herbert sieht noch gut aus für sein Alter. Den würde ich nicht von der Bettkante stoßen.« Ilse kicherte und sah dabei Silke ganz lange an. Und dann sagte sie: »Schicke Sonnenbrille hast du auf der Nase, Kindchen. Lichtallergie ist wirklich was Schlimmes. Aber ich weiß ein Hausmittel. Pipi hilft gegen alles!«

»Alles gut, Fräulein Ilse, alles gut.«

»Wirklich? Silke, ich helfe gern! Du kannst mir alles erzählen. Ich rieche Schmutz!«

»Alles gut, Fräulein Ilse, alles gut. Sie brauchen sich keine Sorgen zu machen.«

Fräulein Ilse machte sich aber Sorgen. Einer wie ihr konnte keiner was vormachen. Silke wurde unter Druck gesetzt, so ängstlich wie sie geschaut hatte. Sie würde ihr freiwillig nie etwas erzählen. Doch für so etwas hatte Ilse ihre Methoden.

Gerade war Silke in das Appartement von Egon Walter geschlichen, und der zeigte ihr dort bestimmt nicht seine Briefmarkensammlung. Anklingeln wäre blöd. Also zückte Ilse den Generalschlüssel, den sie sich beim Pflegenotdienst ausgeborgt hatte. Leise öffnete sie die Tür des Appartements und konnte den Weg ins Schlafzimmer nicht verfehlen. Egon Walter stöhnte nämlich wie eine angestochene Sau. Als sie den beiden mit einem Ruck die Decke wegzog, schrie Silke auf. Und sie begann zu weinen. »Es ist nicht so, wie Sie denken.«

Ilse musterte Egon Walter von oben bis unten, obwohl es ihr nicht leichtfiel. Seine Speckfalten hingen überall aufgeplustert herunter, sein Kopf sah aus wie ein beleuchteter Ballon, der kurz vorm Platzen stand. »Männeken, Männeken, dass du bei deinem Bluthochdruck so junge Dinger poppst. Was sagt dein Arzt dazu? Ist dein Geld eigentlich noch da?« Als Ilses Augenwanderung bei Egon Walters Klöten anlangten, die sich schlaff unter seinem Schweinebauch versteckten, griff der zum Kopfkissen, bedeckte sein bestes Teil und flüchtete ins Bad.

»Herr Walter und ich, wir wollen heiraten«, sagte Silke.

»Ja, ja, und an der Angel hängt der Köder, und der Barsch hat ein Arsch! Diese fette Sau heiraten, niemals! Willst du mich verkackeiern? Ein Fräulein Ilse lässt sich aber nicht verkackeiern. Kindchen, die Sache ist so klar wie Klärchen.« Ilse zeigte auf Silkes blaue Flecken. »Wer hat dich so zugerichtet? Wer zwingt dich dazu? Nenne mir Namen und Adresse, den mache ich fertig!«

Fünf Minuten später wusste Fräulein Ilse alles. »Aber keine Polizei, bitte«, schluchzte Silke, »Frank wird mich umbringen. Und wenn nicht er, dann werden es die Bodybuilder tun.«

»Die Bullen kannst du in der Pfeife rauchen! Die machen sich immer lustig über mich, wenn ich wieder eine Anzeige wegen eines verschwundenen Handtuchs ...« Und dann erläuterte sie Silke ihren Plan.

»Ohne Köder fängst du keine Fische«, grinste Ilse am Schluss. »Erst haben wir unseren Spaß, und dann ziehen wir die aus dem Verkehr!« Und als Egon Walter aus dem Bad kam, angezogen, gurrte sie mit einem verführerischen Lächeln: »Wenn du unbedingt poppen willst, Egon, ich bin auch noch da!«

Der Sommer am Kanal hörte nicht auf, sich von seiner besten Seite zu zeigen. Doch leider keine Zeit fürs Wetterloben, denn es machte »Platsch!«. Der Angler ganz in der Nähe hatte einen kleinen Fisch zurück ins Wasser geworfen. Ilse kurvte mit ihrem Rollator die Böschung herunter, setzte sich neben die Irokesenfrisur und sprach sie an: »Beißen die Großen heute nicht?«

»Schleich dich, Mumie, sonst biste gleich Fischfutter.«

Normalerweise hätte Ilse nach so einem eindeutigen Fall von übelster Altersdiskriminierung ordentlich vom Leder gezogen, aber heute hörte sie ausnahmsweise darüber hinweg. »Gehst du auf Friedfisch oder Raubfisch?«, redete sie ungerührt weiter. »Ich glaube, du liebst die Räuber, Frank!«

Frank schrie auf. Statt eines neuen Köders hatte er seinen Zeigefinger auf den Angelhaken gesetzt. »Kennen wir uns?« Er lutschte das Blut von seinem Finger.

»Jetzt ja. Gestatten, Fräulein Ilse! Und wir werden uns noch besser kennenlernen. Ich weiß alles.«

Aus den Tiefen des Gitterkorbes ihres Rollis holte Ilse ein Pflaster und reichte es Frank. »Du hast keine Wahl. Die Glatzen wollen ihr restliches Geld. Und beim Walter beißt Silke auf Granit. Ich bin euer Rettungsanker. Aber du wirst Silke nie wiedersehen.«

Frank brauchte eine gute Minute, bis er den Mund wieder zu bekam, und es hätte noch länger gedauert, er musste sich aber das Blut ablecken.

»Und wieso tust du olle Schabracke der helfen? Bist du Mutter Theresa?!«

Frank kannte Mutter Theresa?

»Meine Leber ist eine einzige Baustelle. Mein Arzt sagt, nur noch ein paar Wochen.« Ilse machte ein todtrauriges Gesicht, kramte aus dem Gitterkorb einen Flachmann heraus und nahm einen großen Schluck. »Hab genug auf der hohen Kante. Meine Verwandten, die noch leben, haben mich in zwanzig Jahren nicht ein einziges Mal im Heim besucht. Da helf ich lieber so einem Engel wie der Silke! Die hat sich immer um mich gekümmert, die ist was Besonderes.«

Frank grinste. »Das hab ich immer schon gewusst«, sagte er und steckte seinen blutenden Finger wieder in den Mund.

»Also morgen Abend. Ein Versöhnungsessen. Ich mach euch ganz was Leckeres. Frieden und Gerechtigkeit zwischen Menschen ist doch das Wichtigste auf der Welt!«

»Also doch Mutter Theresa!«

»Und du bringst die beiden Glatzen mit, damit ich sehe, dass du deine Schulden auch direkt begleichst!«

Während Silke den Tisch deckte, blickte Ilse durchs Fenster auf das ruhige Hafenbecken.

Ob er alles vorbereitet hatte? Ihr liebster Lover hatte dem Paulchen damals die Stelle als sein Nachfolger verschafft. Und jetzt stand das Paulchen kurz vor der Rente. Und als Vorsitzender des Anglervereins hatte er ihr den Schlüssel fürs Anglerheim überlassen. Das Paulchen war spitze …

Hatte sie an alles gedacht? Diesen Schmierlappen musste eine ordentliche Lektion erteilt werden. Besser gesagt: eine Reinigung verpasst werden! Das war sie der armen Silke schuldig. Und nicht nur ihr … Showtime! Gleich würden die drei spüren, was so eine Mumie alles draufhatte! An die Sedativa zu kommen, war eine der ganz leichten Übungen gewesen. Auf den Pflegezimmern lagen sie haufenweise herum. Die armen Alten wurden doch ständig überdosiert, ein Skandal für sich. Ilse hatte das Zeugs nur einsammeln müssen.

»Boah, echt lecker, die Fischsuppe, Froll…!« Die beiden Bodybuilder ließen sich von Silke einen Nachschlag geben.

Frank hatte den Kopf neben seinen Teller gelegt, und auch die beiden Bodybuilder hingen mittlerweile mehr auf ihren Stühlen, als dass sie saßen. Die Medikamente schienen zu wirken. »Kommen wir doch zum Geschäft«, lallte einer der beiden. »Und danach … popp ich den Engel, du nimmst das Frollein«, lispelte der andere, denn er hatte einen Sprachfehler. Die Herren löffelten weiter zeitlupenartig ihre Suppe.

»Wisst ihr Knalltüten eigentlich, was ihr da gerade esst?«

»Hauptsache is lecker.«

»Das ist Fugu.« Ilse grinste. »Was ganz Exquisites!«

»Aha«, säuselten die Bodybuilder im Chor. »Echt super«, murmelte Frank, bekam aber seinen Löffel nicht mehr hoch.

»Der japanische Kugelfisch?« Einer der Bodybuilder sprang auf. »Den dürfen doch nur Experten … Wegen das Gift!« Er kannte sich offenbar aus, verdrehte trotzdem die Augen und sank schwer atmend auf den Stuhl zurück. »Werd ich gleich über die Emscher geschickt?«, flüsterte er.

»Tetrodotoxin, das wird euch mit Garantie über die Emscher schicken«, sagte Ilse. »Tetrodotoxin. Koordinations- und Wahrnehmungsprobleme, Lähmung der Skelett- und somit auch der Atemmuskulatur. Absolut typisch für das Gift des Kugelfisches. Strafe muss sein! Es sei denn, ihr gesteht, und ich zeichne alles auf. Dann gibt es lecker Gegengift!«

Eine gute halbe Stunde später hatte Ilse das Geständnis der drei auf ihrem Smartphone und stand mit ihnen und Silke unter Pauls Kran im Grimberghafen. Die hundertfünfzig Meter waren für die drei Knalltüten eine Weltreise gewesen!

Ilse winkte mit Spritzen und Kanülen. »Das Gegengift liegt da in der Karre!« Sie zeigte auf ein Schrottauto gleich unterhalb des Krans. »Und da ist auch die Kohle drin!«

Die drei krabbelten sofort in Richtung des alten VW, in Superslowmotion natürlich. Und nachdem sie endlich allesamt in den reingeklettert waren, ließ Paul auf ein Zeichen von Ilse hin den riesigen Magneten runter; der zog den Wagen samt Insassen unwiderstehlich an sich, hob die Rostlaube hoch und schwenkte sie in zehn, zwölf Metern Höhe hin und her. Wie einen riesengroßen Köder an einer Angel. Echt schön!

Weniger schön war die Kotze, die durch die Seitenfenster ins Hafenbecken sprenkelte. Sie schien von den Bodybuildern zu stammen, denn Frank tobte: »Ey Mumie, wenn ich hier rauskomm, biste tot, tot, tot. Und du auch Silke, tot, tot, tot.«

»Keine Sorge, Silke, das sind leere Drohungen. Ich habe die Polizei schon benachrichtigt ...« Ilse schaute sich um. Wo war Silke denn abgeblieben?

Silke kletterte gerade die Kranleiter hoch. »Die werden mich nie in Ruhe lassen; die mach ich alle, alle, alle,« schrie sie. Und schon war sie oben bei Paulchen.

Fräulein Ilse schaute fassungslos in die Höhe. Was sollte das? Und vor allem, warum stürzte das Schrottauto jetzt in den Kanal? So war das nicht geplant. Die drei sollten doch nur eine Lektion erhalten. Stattdessen machte es »Plaaatsch«. Die drei würden absaufen. Viel schlimmer noch: Ilse würde niemals mehr Fisch aus dem Kanal essen können. Wenn sie sich vorstellte, dass die Aale, Hechte und Barsche an den Knalltüten knabbern würden ...

Die Schrottkarre tauchte wieder auf, wurde vom Magneten hochgezogen. Doch nur kurz, dann sauste sie wieder runter und es machte »Plaaatsch«! Was machten die da oben nur?

Und was mache ich nur?, dachte Ilse, die Glatzen und der Frank werden da im Kanal doch über die Emscher geschickt; sind die da oben denn völlig durchgedreht?

In der Ferne Sirenengeheul.

Das Startzeichen für sie als alte Rettungsschwimmerin, in den Kanal zu hechten, um zu retten, was zu retten war.

Als der Schmerbauch in Uniform auf Ilse zukam und von ihr ganz genau wissen wollte, was denn nun eigentlich passiert sei, sagte sie: »Hab ich vergessen. Bin schwer dement!« Sie tippte sich mit der linken Hand an die Stirn. »Vermute aber, ich war auf Putztour da oben auf dem Kran! Wissen Sie, ich kann das nicht anders: Dreck muss weg, egal wo!«

Ilse schielte zu den Glatzen und zu Frank hinüber, die völlig fertig und mit vollen Hosen auf einem Betonklotz saßen, bewacht von Streifenpolizisten.

Der Schmerbauch schaute sie an, als ob sie nicht alle Tassen im Schrank hätte. Aber das war sie ja gewohnt. Ilse tippte sich mit der rechten Hand an die Stirn. »Jetzt weiß ich wieder. War auf Angeltour!« Und das war ja nicht einmal gelogen.

Paulchen hatte oben im Kran Silke erlaubt, die drei Knalltüten ein paar Mal so richtig in den Rhein-Herne-Kanal reinzutunken. »Besser als Waterboarding«, hatte er ihr zugerufen, schließlich aber nach Ilses Geschrei den ganzen Schrott wieder rausgehoben und am Ufer abgesetzt. Und dann hatten Paulchen und Silke sich ruck, zuck vom Acker gemacht.

Fräulein Ilse, die mit vollem Namen Ilse Irmgard Traute Gertrud Annelie Kaczerowski hieß, was aber niemand wusste, da sie nur als Fräulein Ilse bekannt war, und zwar wie ein bunter Hund, griff in die riesige Tasche ihres vor Kanalwasser triefenden Hausfrauenkittels, in der schon die ganze Zeit etwas zappelte. »Nachts beißen Aale ja besonders gut«, grinste sie den Schmerbauch an und drückte ihm einen glitschigen Riesenwurm in die Hand.

Von Täubkes und Trieben

Solange dieses unbeschreibliche Fräulein in der Residenz rumkroste, da war Sterbehilfe für den Jupp also völlig tabu, selbst wenn ich gewollt hätte. Aber wat nu? Schäbbige Trennung, schmutzigen Ehebruch?

Tagelang hatte ich Kopfschmerzen. Da ereilte mich unversehens die Nachricht: Der Jupp war tot! Diesmal endgültig, so dass der auch nicht wieder aufstehen würde. Und sein Ende hatte sich sowas von tragisch ergeben: Der Jupp hat sich selbst erstickt, der war an einem Knöchelchen zugrunde gegangen, das sich geschickt im Hühnerfrikassee versteckt hatte. Das hätte der aber auch früher haben können, und seltsam eigentlich, dass die von der Residenz den Jupp bei den seine Verfassung überhaupt sowas Bedrohliches aufgetischt hatten.

Jedenfalls, ich konnte es nicht fassen, als Pfleger Kevin zu mir auf die hübsche Veranda kam, um mir die traurige Nachricht näher zu bringen: »Frau Kowalski, Sie müssen jetzt saustark sein, ihr Mann is über die Emscher geschickt worden. Sollen wir ihn bei uns im Heim aufbahren?«

»Nee«, sagte ich, »bei mir zu Hause is dat schöner, da hat der vom Sofa aus ein Blick auf seine Seilscheibe im Vorgarten. Die hat der vielleicht immer gescheuert.«

War aber nicht erlaubt. Also, den Jupp nach zu Hause zu holen zu seine Seilscheibe. Welch gefühllose Welt! Am liebsten hätte ich die alle zu Frikassee verarbeitet. Spaß beiseite, ich war wirklich ein bissken traurig, stierte so vor mich hin und bin dann urplötzlich unwillkürlich bei einem bestimmten Gedanken restlos erstiert beziehungsweise erstarrt: Wer würde denn jetzt eigentlich die Täubkes füttern?

Die Seilscheibe ging klar, die nahm der Schrotthändler, aber wat war mit die Täubkes …?

Die Täubkes wollte keiner haben. Wo ich auch rumfragte, alle haben gemeint, deren Zeiten im Pott wären vorbei. Endgültig. Nee, der Pott ohne Täubkes – dann gibt es doch hier kein Leben mehr. Da war schon gut, dass der Jupp vom lieben Gott über die Emscher geschickt worden war und das nicht mehr erleben brauchte.

Ich habe die Täubkes schweren Herzens zur Tafel gebracht, wo ich ja bekanntlich manchmal aushelfe für Arme und Flüchtlinge und so. Sowas kriegen die nämlich nicht jeden Tag auf die Gabel, die haben ja sonst nur das ausrangierte Plastikzeugs von den Discountern. – Aber was war? Undank ist der Welten sein Lohn! Da wollte ich denen mal was Gutes tun, lecker Täubkes, aber die wollten die überhaupt nicht haben …

Ich habe dann versucht, die Täubkes dem kleinen Museum vom Bergbau in der Schüngelbergsiedlung in Buer anzudrehen, da, wo die große Halde ist mit den Scheinwerfern drauf, aber die von dem Museum hatten nur dienstags geöffnet, und ich war sonntags da.

Habe ich die Täubkes eben in ihr Korb einfach davorgestellt; ist ja schließlich ein Wohnhaus, das Museum, und irgendeiner wohnte da bestimmt und würde die finden. Und wenn die die Täubkes nicht lebend ausstellen wollten, dann könnten die die ja ausstopfen; so waren wenigstens meine weitblickenden Gedankengänge. Kümmern würden die sich garantiert, denn »die Geschichte darf nicht verstauben« ist ein Motto von das Museum mit seine ganzen Funde von da unten aus den Bergbau, der mal bei uns war. Da würden die Täubkes sich bestimmt wohlfühlen, bei die ganze Liebe, die die da im Museum die Gegenstände gegenüber entgegenbringen.

Andererseits, war schon traurig mit den Jupp seine Täubkes, denn irgendwo und irgendwann hab ich die ja auch richtig lieb gehabt. War aber vor den Jupp seine Zeit gewesen, genauer gesagt vor die Prostata ihre Zeit.

Ja, und als ich wieder zu Hause war und kein Jupp daheim, der erst danebenpinkelte und anschließend inne Kneipe ging, da wurde mir schlagartig klar: Martha, was machst du jetzt mit deine viele Zeit, wo du doch nun eine alleinstehende, sehr einsame Witwe bist? Denn da war ja auch noch das Trauerjahr, da musste ich drauf Rücksicht nehmen, so macht man das bei uns in der Siedlung nämlich, jedenfalls die ganz Alten bei uns, die noch wissen, was sich gehört: Ein Jahr trauern und in Schwarz gehen. Selbst meine Libido müsste dem gehorchen, auch wenn es der verdammt schwerfallen würde.

Und ich hatte nix mehr zu tun. Die Keramik, meine schönen beigen Fliesen mit dem braungrünen Gräserdekor und das blauweiße Linoleum auf dem Boden waren nun, wo der Jupp in seine ewigen Jagdgründe eingegangen war, stets akkurat sauber – da blieb nicht mehr viel Rest vom Leben übrig, kaum noch einer. So war ich manchmal fast bereit, bis zum Äußersten zu gehen … Aber dann habe ich mir gedacht: Martha, wie blöd bist du eigentlich? Wenn du jetzt anfängst, selber danebenzupinkeln, müsstest du dir doch ja eigentlich in der Konsequenz einen Plan überlegen, wie du dich auch selbst beiseiteschaffst, ohne dass einer da was davon mitkricht. Diese Überlegungen haben mich schließlich überzeugt, die Finger von den Murks zu lassen, den ich mir da überlegt hatte.

Doch dann wurde alles anders. Von ein kurzen Moment auf den anderen. Mein Leben nahm wieder Fahrt auf. Und das hatte mit den Jupp seine Beerdigung zu tun. Die Feier an sich war übrigens sehr schön traurig, weil den Jupp all seine Kumpels an den sein Grab so entzückend »Glück auf, Glück auf, der Steiger kommt« intoniert hatten, dass ich richtig weinen musste und sogar zu meinen glaubte, dass mein Jupp bei diese herrlichen Töne gleich bestimmt noch mal wieder wiederauferstehen würde.

Aber nachdem die Totengräber den runtergelassen hatten, gerade wie ich den in voller Trauer drei Kohlestückskes hinterherwarf, da wurde mir schlagartig klar: Wenn der Jupp selbst auf das Pochen von solche Artikel nicht mehr reagierte, würde der überhaupt nicht mehr reagieren. Nie mehr!

War den Jupp sein Ende auch der Anfang von mein Finale, so toteinsam, wie ich jetzt war?

Das wollte ich aber nicht, dass man mir bald auch das Lied vom Tod spielen würde auf dem Rosenhügel. Deshalb hab ich mir auch einen richtigen Ruck gegeben, bin nach dem Leichenschmaus, den ich mit die ganze Bagage aus unserer Siedlung bei den Odysseus und die Ismeme im Griechengrill mit einem klasse Gyros durchgeführt hatte, damit bei die auch mal die Kasse was zu jubeln hat, da bin ich noch einmal zurück zum Grab, das ja quasi noch warm war. Und ich habe an den sein warmes Grab den Jupp da unten ganz direkt angesprochen. »Jupp«, habe ich gesagt, »Jupp, dat hättest du doch auch nich gewollt, dat ich aufgrund von meine Verlassenheit demnächst auch noch zugrunde geh, nur weil du tot bist.«

Ich hab den Jupp dann auch noch sehr viel andere Sachen erzählt, und so gut und so lange hat der Jupp mir zu seine Lebzeiten nie zugehört wie jetzt, wo er tot war. Jedenfalls, dieses Gespräch mit den Jupp war wie eine Erlösung.

Danach konnte ich mit die Trauerarbeit sofort inne Gänge kommen – was ja wichtig ist für die förderliche Bewältigung von Unbill und Seelennot, wie oft in der WAZ steht von so sehr klugen Experten, die damit selber große Erfahrungen gemacht haben. Als Allererstes räumte ich die Schränke mit den Sachen des Verblichenen aus, um sie den Libanesen für die Flüchtlinge in ihre Heimat zuzuführen.

Und es wartete eine Überraschung auf mich. Aber sowas von eine! Im Schrank. Unter den Jupp seine grauen langen Unterhosen, die noch vonne Zeche waren, die ich aber auf den seine Anweisung hin nicht hatte wegschmeißen dürfen, weil die schon den Jupp sein Vadder getragen hatte – also, da fand ich ein angerosteten Metallkasten. Und in den häuften sich gut zwanzigtausend Euro. Und ein Abschiedsbrief, wo drinstand, dass der Jupp seine Kohle unter die langen Unterhosen gespart hat, weil der den Banken nicht einen Pfifferling traut und damit ich es mal gut haben täte, wenn der tot ist.

So kann man sich in einen Mensch irren.

Also am liebsten, da hätte ich den Jupp in meine überschäumenden Freude sofort wieder ausgebuddelt. Ging aber nicht. Der hatte ja noch nicht mal auf die Kohlestückskes reagiert. Stattdessen habe ich dann vormittags drei Dutzend Rosenkränze gebetet und bin nachmittags an den Jupp sein Grab gelaufen auf den Rosenhügel, um mit den zu sprechen. Und dabei habe ich eine neue Erfahrung gemacht: So ein Friedhof ist ein echter Nachrichtenpool, da sollten sich die Agenten von die CIA, den BND und besonders die von die sogenannte dpa mal eine ganz dicke Scheibe von abschneiden.

Auf den Rosenhügel traf ich nämlich Anfang Juni, als ich mit meine Gießkanne gerade zur Wasserstelle ging, um den Jupp sein Grab zu bewässern, weil ja so heiß gewesen war im Mai, also direkt an den Kran neben den Papierkorb traf ich eine alte Bekannte, von der ihr Mann ein Kumpel von den Jupp unter Tage war. Also, gewesen war, sonst wäre die Bekannte ja nicht bei ihrem Mann gewesen, den zu bewässern.

Jedenfalls, die Bekannte hatte eine Bekannte, die wiederum eine kannte, die die folgende Friedhofsstoorie berichtet hat, die ich jetzt und hier vertraulich und ebefalls gut verbürgt wiedergebe.

Danach war allerdings Ende mit Friedhof. Nie mehr bin ich hin auf den Rosenhügel … Schon gar nicht auf wildfremde Gottesäcker … Viel zu gefährlich bei all den Terroristen und Bomben da, die da so rumkrauchen.

Ruhe in Frieden

Krach bumm knirsch … knister knister bumm knall ächz … splitter splitter splitter … bumm knall … noch eine dicke Explosion und noch eine. Überall Feuer und Rauch, ein Amokläufer sprengt ein gläsernes Bürohaus in die Luft. Ratter ratter ratter … Der Amokläufer hält mit einer MG auf die Überlebenden des Einsturzes.

Lisbeth saß in ihrem Ohrensessel und spielte mit der Fernbedienung. Nein, die beiden sich liebenden nackten Männer waren nichts für sie, auch nicht das Formel-1-Rennen. Besser wieder zurück zum Amokläufer. Der erregte etwas in ihr. Sollte heute nicht der Hansi Hinterseer kommen? Den hatte ihr Bruno so gerne geschaut.

Ein Dokumentarfilm: Ruhe in Frieden. Neue deutsche Gräber. Ein Fluss tauchte zwischen kleinen Hügeln auf. Mit ihren Fingern ertastete Lisbeth die ovale Keramik in ihrem Schoß, fuhr über die feinen Ritzungen, die eingebrannten Initialen: B und L – für immer vereint. Die Kamera schwenkte über Gräber. Die riesengroßen Rhododendron-Gebüsche am Rande der Grabfelder erinnerten sie ebenfalls an etwas. Ah, ja, der Tag der Rache … Wieder einmal … Sie hatten es verdient. Alle! Immer wieder …

Sie stellte die Urne aufs Regal rechts von ihr und nahm Notizheft und Bleistift, die auf dem Tischchen links griffbereit lagen. Die Liste, sie musste die Liste überprüfen. Hatte sie auch niemanden vergessen?

Ihre Augen wurden schwer, das viele Fernsehen strengte sie an. Knallbumm knirsch … ratter ratter … knister knister … splitter splitter … Die Liste. Später. Ein kleines Nickerchen nur … Aber dann … Rache. Wieder … Immer wieder … Wie damals …

Lisbeth keuchte. Sie war zwar noch recht rüstig, aber auch nicht mehr die Allerjüngste. Der Weg um die Flussaue herum entschädigte mit prächtigen Ausblicken. Sie genoss die Stille.

Du bist so kalt geworden, hatte die Tochter ihr vorgeworfen, so unglaublich kalt. Wie lange war das her; drei, vier, fünf Jahre? Resolut war sie immer schon gewesen, aber kalt? Sicher, sie hatte sich über diese furchtbaren Jahre hinweg verändert. Aber war das ihre Schuld?

Die spätnachmittägliche Sonne ließ das bunte Herbstlaub an den nordöstlichen Hängen des Ruhrtals kräftig strahlen. Ein gutes Zeichen! Auf drei Städte blickte sie, auf drei Städte, die sich seit Jahrzehnten auch den Friedhof da oben auf der Höhe teilten. Und die sich um die Grenzen stritten.

Ob sie wohl alle ihrer Einladung folgen würden?

Der Winter vor fünf Jahren war der härteste gewesen, den sie je erlebt hatte. Unermesslich schneereich, die Wege unbegehbar, die Gräber unkenntlich, die ungeheure Schneelast hatte die Bäume schwer ächzen, nicht wenige zusammenbrechen lassen. Die Verwaltungen hatten den Friedhof gesperrt, wochenlang. Viel zu lang! Jeden Tag zweimal hatte sie bis dahin ihren Bruno besucht, seit der so unerwartet …

Im Fernsehen lief damals der Grand Prix der Volksmusik, De Randfichten sangen gerade ihr Lied »Lebt denn der olle Holzmichel noch«, da schluckte Bruno, fasste sich an die Brust, zuckte, rollte vom Sofa, röchelte und war tot.

Frühmorgens war sie die Allererste am Haupttor gewesen, als der Friedhof nach der langen Winterszeit wieder geöffnet worden war. Als sie endlich vor seinem Grab stand, fiel ihr sofort auf, dass etwas nicht stimmte. Das Holzkreuz … rechts neben Brunos Grab. Direkt daneben! Ihre Beine gaben nach, ihr wurde schwarz vor Augen …

Noch vom Hospital aus rief sie die Tochter in Wesel am Rhein an. »Ach Mutti, das ist wirklich schlimm, ich leide mit dir«, hatte diese die Betroffene gespielt. »Mutti, ich rufe sofort beim Friedhofsgärtner an, das kann nur ein Irrtum sein, wir werden eine Lösung finden«, hatte die Tochter sie beruhigen wollen. Selbst kommen könne sie nicht, der Einbau der neuen Küche stünde an.

Als Lisbeth nach zwei Tagen aus dem Krankenhaus entlassen wurde, war ihr erster Gang der zum Friedhof. Immer noch stand neben Brunos Grab das billige Holzkreuz. Sofort griff sie zum Handy. »Mutter, sorry, aber ich erreiche in der Gärtnerei niemanden, irgendein Sterbefall in der Familie, glaube ich. Ich rotiere, ich drehe durch … Du kannst dir nicht vorstellen, was passiert ist; die haben die Küche falsch ausgemessen. Nix passt. Schrecklich. Aber ich kümmere mich, ich melde mich heute Abend!«

Lisbeth wählte die Nummer des Sohnes in Hamm an der Lippe. »Unglaublich! Mutter, ich verstehe deinen Schmerz. Skandal! Wenn du willst«, polterte er, »suche ich dir einen Anwalt. Wir müssen auch an Schmerzensgeld denken … für die ganze Familie. Das tut auch mir weh. Jetzt muss ich die Jungs zum Training fahren. Ich rufe dich am Abend an.«

Niemand rief sie am Abend an.

Als Lisbeth den Friedhof betrat, da quietschte das kleine alte schmiedeeiserne Tor in seinen Angeln. Wie oft war sie mit ihrem geliebten Bruno hier spazieren gegangen. Alles hatten sie gemeinsam … ein Leben lang! Er besuchte mit ihr die ungeliebte Oper, sie hatte neben ihm einen Sitzplatz in der Fußballarena. Sonntags schaute Bruno statt Tatort mit ihr die Inga-Lindström-Filme. Sie reinigte dafür mit Bruno zusammen die Waffen aus seinem Waffenschrank. Bruno besuchte mit ihr sogar den Töpferkurs der nahegelegenen Künstlersiedlung. Gemeinsam hatten sie dort ihre Urnen gestaltet und gebrannt.

Und jetzt lag jemand anderes neben Bruno.

In ihrem Grab.

Der Bruder der Frau, die in ihrem Grab lag, hatte die Einverständniserklärung für die Umbettung sofort unterschrieben. Wütend war der gewesen: »Ein Drache war das! Sechs Jahre hab ich die gepflegt. Und was macht die? Vererbt ihr Haus der Wohlfahrt. Scheiß drauf, wo die liegt!«

In der zuständigen Friedhofsgärtnerei kam Lisbeth sofort zur Sache: »Graben Sie diese Frau bitte wieder aus.« Anfangs hatte sie noch »bitte« gesagt. »Diese Erde gehört mir.«

Der Chef der Gärtnerei, ein junger Mann, schaute sich nervös um: »Nicht hier.« Er führte sie in ein Hinterzimmer, das wohl sein Büro sein sollte. Ein alter PC stand herum, ein klobiger Monitor, Gerümpel aller Art, tausende Blumentöpfe, Sträucher sogar, das reinste Chaos. Irgendwo dazwischen Akten, Blumentöpfe, lose Zettel, Gartenzwerge und – Urnen.

»Ein bedauerlicher Irrtum, wirklich, obwohl …« Der picklige Friedhofsgärtner war unsicher, das spürte sie.

»Ein Irrtum kann rückgängig gemacht werden.«

»Hören Sie, ich bin der falsche Ansprechpartner. Mein Vater, der … der … ist vor einigen Tagen verstorben … der hatte …«

»Herzliches Beileid.« So viel Zeit musste sein, sie war ja kein Unmensch.

»Schauen Sie sich doch um. Mein Vater … deshalb ….«

»Junger Mann, jetzt lassen Sie mal Ihren seligen Vater aus dem Spiel. Lassen Sie uns zur Sache kommen. Ich habe hier zwei Dauergrabpflegetreuhandverträge. Mit Ihrer Firma. Sie sind der Erbe.« Sie griff in ihre Handtasche und holte Vertragskopien heraus. »Diese Gärtnerei ist laut dieser Dauergrabpflegetreuhandverträge der Dauergrabpflegetreuhänder und als solcher in der Verantwortung, nicht nur das Grab meines Mannes, sondern auch mein Grab …«

»Ihre Grabstelle …«

»Wie bitte?«

»Nicht Ihr Grab. Ihre Grabstelle. Hören Sie, ich möchte ja helfen.«

»Warum tun Sie es dann nicht?«

»Weil ich es seit gestern nicht mehr kann. Seit Jahren gibt es Grenzstreitigkeiten zwischen den drei Städten, auf deren Gebiet der Friedhof liegt und die ihn nutzen; der Streit ist eskaliert, Sie wissen das … Nunmehr gibt es eine neue Regelung. Die anderen Kommunen …«

»Wie?«

»Was halten Sie davon? Wir könnten das Grabfeld ein wenig verbreitern, ich meine, nach vorne hin ausweiten … Sozusagen Fläche für ein neues Grab schaffen. Auf dem Gebiet unserer Stadt. So gehen wir den anderen Verwaltungen aus dem Weg.«

»Niemals!«

»Aber Sie liegen dann doch auch nebeneinander.«

»Nein! Wir liegen dann nicht nebeneinander, sondern hintereinander: Ich liege mit dem Kopf an Brunos Schweißfüßen. Junger Mann, was glauben Sie wohl, welche Probleme Bruno mit seinen Schweißfüßen hatte!«

»Aber, das ist doch … bloß … Asche … eine … Urne.«

Es hätte so schön sein können.

Als sie mit Bruno bei ihren gemeinsamen Spaziergängen auf den Hängen über der Ruhr auf den neu angelegten Garten der Erinnerung gestoßen war, waren sie beide sofort begeistert gewesen. Mit geschickter Bepflanzung waren sanft geschwungene Linien erzeugt, war eine Landschaft geformt worden, die die übliche Starrheit der Grab-an-Grab-Belegung auflöste. Auf einer großen Wiese hatten Landschaftsarchitekten zwischen Brunnen, Wasserläufen, kleinen Steinhügeln und Steinmauern und dazu wunderschönen kleinen Bildhauer-Kulturen Oasen unterschiedlich gestalteter Grabfelder geschaffen, mal für Urnen, mal für Särge. Auch die alte Baumbepflanzung war passend eingebunden worden. Und das alles an der höchsten Stelle oberhalb der Ruhr … Der Himmel greifbar nah …

Liebevoll hatten sie sich in den Arm genommen und sich in die Augen geschaut. Ruhe in Frieden. Zusammen! An einem wunderschönen Ort!

Der Leiter des Friedhofsamtes ihrer Heimatstadt war wie Bruno Pfeifenraucher. »Liebe Frau, die neue Städtegrenze verläuft nun mal genau zwischen dem Grab Ihres Bruno und Ihrer Grabstelle. Der Streit ist historisch, stammt aus dem Mittelalter, hat immer schon zu Streitigkeiten geführt, der Graf von der Mark … Erzbischöfe sind über die Emscher geschickt worden … Ach, was erzähle ich, unsere Kommune will auf keinen Fall einen neuen Krieg.«

Lisbeth pochte auf ein Papier. »Hier steht es doch, in Ihrer eigenen Verwaltungssatzung: Das Nutzungsrecht an einem Reihengrab oder vergleichsweise Gräber erwirbt derjenige, der die Bestattung beim Friedhofsbüro veranlasst, und zwar für 25 Jahre. Er entrichtet hierfür die entsprechende Gebühr und erhält einen Grabstellenausweis.«

»Gehören tut Ihnen gar nichts, liebe Frau. Nicht einmal die Urne Ihres Mannes, denn die gehört in die Erde. Die Vorschriften sind nun einmal so. Das besagte Wahlgrab, für das Sie das Nutzungsrecht erworben haben, ich betone Nutzungsrecht, denn Nutzungsrecht ist nicht Eigentum oder Besitz, liegt nun einmal jetzt genau jenseits der neuen Stadtgrenze. Und nun liegt die Zuständigkeit halt woanders … Aber ich denke, ein, zwei Monate, dann sind die Kollegen soweit und werden Ihnen helfen können … Liebe Frau …«

»Ich bin nicht Ihre liebe Frau!«

Sie erreichte Brunos Grab und setzte sich erschöpft auf eine Bank direkt gegenüber. Sie musste letzte Kraft sammeln, sich sammeln …

Die verdammte Urne dieser verfluchten Frau lag immer noch da unten. Seit fast fünf Jahren. Und der Grabstein, der dieses billige Kreuz ersetzt hatte, war auch längst wieder an seinem Ort: graniten, herzformähnlich, darauf Name und Geburts- und Sterbedatum der fremden Asche in goldenen Lettern.

Der schwere Stein war für sie gerade noch – im wahrsten Sinne des Wortes – tragbar gewesen. Wochenlang hatte sie ihr Kreuz gespürt, wenn sie ihn wieder einmal aus seinem Bett herausgewuchtet und hinter den Büschen versteckt hatte. Trotz größter Vorsicht war sie regelmäßig erwischt worden. Zu Beginn verliefen die Anzeigen im Sande, später musste sie happige Bußgelder zahlen, irgendwann war sie auch ins Gefängnis gegangen. Aber das war erst viel später gewesen.

Auch keine Lösung.

Garten der Erinnerung. Welch ein Hohn!

Natürlich hatte sie damals auch das Friedhofsamt der Nachbarstadt aufgesucht. Es war Mittagszeit, und der zuständige Amtsleiter hatte vor sich eine dampfende Tasse Hühnerbrühe stehen. »Wird sonst kalt.«

Nachdem sie ihr Anliegen vorgebracht hatte, löffelte der etwa fünfzigjährige Vollbartträger immer noch seine Suppe. »Nein, nein, das sieht der Kollege völlig falsch. Ein, zwei Monate. Haha. Optimistisch, sehr optimistisch. Wir haben ja nicht einmal die Verwaltungsvorlage für den entsprechenden Ausschuss erstellt, wie soll denn da der Rat …? Schminken Sie sich das ab. Geduld, Geduld! Wenn Sie so wollen, rechtloser Zustand.«

Fett tröpfelte in seinen Bart. Lisbeth reichte ihm ein Papiertaschentuch. »Dann bette ich die Urne eben selber um.«

»Wie bitte?« Der Amtsleiter verschluckte sich, spuckte in seinen Vollbart, in seine Suppe, auf seine Akten.

Lisbeth reichte ihm drei weitere Taschentücher.

Er säuberte alles, schaute auf: »Das meinen Sie nicht ernst.«

»Doch!«

»Davon rate ich ab. Störung der Totenruhe.«

»Und was ist mit meiner Ruhe? Ich mache das auch sehr ordentlich; Bruno und ich haben unseren Garten immer gut in Schuss gehalten.«

Unter der gelblich-fleckigen Tastatur seines Computers zog der Mann ein Blatt Papier hervor, hielt es Lisbeth hin und zitierte: »Wer unbefugt … den Körper oder Teile des Körpers eines verstorbenen Menschen, eine tote Leibesfrucht, Teile einer solchen oder die Asche eines verstorbenen Menschen wegnimmt oder wer daran beschimpfenden Unfug verübt, wird mit Freiheitsstrafe bis zu drei Jahren oder mit Geldstrafe bestraft. Ebenso wird bestraft, wer eine Aufbahrungsstätte, Beisetzungsstätte oder öffentliche Totengedenkstätte zerstört oder beschädigt oder wer dort beschimpfenden Unfug verübt. Der Versuch ist strafbar.«

»Das ist kein Unfug. Das ist mein Fug und Recht!« Lisbeth blieb vor Empörung fast das Herz stehen.

Ein drängendes Gefühl kam in ihr hoch. So etwas hatte sie noch nie gespürt. Nicht mit dieser Kraft. Das musste entladen werden. Sofort! Blitzschnell lehnte sie sich über den Schreibtisch, griff die Suppentasse und schleuderte sie gegen den Amtsleiter. Als sie den Raum verließ, sah sie noch, wie er fluchend fettige Buchstabennudeln von Vollbart, Hemd und Jackett einsammelte.

Lisbeth stand auf und sah sich um. Niemand mehr hier. Langsam ging sie zu den riesigen wunderschönen Rhododendron-Gebüschen am Rande des Geländes, bog Zweige beiseite, drückte sich hinein, wischte das Laub weg. Alles war noch da.

Bereits vor Tagen hatte sie das schwere Zeug – teilweise in Einzelteile zerlegt – nach und nach unauffällig heraufgeschafft. Der Waffenschrank Brunos war reichhaltig bestückt, an einen Verkauf hatte sie nie gedacht. Das Maschinengewehr und den Semtex hatte sie sich allerdings über Mittelsmänner auf dem freien Markt in Belgien besorgen müssen. Das war nicht ganz einfach gewesen, aber seit sie sich mit diesen Dingen näher beschäftigte, lernte sie schnell …

Lisbeth griff in ihre Handtasche und tastete nach der kleinen Handfeuerwaffe, der Beretta … Es war Brunos Lieblingsstück gewesen. Kalt war das Metall.

Sie schleppte die schweren Benzinkanister in den Garten der Erinnerung. Den Feuerkreis würde sie zuerst entfachen.

Die Mitarbeiter des Friedhofsamtes der dritten Stadt fühlten sich überhaupt nicht mehr zuständig. Ausschüsse und Stadtrat hatten den Fall an das Grundbuch-, dann an das Rechtsamt zurückgegeben, es sollten neue Gutachten eingeholt werden. Sie biss auf Granit.

Man schickte sie zur Kulturverwaltung, was Lisbeth nun überhaupt nicht mehr verstand.

»Was ich gleich sagen will, Grenzregulierungen an sich interessieren mich nicht.« Mit dynamischem Schwung betrat die blonde, vielleicht fünfunddreißigjährige Bereichsleiterin Kultur den Raum und begrüßte sie zugleich distanziert wie engagiert. »Im Gegenteil, wir müssen Grenzen überwinden! Ist das nicht schön! Unsere Kulturverwaltung, das heißt ich, wir haben eine grandiose Idee. Eine friedensstiftende kulturelle Landmarke. Ist das nicht schön!«

Was sollte sie hier?

Die Bereichsleiterin Kultur stand auf und führte Lisbeth in eine Ecke des Raumes, wo auf einem Beistelltisch eine ziemlich exakte Modellierung des Gartens der Erinnerung stand. Selbst Ruhr und Ruhrhügel waren nachgebildet. Ein großer rotweißer Stock steckte in den Gräbern. Waren das etwa Brunos und ihre Grabstellen?

»Sehen Sie, die neuen Grenzlinien aller drei Städte schneiden sich genau an dem Punkt Ihrer beider Grabstellen, zugleich dem höchsten Punkt des Berges. Ist das nicht schön! Wir können hier ein Zeichen setzen. Wir sind die Generation, die neunhundert Jahre Streit endlich beendet! Sie kennen doch diese rotweißen Messlatten der Vermesser. So etwas in groß, mehr als fünfzig Meter hoch, weithin sichtbar, beispielsetzend! Ein dreieckiges Fundament, jede Ecke in der Erde einer anderen Stadt. Weithin soll die Verständigung zwischen lange verfeindeten Kommunen sichtbar werden. Vereinigung, der Stab sich Richtung Himmel reckend, ein grandioses Zeichen der Aussöhnung … Ist das nicht schön!«

»Ah, ja.«

»Noch habe ich die Ämter und die Politik nicht überzeugt. Aber es geht um die Vision. Ist das nicht schön! Wir werden die besten Künstler animieren, sich zu beteiligen.«

»Aber das ist doch mein Grab. Wer versöhnt sich mit mir?«

»Kollateralschäden gibt es immer wieder. Das Gemeinwohl ist wichtiger. Ist das nicht schön! Das Fundament … Ich denke, auch Ihr Mann müsste verlegt werden, vielleicht finden Sie ja auf diesem Wege wieder zusammen … Ist das nicht schön!«

Das Modell des Kunstobjektes war aus Styropor und im Wesentlichen nach einem kräftigen Schlag mit ihrer Handtasche fratze. Weil es so schön war, schlug sie noch ein zweites Mal zu.

Langsam verschwand die Sonne hinter den Baumkronen, die wie ein wirres Netz verbogener Gitterstäbe wirkten.

Ein Pastor kam vorbei, entdeckte sie und beschleunigte seine Schritte. Ob er sie erkannt hatte? Unwillkürlich musste sie lauthals lachen, dachte an den Oberbürgermeister der zweiten Stadt, der ursprünglich Pfarrer gewesen war und sie persönlich bei sich zu Hause empfangen hatte – in einer alten, schick renovierten Villa, deren Wohlfühlambiente ihr wohl imponieren sollte. Doch letztlich wollte er nichts anderes, als sie im Auftrag der anderen beteiligten Bürgermeister dazu zu bewegen, endlich einzulenken und einen Kompromiss einzugehen.

Er wollte sie zum Schweigen bringen.

Denn sie hatte viel Rummel gemacht, damals, hatte Internet und Twitter gelernt und sogar auf Facebook eine Seite eingerichtet: Jeder hat ein Recht auf sein Grab! Über zehn Millionen aufrechte Daumen teilten ihre Ansicht. Sie stellte ein Video mit einer bewegenden Ansprache ins Netz: Mit einem Transparent »Mein Grab ist mein Recht. Ich gebe nicht auf!« stand sie vor Brunos und ihrem, das heißt dem fremd besetzten Grab, ihre mit Bruno gemeinsam getöpferte Urne im Arm, einen Spaten im Hintergrund als stille Drohung, die ihr unbekannte Frau auszugraben. Es wurde ein halbes Jahr lang das meist angeklickte Filmchen auf YouTube.

Bundesweit war natürlich die Presse auf sie aufmerksam geworden. Die taffe Olle aus dem Ruhrgebiet, die so erfolglos für ihre Grabstelle kämpfte, war lange ein Topthema. Sie war bei Beckmann und Kerner gewesen, stern TV hatte ihren Fall ein ganzes Jahr lang begleitet. Im Philosophischen Quartett hatten sich Sloterdijk und Safranski und ihre Gäste die Köpfe heiß geredet über die metaphysischen Fragen: Was ist der letzte Sinn einer ungestörten Totenruhe? Oder: Gibt es ein Naturrecht für Ehepaare auf nebeneinanderliegende Gräber?

Der Oberbürgermeister hatte sich seinerzeit in seinem holzgetäfelten Arbeitszimmer mit großzügigem Panoramablick auf die Ruhr und aufs Ardeygebirge einen Tee aufgebrüht und auch ihr einen angeboten. Sie hatte jedoch abgelehnt, weil sie erst einmal abwarten wollte, was er zu sagen hatte.

Während er passende Worte suchte, starrte sie die ganze Zeit auf seine ohne Unterlass zitternden Hände, die sich an einer Teetasse festklammerten, auf der grüne vierblätterige Kleeblätter abgebildet waren. War er ihretwegen so bewegt? Und waren die Kleeblätter vielleicht ein Zeichen? Sollte sie heute endlich Glück haben in ihrer Angelegenheit?

»Hmmm, schlimme Sache, wirklich schlimme Sache. Sie haben mein Mitgefühl. Der liebe Gott sagt ja nicht umsonst: Ich gehe hin, euch die Stätte zu bereiten.«

Er ließ die Worte nachwirken.

Lisbeth sagte auch nichts. Was sollte sie auch sagen.

»Wir werden eine Lösung finden.«

Wie oft hatte sie das schon gehört!

Er stand auf und holte etwas aus dem Schrank. »Möchten Sie auch einen Schnaps in den Tee?«

Sie verneinte. Für jedes »empörend«, das er in der Folge ausstieß, und es waren nicht wenige, goss er sich einen weiteren Schnaps in den Tee, der selbst mittlerweile nur noch aus homöopathischen Dosen bestehen konnte.

»Kriege ich jetzt meine Grabstelle zurück oder nicht?«

»Hm, ja, nein, hm, meine Kollegen aus den anderen Städten und ich, wir gemeinsam haben einen Vorschlag. Wir können Ihnen eine wunderschöne Doppelgrabstelle anbieten, in einem neuen Garten der Erinnerung, der extra für Sie angelegt wird. Empörend, hicks!«

»Aber den kennt Bruno doch gar nicht. Er liegt jetzt auf dem höchsten Punkt des Hügels, genau dort, wo er mit mir liegen wollte, dem Himmel so nah, und das ist gut so, und ich will dort auch liegen!«

»Bitte, Lisbeth, ich darf Sie doch Lisbeth nennen, wir bezahlen alles. Mit Engelszungen habe ich die Kämmerer ...«

»Nein.«

»In meines Vaters Hause sind viele Wohnungen.«

»Nein!«

»Empörend, empörend ...!«

Als sie ohne Vorwarnung ging, holte er sie trotz gefährlich schwankender Bewegungen an der großen geschwungenen Treppe ins Untergeschoss ein und hielt sie grob fest.

»Hicks! Ob Asche oder Madenfraß, der Pfarrer stets ne gute Messe las. Nee, Lisbeth, du bleibs hier, du machs mir mein Erfolg nich kaputt. Hicks. Empörend! Hicks! Bleib hier!«

»Nein!«

Sie stieß ihm den Ellbogen in die Rippen, er stolperte, sie stieß noch einmal zu, so dass er die Treppe mit dem Kopf voraus, ähnlich einem Skiflieger, heruntersegelte, wenn auch nicht so weit, denn seine Stirn prallte bereits auf die vierte Treppenstufe, genauer gesagt auf die vordere harte Kante derselben, was nicht nur die Kante befleckte, sondern auch einen bösen tiefen Schmiss in der Kopfhaut des gestolperten Oberbürgermeisters hinterließ.

Wobei Lisbeth, während er mittlerweile eine Art vertikales Rad drehte, genau in diesem Augenblick seltsamerweise auffiel, dass die Treppe aus äußerst dekorativem Marmor bestand, der nun aber leider gerade durch eine Flut von hässlichen Blutflecken gänzlich verunreinigt worden war.

Sieben Stufen weiter schlug das Genick des ehemaligen Pfarrers ebenfalls auf eine Treppenkante, was zur Folge hatte, dass er nun endgültig tot war. Die Justiz stufte den Vorfall später als Unfall eines hochgradig Betrunkenen ein.

Auf Dauer, begriff sie damals, musste eine große Lösung her.

Sie hatte die große Lösung gefunden.

Die beiden anderen Bürgermeister, sie standen ganz oben auf ihrer Einladungsliste für heute, auf der für ihre ganz persönliche Versöhnungsfeier. Wie so viele andere: Tochter und Sohn sowieso, dann die komplette Familie des Friedhofsgärtners, die Familien der Amtsleiter … Nur so ging es. Wie mitleidig von oben herab hatte sie die Frau des verstorbenen Friedhofsgärtners angesehen, wie ignorant war diese blonde Karrierefrau vom Kulturamt gewesen. Ach, es waren so viele …

Diese Araber, die hatten schon recht: Nur Sippenrache konnte wirklich etwas bewirken! Man musste Zeichen setzen. Sie musste Zeichen setzen.

Die Friedhofs-, Grundbuch- und Rechtsamtsleiter der verfeindeten Städte und ihre Anverwandten standen natürlich ebenfalls auf ihrer Liste. Von Behörde zu Behörde war sie gelaufen, von Pontius nach Pilatus. Kein Erfolg, nirgends. Auch der Vorsitzende des Petitionsausschusses des Landes NRW und die Ministerpräsidentin und die Mitglieder der Regierung, die sie in ihrer Ohnmacht dutzendfach angeschrieben hatte, waren eingeladen. Selbstverständlich auch das Landesparlament, denn das war ja die politische Familie der Regierung. Und die Richter … natürlich die Richter!

Sie war durch alle Instanzen gegangen. In der letzten Verwaltungsgerichtsinstanz hatte sie erneut verloren, sie hatte den obersten Richter geohrfeigt und legte noch aus dem Gefängnis heraus Verfassungsbeschwerde ein, denn sie sah ihre Grundrechte verletzt. Schließlich trug sie den Fall vor den Europäischen Gerichtshof für Menschenrechte. Der lehnte ihre Klage ab. Das war vor zwei Jahren gewesen.

Hinter Gittern schrieb sie einen ersten Brief: Dass sie einsichtig geworden wäre … Sie schrieb herzergreifende weitere Briefe … Und bereute, immer wieder! Bald kam sie auf Bewährung frei …

Lisbeth schüttelte sich. Irgendwie war sie so müde. War sie etwa eingeschlafen? Nur das nicht. Nicht heute. Sie musste wach sein, das Feuer entfachen, den Sprengstoff fernzünden. Denn bald mussten sie kommen. Gut dreihundert an der Zahl. Wenn nur hundert kämen, auch egal … Sie würde es tun. Für ein symbolträchtiges Massaker reichten auch zwanzig Köpfe … Sie hatte einen so schönen Einladungstext aufgesetzt … Späte Einsicht, Entschuldigung, Versöhnung …

Ja, Versöhnung, sie wollte sich versöhnen. Aber auf ihre Art. Das war sie Bruno schuldig.

Der Feuerring würde sie alle einkreisen. Knister, knister, knister … Den Semtex hatte sie bereits in Brunos Grab und in ihrer Grabstelle untergebuddelt, schließlich hatte sie das Nutzungsrecht an dieser Erde. Bumm bumm bumm … Ein Knopfdruck auf der Fernbedienung würde reichen. Ratter ratter ratter … Die Salven aus dem Maschinengewehr würden sie an der Flucht hindern. Danach käme die Beretta zum Einsatz. Sie würde über die Wiese und die Gräber schreiten, und wer noch zuckte – Genickschuss. Bruno hatte ihr gezeigt, wo man die Mündung im Nacken aufsetzte.

Es blitzte, sie schlug die Augen auf, griff zur Fernbedienung, blinzelte, wieder blitzte es in ihren Augen …

… da kamen sie. Das waren sie doch, oder? Wie ein Trauerzug trotteten sie den Berg hinauf. Aber warum bogen sie jetzt ab. Damals … selbst Kamerateams waren gekommen. Wo waren die jetzt …?

Instinktiv griff sie zur Urne auf dem Regal … die feinen Ritzungen, die Initialen … in ihrem Schoß jetzt … Oh je… die Fernbedienung fiel ihr aus der Hand, die Urne …

Knall bumm knirsch … knister knister knister … bumm knall ächz … ratter ratter ratter … und noch eine Explosion … und noch eine … und noch eine …

Lisbeth schreckte auf.

Aus Maschinengewehren knallten Schüsse. Wieder Explosionen, Feuer, der Lärm war nicht zu ertragen.

Plötzlich war alles still.

Neben ihr stand ein junger Mann im weißen Kittel, den Daumen noch auf dem roten Knopf der Fernbedienung, tätschelte ihren Kopf, schob mit den Füßen viele kleine Scherben zusammen. »Actionfilme. Ach je, kannst nicht von lassen, Lisbeth, Wut und Rache, das ist immer noch in dir, nicht!«

Sie starrte aus dem Fenster.

»Lisbeth, die wievielte Urne ist das jetzt eigentlich, die du fallen gelassen hast? Wird langsam teuer. Da versteh mal einer die modernen Psychologen, dass die dir immer eine neue geben. Im Grunde beruhigt dich doch nur das hier.« Der junge Mann zeigte auf eine große Spritze, die er plötzlich in seiner Hand hielt.

Die Gitterstäbe und das drahtige Fliegennetz davor leuchteten im Licht der untergehenden Sonne. Draußen im Garten stand ein riesiger Rhododendron.

Als er die Nadel in ihren Arm schob, spürte sie nichts.

Der Fluss … sie würde gerne wieder einmal den Weg an der Ruhr entlang, den Hügel hinauf gehen …. Was würde sie dafür geben …

»Kannst dich an nix mehr erinnern, Lisbeth, nicht. Du bist mir schon eine arme Alte. Legt sich mit Verwaltungen, Bürgermeistern und Richtern an und glaubt, dadurch im Kopf keinen Schaden zu nehmen …«

Bruno …

Der junge Mann beugte sich zu ihr hinunter. »Oh Lisbeth, waren es eigentlich hundertzehn oder hundertelf Leute, die du damals in die Luft gesprengt hast? War dir egal, nicht, Hauptsache viele …«

Bruno, Bruno …

»Sag mal Lisbeth, stimmt es wirklich, dass du deiner eigenen Tochter den Genickschuss gegeben und danach einen Zettel an ihre Brust geheftet hast: ›Jetzt bist du auch kalt. Ruhe in Frieden‹?«

Von Kurschatten und Haubentauchern

Also ganz echt! Es schüttelt mich immer noch, wenn ich an die Lisbeth denke. Und ich denke oft an die. Manchmal ist die mir sogar sympathisch, weil, die war einfach straight, wie der Tommi sich schon mal ausdrückt. Aber die Bockigen, die sich tapfer wehren gegen die inhumane Welt der Gesellschaft, die werden eben immer mehr abserviert, weil die die Ruhe von den Anpassern stören; die stecken die Widerspenstigen einfach in die Klapse, stillen die mit Spritzen, weil denen nix anderes einfällt.

Also echt! So wirr, wie mir im Kopf ist, könnte ich auch mal eine Spritze gebrauchen für meine Stille. Was mir da immer noch alles so durchgeht an Mord und Totschlach, das ist ja nicht mehr zu ertragen. Die arme Lisbeth, die wird wohl nie mehr aus der Klapse rauskommen. Ob ich die da mal begegnen werde? Oder hab ich die sogar schon? Bin ich jetzt auch so eine wie die Emma mit die immer größer werdenden Lücken? Ist das aber noch belangreich, wo ich doch sowieso schon in der Klapse sitze, oder?

Jedenfalls, durch meine beziehungstechnische Isolation nach dem Tod von mein Jupp, wie die Emma das gewohnt hochgestochen bei einem Stück Sachertorte vom Stadtbäcker, den Gattenbrökker, mir gegenüber ganz fein, aber treffend, ausgedrückt hatte, schielte ich trotz Trauerjahr durchaus schon mal nach einem neuen Männe.

Sachertorte von den Gattenbrökker gab es übrigens deshalb, weil die Emma an dem Tag selbst keine Zeit zum Backen hatte, weil nämlich die Esmahan auf dem Garagenhof in der Sonne saß und die Emma ihre platonische Liebe durch dauerhafte Betrachtung aus der Ferne ausübte. Was schade war, weil die Sachertorte von den Gattenbrökker diesmal nämlich nicht so gut war, wie die Emma die selbst immer macht …

Aber eigentlich hatte ich andere Sorgen. Denn, nee, so alt war ich noch nicht, ich wollte noch was haben von mein Leben. Zumal ich nun verwitwet war, und da darf man schon mal an andere Männer denken ohne sich ein schlechtes Gewissen einzubrocken, weil heute ja sowieso alles anders ist.

Und irgendwann erinnerte ich mich auch wieder daran, dass ich ja eine moderne Frau sein wollte, und in schwierige Zeiten muss auch die moderne Frau sehen, wo sie bleibt. Besonders in mein hartnäckigen Fall mit mein hitzigen Unterleib, der mal wieder mich zunehmend traktierte.

Gut vorgesorgt, das hatte der Jupp mit seine häusliche private Sparrate ja für mich. Und die Witwenrente war auch ganz annehmbar, so dass ich wohl nie in den Harz fahren müsste, um mir da was an Finanzkraft zu besorgen. Da war ich den Jupp auch ewig dankbar für. Den armen Ossis was wegzunehmen, wo die selbst kaum was haben – das ging gar nicht. Wobei der Freddi vonne Bude sagt ja immer, die Ossis würden von uns, obwohl wir so gut wie nix haben, immer noch ordentlich was kriegen. Gibt also noch tiefere Probleme als meine Libido auf dem weltweiten Globus, oder?

Wobei, beträchtlich wichtig waren die schon, die Probleme mit meine Libido. Und die konnte mir der Jupp mit seine Hinterlassenschaften auch nicht nehmen. Wenn nämlich solch eine hitzige Libido eine geraume Zeit lang nicht befriedigt wird mit der ihrem heißen Brodem, dann verfeuert die eine Person gewissermaßen von innen heraus. In dem Falle mich! Von außen verbrannt zu werden, das ist ja schon schlimm genug; aber von innen? Ich weiß, wovon ich rede – Höllenqualen waren dagegen ein Fliegenschiss.

Den Jupp hatte ich übrigens nicht verbrennen lassen, weil, man weiß ja nie. Weil, wenn der doch nochmal wiederauferstanden wäre, so ein heißes Krematoriumsfeuer wollte ich dem nicht zumuten, denn das tut bestimmt ganz schön weh. Wobei, in einem Holzsarg, einsfuffzig unter der Erde im tiefen Dunkeln, wenn du da plötzlich wieder zu Sinnen kommst, das ist auch nicht gerade berauschend. Garantiert! Wenngleich, das wäre bei mein Jupp nicht ganz so schlimm, denn Untertage, da kannte der sich ja voll aus. Aber so ganz alleine da unten ohne seine Schmusetäubkes, das wäre wiederum dann auch nicht ganz so schön gewesen für den.

Jedenfalls, je mehr Abstand ich von der Beerdigung bekam, desto weniger ließen mich meine Triebe in Ruhe. Anders gesagt: Meine Libido spielte Karussell mit mir. So wie damals, aufe Kirmes, wo der Jupp und ich, noch vor unser amtlich beglaubigte Verehelichung, immer hingegangen sind, wenn es zu kalt war für inne Büsche am Kanal. Wir sind immer ganz früh los, wenn noch kein richtiger Betrieb war, und dann sofort fix ab in ein Abteil von die Raupe. Und immer, wenn die Plane oben drüber zuging zum Schluss von die Rundfahrt … Ich sach nur: War dat schön! Also, wir sind mindestens ein dutzend Mal mit die Raupe. Also, pro Kirmestag.

Genug von solche Erinnerungen und zurück zu den alltäglich Bedrängnissen, also der Frage: War da auf meine alten Tage irgendwo in der Nähe ein Männe, mit dem ich Streicheleinheiten austauschen konnte?

Mein erster Schritt in diese Richtung: Ich legte dat Schwatte ab. War trotzdem gar nicht so einfach, ein neuen Männe zu finden. Denn ich hatte ja Ansprüche! Zum Beispiel: Pissa non grata, um wie die Emma mal zu sprechen. Ich suchte also einen, der meine Libido gewachsen und zugleich kultivierter Sitzpinkler war.

Ich habe diese Neuigkeit natürlich sofort dezent unter die Mitbewohner von unserer kuscheligen Siedlung ausgebreitet. So im Frühsommer. Eigentlich nur unter eine Person ausgebreitet, denn nachdem ich das der Ismene vom Griechengrill zugeflüstert hatte, da verging kaum eine Stunde, und nächsten Morgen war die Neuigkeit das Gelsenkirchener Stadtgespräch: Die olle Martha is wieder läufig. Nehmt fix eure Männer anne ganz kurze Leine. – Jau, so gemein redeten die alle über mich, auch wenn die natürlich leider Gottes recht hatten.

Zum Beispiel die Giulia, unser italienische Primadonna, die, wie erwähnt, immer mit ihre dreißig Zentimeter hohe Pöms angedackelt kommt. Die dackelte über meinen Weg zufälligerweise, zusammen mit der ihre Freundin Esmeralda, was die Frau vom Pablo ist, der neben den Radek und den Woitek wohnt, als ich gerade vom Jupp vom Friedhof zurückkam.

»Martha«, sagte die Giulia, »wenn du nicht weißt, wohin mit deiner Libido, dann ab innen Puff nach Barcelona.« Und die Giulia grinste dabei die Esmeralda an.

Die war nämlich genau dort mal ortsansässig gewesen, in Barcelona. Die ist allerdings da nur geboren in der fernen Stadt und schon eine knappe Woche drauf nach Schalke-Nord gezogen, weil der ihr spanischen Papa in Katalonien keine Arbeit krichte und ein Tapas-Laden hier inne Nähe aufmachen wollte. Wurde aber nix draus. Weil die ganzen Harzer in Schalke-Nord gehen ja immer nur zur Tafel. Der Papa von die Esmeralda jetzt auch. Wurde für die Harzer aber zum Glück nicht teurer, weil die Ilse ja starb genau zu dem Zeitpunkt, als die Esmeralda ihr Papa in die Pleite schlinderte, und die Ilse ihr Harz abgeben musste, weil sie tot war.

Jedenfalls, nachdem ich mit verzerrten Gesichtszügen meine moralische Bestürzung über Giulias Ratschlag freien Lauf gelassen hatte, fragte ich, und zwar ganz direkt: »Gibt es in Barcelona denn auch einen Männerpuff?« Die beiden glotzten mich vielleicht an, und ich schob nach: »So ein Puff für Frauen.«

»In Puffs, da sind doch sowieso immer nur Frauen«, entgegnete die Esmeralda.

Wat sachste nu? Ich sagte auf jeden Fall: »Ach, dat hätte ich jetzt überhaupt gar nich für vermutlich gehalten.« Und habe das noch weiter erläutert: »Ich mein ein Puff, wo Männekes als Aufwärter für Fräukes da sind, also für mich!«

Da schaute mich die Esmeralda ganz wütend an und entgegnete: »Also, mein Pablo geht nicht in einen Puff, wo Männer sind. Auch nicht in Barcelona. Vom Harz kann der sich das keinesfalls leisten.«

Langsam wurde ich echt ungeduldig, und es brach aus mir heraus: »Butter bei die Fische: Gibt sowat in Barcelona oder gibt nich? Ich muss dann doch ein Frühbucher dahin buchen, dann krich ich auf den billigen Flug noch teuren Rabatt.« Den Tipp hatte ich von meinem Großenkel Tommi.

Die Esmeralda schaute mich lange an. »Martha, da brauchst du nicht zu fliegen, die Straßenbahn von der Bogestra, die 302, die fährt in Wattenscheid direkt an so einem Club vorbei.«

Ich schlug die Hände über mein Kopf zusammen. Das war ja jetzt vielleicht doch etwas übertrieben von die Öffentlichen, dass die so einen Service anboten. Schlagartig wurde mir klar, warum die die Fahrkarten immer teurer machten.

Die Esmeralda nahm mich in den Arm. »Martha, es gibt auch andere Möglichkeiten. Manche Frauen legen sich einen Toyboy zu.«

»Wat is dat denn?«

Die Giulia kam ganz nah an mich ran und flüsterte mir zu: »Martha, ein Toyboy ist ein Spieljunge für Frauen.«

»Ich will nich spielen, ich will nur poppen.«

Damit war das Gespräch beendet.

Ich bin dann sofort zur Emma und habe ihr mein Leid geklagt. Doch die meinte nur: »Martha, deine Lage ist ausweglos. Deine conditio sine qua non, starke Männer, die im Sitzen pinkeln müssen, das ist in Wirklichkeit eine contradictio in adjecto.«

So schweinisch kannte ich die Emma gar nicht.

»Martha, du solltest deinen Blick auf das konzentrieren, was noch möglich ist für dich mit deinen sechsundachtzig Jahren.«

»Wat soll ich?«

»Dich mit der Realität abfinden, das solltest du. Männer, die im Sitzen pinkeln, sind entweder eine aussterbende Gattung oder keine Männer. Deshalb liebe ich ja die Esmahan. Da weiß ich, was ich habe. Die sitzt immer im Hof. Martha, schau doch mal wieder der Esmahan vom Fenster aus zu; das kann sehr erbaulich sein.«

»Wat soll ich? Mich erbauen an ein fliegenden Teppich?«

»Ach, Martha, wenn du unbedingt in deinem biblischen Alter noch einen neuen Mann finden möchtest, dann verbinde doch Entspannung mit dem Nützlichen. Fahre zur Kur.«

»Wieso dat denn?«

»Hinter einem Schatten verbirgt sich immer auch ein Licht.«

Nee, auf Kur wollte ich nicht. Und nicht in die Ferne. Der Willi im Zillertal hatte mir gereicht. Standby oder wie sich das nennt. Also eine Nacht einen Ständer, das ist schön und gut, aber man will ja auf Dauer was Handfestes, keine Weicheier; besonders im Alter, wo man nicht mehr so viel Zeit hat für Schönes in der Gemeinsamkeit eines zukünftigen Glückes. Ich würde mich in meine Nähe umsehen. Im Kohlenpott müsste doch ein kolossaler Kerl zu finden sein, der sich den Wünschen einer geplagten Frau beugte.

Aber die Emma hörte gar nicht mehr auf mit ihren Tipps. Zum Beispiel den Freddi, der mit sein Holzbein, den die Bude anne Ecke gehört, da beim Kaufpark. Nee, nee, der Freddi war nicht mein Fall, der suchte doch nur eine, die für ihn Stallwache hielt, wenn der wieder mit seine Kumpels auf Jück war. Und sein Abschlag, der kam erschwerend dazu, weil der nämlich regelmäßig hinter der Plakatwand mit der Zigarettenreklame direkt neben seine Bude sein Wasser ließ, da, wo der Fahrradweg langgeht, weil der ja in seine Bude kein Klo hat. Aber sich da hinsetzen, das hätte der trotzdem können.

Dann kam genau zur rechten Zeit ein Tipp von den Tommi, mein Großenkel: Internetdating! Der war aber auch ein Satz mit x, also nix, der Tipp. Meine Internetdatings im Stadtcafé sind allesamt sofort wieder abgedampft. Oder lag das daran, dass ich sofort meine hitzige Libido auf den Tisch des Hauses gelegt habe? Die meisten Datinger sind allerdings gar nicht erst erschienen. Ob das was mit dem Datingfoto zu tun hatte, das aus meine Jugendzeit als Trümmerfrau, das ich da als Bewerbung ins Internet geschickt hatte? Man weiß es nicht, steckt ja nicht drin in so ein Internetdater.

Ein Tipp hatte ich dann noch selbst für mich: den Ewaldsee in Herten, nicht weit von der Zeche gleichen Namens außer Betrieb. Da gab es eine Menge Kerls, die um den See rannten, Vögeln zukucken. Unter die musste doch garantiert was zu finden sein für meine Libido.

Und was passiert am Ewaldsee, wer humpelt mir da als Erster in die Arme: der Willi. Offenbar war der Bruch von sein Bein nicht richtig verheilt. Jedenfalls, der wollte mich doch tatsächlich aus überschäumender Begeisterung über unser Wiedersehen in sein Arm nehmen. Ich natürlich dankend abgelehnt; man hält ja auf sich, obwohl ich mittlerweile brannte wie ein Strohfeuer angesichts dieses wunderbaren Zufalls, endlich auf ein Kerl getroffen zu sein, mit dem ich mir schon vor eine Ewigkeit eine gemeinsame Zukunft hatte vorstellen können, wenn der sich nur nicht so charakterlos aus dem Staub gemacht hätte damals.

»Martha, bitte glaube mir, ich liebe dich. Dat weiß ich jetzt. Nur, ich bin nun mal Frühaufsteher und damals, an der frischen Luft, musste ich ein wenig Abstand finden von meinen unruhigen Gefühlen.«

Abstand – das war dem erfolgreich gelungen damals. Trotzdem blieb ich sachlich: »Aber deine Kontaktdaten, die hättest du mir doch dalassen können. Telefonnummer, Adresse, Kontostand und so.«

»Damals, in der Pension, auf dein Zimmer, da gab es ja kein Kugelschreiber und kein Zettel. Und wecken wollte ich dich auch nicht; du hast so schön geträumt. Ich habe sogar ein Foto von dir gemacht, wie du so glücklich schliefst.« Da zückte der Willi sein Smartphone, klimperte dadrauf rum und hielt es mir vor die Nase. »Schau mal, dat habe ich mir seitdem tausend Mal am Tag angeschaut. Ich liebe dieses Foto!«

»Du liebst mein Foto und nich mich? So einen bisse also!«

»Martha, ich hab den ganzen Ruhrpott nach dir abgesucht.«

»Und warum haste mich nich gefunden?«

»Dat habe ich doch jetzt, Martha.«

Da es abends auf dem Ewald-Parkplatz echt saukalt wurde, ging ich mit dem Willi mit nach Herten-Süd in seine Heimat, in die Siedlung Katzenbusch; das ist die mit Blick auf die weltberühmte Sternenhalde.

Der Willi, der hatte es da echt schön. Und der hatte sogar eine Seilscheibe in sein Garten. Und Täubkes unter sein Dach. Ich fühlte mich wie zu Hause, und ein paar Tage später saßen wir auf dem Standesamt, und natürlich war die Emma meine Trauzeugin. Wie sagt man doch so schön: »Wenn die Libido ruft, dann geht es ruckizucki.«

Auf dem Standesamt gab es leider eine Verzögerung. Einer von unsere Gästen musste nochmal aufs Klo. Die Emma, meine Trauzeugin. Und ohne die ging ja nicht.

Da fiel es mir plötzlich wie Schuppen von den Augen: In der Ekstase von meine neu erwachte Liebe hatte ich dem Willi die entscheidende Frage überhaupt noch nicht gestellt.

Ich tuschelte den mit meine Frage also ganz unverbindlich an, so ganz nebenbei, so ganz leise, so ganz nah an den seine Lauscher dran, damit der Standesbeamte nix mitkrichte, denn wir saßen ja als Brautpaar in der ersten Reihe.

Dabei roch ich die Fahne. Die von den Willi.

Der hatte sich doch tatsächlich schon vor unserem Ringetausch ein genommen. Nachher, klar. Aber vorher? Vor so ein lebenswichtigen Akt?

Und dann kam seine Antwort auf mein Antuscheln, ganz laut gelallt, so dass alle das mitkrichten:

»Ich pinkel, wie ich will!«

Auf dem Flur lief mir dann noch die Emma entgegen, die gerade ihr Geschäft verrichtet hatte und mich wegen meine eilige Flucht mit großen Augen ansah.

Das war's dann wohl gewesen. Mit den Willi.

Der Heiopei, der muss dran glauben

Poppen, das hatte der Willi ja gut können, also verhältnismäßig für sein Alter, aber was der sich da auf dem Standesamt erlaubt hatte, war ein komplettes No-Go gewesen, um mal wieder den Tommi, den guten Junge, zu zitieren. Die ganze Siedlung hat sich beömmelt, und die Emma meinte, ich hätte ab jetzt ein Trauma. So ähnlich wie die Flüchtlinge, denen die Bomben um den Kopf herumgeflogen sind. Aber konnten ja wenigstens noch flüchten, die Flüchtlinge.

Doch wohin auf der weiten Welt sollte ich vor meine hitzige Libido entweichen? Und die war ja in mir selbst nicht zu vertreiben. Ja, die loderte jetzt so stark, dass sie mir in ganz bestimmte Momente auf meine Sprache schlug und die fast ganz verschluckte und fast nix mehr ging. Meist nur für kurze Zeit allerdings und glücklicherweise.

Die Emma versuchte mich bei Kaffee, Frankfurter Kranz und Kirschlikör aufzurichten. »Martha, das Alter befreit dich von den Dingen dieser Welt. Es ist die Zeit gekommen, an das zu denken, was dich ohne Beziehung erwartet.«

Da war er wieder, so ein Moment, in dem fast nix mehr ging, und ich konnte nur noch nuscheln: »Wat soll dat sein?«

»Rien ne va plus.«

»Und wat heißt dat?«

»Martha, das ist französisch und heißt: Nichts geht mehr. Warst du denn noch nie in einem Casino?«

Und schon war der Moment wieder entschwunden, und meine Sprache stand in aller Ausführlichkeit wieder auf der Matte: »Nur in dat Casino vonne Zeche damals, als mein Jupp noch einfuhr. Da hab ich sowat aber nich gehört.«

»Ich meine ein Spielcasino, Martha. Zum Beispiel in Duisburg oder auf der Hohensyburg in Dortmund-Süd.«

»Dat Jupp hat immer gemeint, dat in Dortmund ausschließlich Zecken beheimatet sind.«

»Aber doch nicht im Casino. Da gibt es Croupiers, und wenn man keinen Einsatz mehr leisten darf, weil die Kugel beim Roulette bald zum Stillstand kommt, dann sagt der Croupier: Nix mehr. Rien ne va plus.«

»Wie, der olle Krupp lebt immer noch? Ich dachte, die Stahlwerke wären hinüber, genauso wie die Pütts.«

»Martha, du bist sechsundachtzig, und ich finde, die Zeit ist gekommen, dass auch du über eine platonische Lösung nachdenkst. Das wäre die beste Lösung.«

»Sowat wie du, die Esmahan und dann ich mit euch beide? Nee, so eine bin ich nich.«

»Martha, du hast in deinem Alter zu hohe Ansprüche, Männer die sich artig auf den Rand der Toilettenschüssel setzen, die gibt es nur in deiner Wunschvorstellung. Martha, wenn du meine ehrliche Meinung als Freundin hören willst ...«

Nee, dat wollt ich nich und bin gegangen.

Zu Hause ließ ich mich erschöpft in meinen Ohrensessel sinken und dachte bei mir: In mein Alter, pah! Bin doch keine Mumie. Wollen wir doch mal sehen! Und dat, wat der Willi mit mir fabriziert hat, dat kricht der zurück. Wie hat mein seliger Jupp immer getönt, wenn der inne Kneipe beim Knobeln verloren hat: Rache is Blutwurst! Und wenn ich ein Auftragskiller bestell ...

Und genau in dem Augenblick fiel es mir wie Schuppen vonne Augen: Auftragskiller ... So einer wie der Bruce Willis, der aus dem einen Film, der wäre für den Willi genau der Richtige. Wofür hatte mir denn der Jupp die zwanzigtausend Mäuse und die gute Rente hinterlassen? Ja, mein Jupp war schon ein echt Töfften gewesen ... Ganz im Gegensatz zu den Willi. Und deshalb musste der Willi weg!

Für je hundertzwanzig Euro gab ich Anzeigen in der WAZ und im Stadtspiegel auf: »Auftragskiller ganz dringend gesucht für Willi F. aus Herten-Süd, wohnhaft Siedlung Katzenbusch. Rentnerin mit großes Vermögen zahlt gut für flotte Arbeit! Opfer siebenundachtzig, kaputtes Bein. Leichtes Spiel. Interessenten melden sich bei Martha Kowalski, geborene Woitkowiak, Zechensiedlung, Schalke-Nord, dritte Schelle von unten.«

Ich hatte die Anzeige kaum aufgegeben, da stand auch schon einer vor meine Tür. Leider kein Auftragskiller, sondern ein Psychologe vom ärztlichen Dienst in der City, der mich scheißfreundlich fragte, ob das mein Ernst wäre mit meine Anzeige. Der Heiopei war gerade mal einsfuffzig und dünn wie ein ausgenommenen Hering. Auf sein Zinken trug der eine Nickelbrille, die der hochschob, als der in sein Aktengedöns rumblätterte. Sollte wohl wichtig aussehen, aber das hat mir keinen Furz lang imponiert.

Als der Heiopei nicht locker ließ, habe ich ein bissken rumgekichert und gemeint, das mit der Anzeige, das sei ja nur ein Scherz gewesen, hihihi, und ich wollte nur mal ausprobieren, ob die Polizei und die Stadt Gelsenkirchen auch aufpassen täten, was so in ihrer Stadt im Gange sei. Heutzutage lauerten Auftragskiller und Serienmörder ja quasi an jede Ecke. Und dann hab ich ihm meine Stoories erzählt …

Hat aber alles nix genutzt. Der Psychologe vom ärztlichen Dienst in der City war genauso eingebildet wie der in Aplerbeck und wollte mich mitnehmen, aufs Amt, und hat mich doch tatsächlich aufgefordert, das Nötigste zusammenzupacken. Woraufhin ich zum Äußersten griff. »Kann ich Sie bestechen?«, fragte ich zuckersüß und hielt dem die Zwanzigtausend von den Jupp hin, die ich immer in meine Kittelschürze rumtrug, denn man weiß ja nie.

Ging der aber nicht drauf ein.

»Und wenn ich Sie mich selbst andiene. Mir ist eine äußerst hitzige Libido zu Eigen, und zwar immer. Wollen Sie die mal fühlen? Wenn Sie die nämlich kühlen, dann haben wir da beide ganz schwer wat von.«

Nach meinen Worten griff er zu seinem Handy.

Verdammig, jetzt wurde das aber brenzlig. Und das war nicht meine Libido schuld.

Ich kramte in meinen Stoories, fand aber kein helfendes Vorbild für meine spezielle Lage. Und im Haus oder in der Nachbarschaft rumzufragen, ob jemand eine kriminelle Erzählung kennt, wie man so einen Heiopei vom Amt loswerden kann, dafür war einfach kein Zeitpunkt jetzt.

Wat nu? Der Heiopei hatte mit seinem Handy schon enge Verbindung zu den Bullen aufgenommen.

Doch dann schoss der zündende Einfall in meinen Kopf. Ganz einfach, dachte ich, du musst einfach dein eigenes Vorbild für deine eigenen bösen Taten werden, weil, so ein bissken war ja schon hängengeblieben, wie man so einen Belästiger wie den Heiopei, um es mal so auszudrücken, von seiner Belästigkeit zu befreien.

Also schritt ich zur Tat, das heißt, ich nahm den sein Handy aus den seine Hand und drückte den Handy seine rote Taste. So verdutzt wie der Heiopei war, ließ der sich das gefallen, zumal ich den sein Handy sofort wieder in den seine Hände zurückdrückte, weil, ich wollte ja nicht noch mehr Ärger. Dann ließ ich mir die richtigen Worte einfallen, um den für mich einzunehmen: »Is ja gut, lieber Mann, alles tacko. Mein Übergangsmantel hängt oben auf dem Dachboden zum Auslüften, wo sich auch die Täubkes von mein seligen Jupp aufhalten. Ach je, die müssen ja noch gefüttert werden. Sie können mich begleiten, ich laufe Ihnen schon nich weg. Sie wollen doch sicher nich die armen Täubkes auf dem Gewissen haben?«

Der Heiopei zögerte.

»Täubkes sind dat Schönste in mein Leben. Wenn ich die nich haben täte, wat hätte ich dann noch von mein Dasein.«

Da wurde er weich, butterweich.

Oben bei die Täubkes fragte er aber sofort, wo denn mein Mantel abgeblieben sei.

»Verdammig, ja wo is der denn?« Ich hatte natürlich ganz absichtlich sehr bestürzt gekuckt. »Den haben bestimmt die

Libanesen von unten geklaut. Die sind echt gefährlich, gehen Sie die besser nich kucken. Kucken Sie lieber die Täubkes in ihr Verschlag. Sind die nich süß!«

Der Heiopei kuckte wie Auto. »Ich seh keine«, sagte der.

Klar, die waren ja jetzt auch ausgestopft im kleinen Museum vom Bergbau in der Schüngelbergsiedlung in Buer und nicht hier in ihren Verschlag, den ich vorsichtig öffnete und geheimnisvoll flüsterte: »Die haben sich nur versteckt. Stecken Sie doch mal Ihren Kopf hier rein, dann sehen Sie die.«

Tat der Heiopei dann auch.

Während der im Verschlag seinen Kopf hin und her drehte, um vielleicht doch noch ein Täubken zu erblicken, griff ich nach einem von die Holzklötzkes, die hier so rumlagen, weil der Jupp immer an was gebaut hatte für die Täubkes hier oben. Und in dem Moment, in den der Heiopei sein Kopf wieder rauszog, in etwas gebückter Haltung und Rücken schwer gekrümmt, was den noch kleiner machte, als der sowieso schon war, da hab ich den volle Lotte ein über die Rübe gezogen. Der Heiopei kippte um, wie das sonst nur die Reissäcke in China vermögen, und ich noch dreimal, viermal voll drüber mit den Balken. Nur zur Sicherheit.

Was hatte ich da getan?

Dat konnte doch echt nich wahr sein!

War ich jetzt eine Mörderin?

Nee, so eine bin ich nich, dachte ich postwendend, das würde ich irgendein anderen in die Schuhe schieben.

Ich nahm die Säge von den Jupp, mit die er sich die Holzklötzkes immer zurechtgeschnitten hatte, zögerte einen klitzekleinen Moment, dann tat ich es.

Danach ging ich taktisch vor, Schritt für Schritt: Säge und Holzklötzkes schleppte ich in den Garagenhof, keiner sah mich dabei; das Aktengedöns von den Heiopei schmiss ich in mein guten alten Kohleofen. Dann fix unter die Dusche, denn ein Kopf und vier Gliedmaße abzuschnibbeln von so ein Körper, auch wenn der gerade mal einsfuffzig war, da kommt man trotzdem ins Schwitzen. Bissken aufgebrezelt, bissken Haarspray auf die Matte, und schon konnte ich die Bullen anrufen.

Nachdem die endlich mit viel Getöse vorgefahren waren, zeigte ich denen die Leichenteile oben bei die Täubkes, die nicht da waren. Vorher hatte ich den Heiopei noch zehntausend Euro von den Jupp seine Altersvorsorge in die Jackentaschen gesteckt. Ich hatte sogar überlegt, die ganzen zwanzigtausend in den zu investieren, aber wenn ich aus dies Dilemma hier rauskäme, wollte ich ja wenigstens noch ein bissken was zum Leben haben.

»Also, ich bin hier oben hoch«, erklärte ich dem leitenden Kommissar, wieso gerade ich das schreckliche Geschehen entdeckt hatte, »weil ich hier meine Erinnerungen suche immer bei den Gehegen von die Täubkes, wissen Sie, ich hab mein seligen Mann ja so geliebt. Und der hat seine Täubkes so geliebt.« Ich streute ein heftiges Schluchzen ein.

»Gute Frau«, sagte der Bulle, »beruhigen Sie sich. Haben Sie irgendetwas Ungewöhnliches beobachtet?«

»Ich sach Ihnen ma wat: Dat war bestimmt der Klan von die Libanesen, die jetzt inne Wohnung von die Ilse hausen, die damals … Weil der Cheffe von dem Klan sich nicht hat prüfen lassen wollen auf seinen Zustand vom seinem raffgierigen Geist hin … Dat is vielleicht en Ganove, kucken Sie ma, die vielen kleinen Scheinchen da, zehntausend Euro sind dat. Ich welcher Welt leben wir eigentlich? Erst Kopp ab, dann vierteilen und dann glauben die mit massig Knete sowat wieder gutmachen zu können.«

Der Bulle musterte mich mit einem Blick, der mir sagte, das ihn irgendetwas hatte stutzen lassen. Mist aber auch, hatte ich mich etwa in meiner Hochstimmung, die Verantwortung für die schlimme Bluttat auf andere zu schieben, verplappert? Bevor der Kommissar endgültig darauf kam, wat mich verraten hätte können, textete ich den mustergültig zu, damit der erst gar nicht zum Überlegen kam: »Oder dat is Bestechungsgeld, Herr Ermittler, damit der Heiopei den Klancheffe sein kriminellen Geisteszustand als eins-a attestiert. Und weil dem dat nich genug war, haben die den über die Emscher geschickt. Auf jeden Fall, der Klan is in schuld! Kucken Sie doch mal in die ihre Garage, da finden Sie garantiert wat an Beweise.«

Der Bulle nickte, ging runter zur Garage und alles geritzt.

Ich hatte in einem einzigen Vorgang quasi zwei Fliegen mit einer einzigen Klappe erschlagen, wie man so sagt: den Heiopei und die Libanesen. Denn die Bullen haben bei denen in der Garage nicht nur den Jupp seine Säge und die blutigen Klötzkes gefunden, sondern auch der ihre Maschinengewehre, Panzerabwehrgranaten, die Semtexe und so.

Ich war vielleicht stolz auf mich, dass ich jetzt sogar eine Stoorie von mir selbst in meine eigene Sammlung besaß. Wenn ich jedoch gewusst hätte, was daraus werden würde – da wäre ich nicht so stolz gewesen.

Jedenfalls, kurz drauf sind die Libanesen dann ausgezogen und bei denen, die ja dann nicht mehr da waren, haben sich dann sofort Iraker eingehaust, da, wo mal die Ilse ursprünglich gewohnt hat. Ganz nette Leute eigentlich, die Iraker. Das Problem war nur, die Frau von den Mehmet, die nannte sich Elif, die war auch verschleiert und freundete sich ruck, zuck mit die Esmahan an, und die beiden gingen immer zusammen raus, waren wie zwei Verliebte … Ja, da hatten wir dann über kurz oder lang zwei fliegende Teppiche in unserer kuscheligen Siedlung. Und ein gebrochenes Herz. Dat von die Emma.

Die Suche nach einem Auftragskiller habe ich mir nach der ganzen Erfahrung abgeschminkt. »Man muss auch einmal verzichten können«, meinte die Frau mit dem gebrochenen Herzen, also die Philosophin Emma, bei unsere nächste Zusammenkunft, und ich war total platt, dass die Emma auch mal Sachen sagte, die wirklich was mit dem Leben zu tun hatten.

Aber in Bezug auf den Willi lag sie verkehrt. Da war nix mit Verzicht.

Der Willi musste weg!

Rien ne va plus

Am nächsten Tag rief ich den Willi an und lud den auf ein Stücksken Torte ein. Ich jammerte den ein vor, eigentlich würde ich ihn und ihn sein Pillemann ja über alles lieben, wir sollten es doch bitte nochmal miteinander versuchen, wir drei, es aber langsam angehen lassen.

Mit langsam war nicht. Der Willi kam sofort. Also zur Tür rein. Als erstes Friedensangebot legte ich dem mit einem Lächeln der Verführung ein Stücksken selbstgebackene Torte auf den Teller. Der musste sich absolut sicher fühlen. Aber hinter seinem Rücken hatte ich trotzdem draufgespuckt, auf das Stücksken. Der Tortenarsch!

Nach einem ausgiebigen Pläuschken über unsere gegenseitigen Fehler, wobei der Willi natürlich zugeben musste, dass nur er für die ganzen Fehler zuständig war, kamen dann Bier und Wacholder aufen Tisch. Volles Kanonenrohr. Und natürlich musste der Willi aufs Klo. »Willze zukucken«, fragte der mich doch tatsächlich. »Ich kann nämlich auch im Sitzen. Ehrlich!«

Das war ein deutliches Friedensangebot. Bei dem allerdings das kleine Wörtchen »auch« ganz schwere Irritationen in mir wachsen ließen.

Der Willi, der hatte meine wachsende Konfusion wohl mitbekommen und meinte ganz schnell: »Martha, ab heute nur noch im Sitzen, ehrlich! Soll ich?«

Hatte ich denn eine Wahl? Der Freddi vonne Bude war ja die allerreinste Katastrophe. Und die uralten deutschen Gäule, die hier in unserer kuscheligen Zechensiedlung so rumgaloppierten, die galoppierten so rum, dass denen jeder neutralisierte Beobachter gleich ansah: Die müssen auf den Gnadenhof. Eigentlich. Denn bei näherer Betrachtung: Sind ja auch fast noch Menschen.

Trotzdem, ich ließ den Willi erst mal voll abblitzen. Denn eine moderne Frau hält ja auf sich. Die geht nicht sofort und mit jedem ins Bett. Die lässt die Männekes zappeln. Das hatte ich in die Frieda ihr Salon gelernt. Deshalb sagte ich: »Willi, einen ganz herzlichen Dank für dein Angebot, aber kommt Zeit, kommt Sitzpinkeln. Wenn du mich wirklich liebst, dann kannze mich am nächsten Sonntag ins Stadtcafé von dem Gattenbrökker einladen. Wat meinze?«

Da schaute mich der Willi vielleicht enttäuscht an. Wie son kleinen spitzen Spitz. Und zum Abschied meinte er ernst: »Ich tu alles, wat du willst. Aber so lange auf den Gattenbrökker zu warten, dat ist zu viel verlangt. Dat ist die schlimmste Folter seit Wassereintauchen und glühende Kohlen.«

»Mit Koks kennste dich doch aus, Willi, da musse durch«, antwortete ich ihm genauso ernst.

Der Willi weg und fünf Minuten später wieder da: mit Blumen, Rosen sogar, sechsundachtzig Stück, für jeden Lenz eine. Eigentlich ja unverschämt, so eine frische Olle wie mich so auf ihre Lenze anzustoßen. Doch dann sprach der Willi wie ein Verklemmten zu mir: »Martha, sechsundachtzig Rosen deshalb, weil jedes Jahr von dir wie eine Perle in einen weiten Ozean is. Lass sie mich alle suchen!«

Ach Gottchen, wie romantisch, ich floss dahin. So ein seltenes Angebot zum Poppen hatte ich noch nie erhalten. Doch ich war nun mal eine moderne Frau! Und auch wenn es mir schwerfiel, ich zügelte meine Libido, vertröstete den Willi auf den Gattenbrökker und bot ihm an, ihn Richtung Ausgang zu bugsieren. Ich machte gerade schon mal die Wohnungstür los, da flog die Emma zusammen mit der Tür rein. »Hab ich nicht eben den Willi gehört«, schrie sie auf und hechtete Richtung Wohnzimmer, wo der Willi trotz meine Vertröstungen immer noch mit Rosen auf seinem Schoß auf dem Sofa saß. »Rosen! Martha, Willi, meine Lieblingsblumen. Seid ihr etwa wieder zusammen? Das ist aber schön!«, schrie die Emma wieder auf und schmiss sich neben den Willi auf das Sofa.

Als Bier und Schnappes und schließlich auch der Schampus alle waren, kam die Emma, bereits ziemlich abgefüllt, auf eine Idee. »Martha, Willi, lasst uns doch gemeinsam nach Hohensyburg ins Casino fahren. Wir können dort eure Versöhnung angemessen feiern. Dann lernt ihr auch, was rien ne va plus heißt und was ein Croupier ist.«

Der Willi maulte rum, brummelte irgendwas von »Will mit die Martha zu den Gattenbrökker«. Ich aber hatte Bock auf Neues, ich wollte den Krupp kennenlernen.

Zehn Minuten später stand die Emma wieder im Wohnzimmer, aufgebrezelt und erschrocken: »Martha, im Kittel kannst du dich nicht auf der Hohensyburg sehen lassen.«

»Ich war damit in die Oper, da reicht dat auch für son Krupp. Wo sind wir denn hier, is doch ein freies Land! Oder etwa nich, is da an mir wat vorbeigegangen? Und außerdem: Knete öffnet jede Pforte! Dat solltest du als Philosophin eigentlich wissen, Emma. Ich spendier auch dat Taxi in die Syburg.«

Stündchen später saßen die Emma und ich am Roulettetisch, der Willi an der Bar. Zehn Euro hatte der verzockt, mehr wollte der sich nicht wagen. Eine knappe halbe Stunde später hatte ich meine zehntausend verachtfacht. Erst zehntausend auf Schwarz, dann zwanzigtausend, dann vierzigtausend. Schwarz kam dreimal hintereinander. Achtzigtausend Cash auf Kralle. Der Willi hatte sich in der Zwischenzeit acht Korn reingezogen, war völlig knülle. Rien ne va plus sozusagen. Hihihi. Da ich meine Glückssträhne nicht überstrapazieren wollte, habe ich mich aber um den Willi gekümmert.

Achtzigtausend ist auch schon was, hab ich mir gedacht, und der Emma zehntausend abgegeben, weil ich es nicht mit ansehen konnte, wie die einen Fünfer nach dem anderen auf die Null schob. Die Null kam aber nie. Wie kann man nur die Null spielen! Ich trank noch ein paar Körnkes mit den knüllen Willi, und in der Zeit verballerte die Emma meine zehntausend ratzekahl – auf die Null natürlich.

Rien ne va plus schon wieder.

Für heute reichte es mir, und ich bestellte ein Taxi Richtung Heimat. Der Willi wollte noch auf ein Absacker bei uns in der Siedlung inne Kneipe. Den Gefallen wollte ich ihm gerne erfüllen, wo der doch so lange ausgehalten hatte mit uns Spielweiber. Die Emma machte sich allerdings prompt vom Acker, angeblich, weil sie uns Liebende nicht weiter stören wollte.

Taktgefühl hatte sie ja, die Null mit ihrer Null!

Stunde später war auch Schluss für den Willi und mich. Weil, die Kneipe machte dicht. Nee, heute Nacht ging nix mehr, denn wie wollte den Willi sein Schniedel und meine Libido denn zusammentreffen in den sein Zustand. Wir also raus ausse Kneipe und gemeinsam vereint anne Hauswände entlang in Richtung nach Hause. Der Willi immer hinter mir her, obwohl der ganz woanders wohnte, viel weiter weg.

»Willi, willze Taxi?«

»Martha, ich lieb dich sososo …« Und der weiter hinter mir her an der Hauswand am Tasten.

Gut, wenn er so wollte.

Um den Willi auf seine letzte große Prüfung zu stellen, habe ich mich also in gewaltigen Umwegen weitergetastet, um zu erspähen, wie groß den sein Verzehr nach mir tatsächlich war. Und ganz plötzlich endete so ein Umweg auf den Fahrradweg von die Genossenschaft direkt an unser Gewässer, an unsere Emscher, wo den Willi seine Liebe schwer an zu müffen fing.

Also, sagen wir mal so: Der Wind wehte doof, und unser Gewässer gab mehr als normal ein fiesen Odeur von sich. Der Himmel, der war dagegen sternenklar; eine wolkenlose, milde Frühlingsnacht. Wie gemalt für zwei Liebende.

Zwei Liebende? Unser Gewässer und sein Müff vernebelten mir offenbar vollends die Sinne. Wie in tiefer Transe überkam es mich, und ich warf meinen Vorsatz, den Willi nach den Gattenbrökker zu vertagen, unwiderruflich in unser Gewässer da unten quasi'. Entweder jetzt oder nie! Diese wunderbare, beseelte Nacht. Hier an dem Fahrradweg von die Genossenschaft. Wie gemalt für die Vereinigung von zwei Liebende.

Was konnte man sich in meinem Alter mehr wünschen. Das war ja so, wie seinerzeit mit den Jupp inne Büsche von den Kanal. War jetzt die Emscher. Ging aber auch.

Jedenfalls, die wilden Gefühle schossen bei mir wie das Unkraut in den Schrebergarten von den Horst, ein entfernten Kumpel von den Jupp, der sein Garten nicht mehr bewirtschaften konnte, weil der nämlich einer von diese Gäule von dem Gnadenhof war, die nicht mehr galoppierten. Aber verkaufen wollte der Horst sein Schreber auch nicht; der hing an den wie eine Klette. Also wucherte das Unkraut so in den Himmel, dass bereits drei außerordentliche Mitgliederversammlungen von den Kleingärtnern stattgefunden hatten und die mit Flammenwerfer reinen Tisch machen wollten. Mit das Unkraut.

Ich wartete also, bis der Willi mit seiner Humpelei mit sein kaputtes Bein zu mir aufgeschlossen hatte, und forderte den dann auf, an der nächsten Brücke flugs über den Zaun zu klettern, durch den der Fahrradweg von unser Gewässer abgesondert wird, damit Unbefugte mit das ganze Giftzeugs nicht in engere Berührung gelangen.

Nachdem ich in einem schwierigen Vorgang den Willi und mich über den Zaun gehievt hatte, bot ich dem an, sich neben mich hinzuhocken in die Böschung. »Gut, Willi«, sagte ich, »ich gib dir ne allerallerletzte Chance. Wenn du jetzt hier stante pede bei Stein und Bein auf den Müff von unser Abwasserfluss deine drei Finger hebst, dat du wirklich und in echt ab sofort nur im Sitzen pinkeln tust, auch in den Fall, wenn ich mal als kritisches Publikum nich zugegen bin, dann kann dat doch noch wat werden mit uns Liebende. Und von mir aus sofort: erst pullern, dann poppen!«

Es war übrigens keine schlechte Idee, dass der Willi bei die Emscher schwören sollte. Denn unser Gewässer ist im Pott nämlich sowas wie ein Heiligtum, wie ein Gral, wie Mekka. Und wenn man bei unser Gewässer schwören tut und den Schwur nicht einhält, dann kann es passieren, dass die Gülle einen überkommt. Und dat will doch keine Sau, oder?

Der Willi hob seine drei Finger hoch und sagte: »Ich schwör bei unser Gewässer.«

Dazu ich: »Beweis mir! Nich ein Tröppken daneben. Und im Sitzen. Und hier.«

Der Willi kuckte verwirrt.

Ja, wo denn sonst, wenn nich hier. Ich deutete auf unser Gewässer. Groß genug war es ja, und außerdem war gestern ein mächtiger Starkregen runtergekommen, da würde den Willi sein Strahl keinen weiten Weg von der Böschung runter ins kühle Nass haben. Das würde der Willi ja wohl noch hinkriegen. Das war ja wie ein Kinderspiel.

Der Willi presste mich an sich. »Martha, ein Mann muss tun, was er tun muss. Und für dich tu ich alles.«

Und dann legte er los, der »historische Vorgang«, wie die Emma wohl sprechen täte: Mit erstaunlich sensationeller Grazie bewegte sich der Willi schwer schaukelnd die steile Böschung runter, hockte sich ganz nah an die wuchtige Betonkante, die unser Gewässer einfasst; das kaputte Bein streckte er ellenlang nach vorne, weil nicht anders ging. Dann zog er wuchtig Hose und Unterhose runter, soweit ging, und griff schließlich, ein wenig umständlich, nunmehr ohne beispiellose Eleganz mehr, ja ziemlich umständlich sogar, muss man sagen, nach sein Schniedel, welcher in dem Moment nur ein Schniedelken war, aber verständlich, denn in Anbetracht der Gesamtlage hatte der Willi andere Sorgen: Er musste nämlich die richtige Sitzlage finden, um tun zu können, was er tun musste.

Völlig unvermittelt bog er seinen Rücken nach hinten und hob seinen Hintern in die würzige Luft. Gekonnt baute er eine gymnastische Brücke, damit der Strahl aus den sein Innern auch gut in ein ganz hohen Bogen unser Gewässer treffen könnte, den geborenen Platz für den Willi sein Pippi.

Also, ich war echt platt, wie gelenkig der Willi noch war trotz Humpelbein. Der ging aber auch noch jeden Mittwoch in den Turnverein Germania 1888, um da Alterssport machen. Also, bis vor die Geschichte mit den sein kaputtes Bein natürlich.

Hat er mir mal ganz stolz erzählt. Das alles versprach für unser künftiges Sexualleben schon mal eine ganze Wucht.

Nur Augenblicke später hat er mich dann doch enttäuscht. Den Willi sein Hintern platschte aus der gymnastischen Brücke zurück auf den groben Beton, und zentimeterweise schob er sich nun, ähnlich einem Emschergesamtkunstwerk, wie von Geisterhand geschoben auf glitschigem Grund exakt in Richtung unser Abwasser. Jetzt pisste der Willi zwar im Sitzen und im hohen Bogen, aber gut sah dat nich aus.

Mir kamen die ungebremsten Rutschbewegungen letztlich unheimlich vor, weil sowas ja auch böse enden kann. Unser Gewässer ist nämlich nicht zu unterschätzen, vor allem nicht bei Hochwasser nach Starkregen im Betonbecken. Ich wollte den Willi erst warnen, zuckte jedoch davor zurück. Denn ich war einfach zu neugierig, ob und wie der mit die ganze Schose selber fertig würde.

Doch dann tat mir den Willi sein nackter Hintern leid, denn den tat der grobe Zement bestimmt nicht gut. Und ich müsste ihn dann mit Pferdesalbe einreiben, die immer so nach Wallach stinkt. Nee, um mir so ein Kümmernis zu ersparen, entschied ich, den Willi doch zu warnen: »Ey Willi, nich dat du mir in die Kacke rutscht. Haste nich zufällig ein Arschleder zur Hand; dat bremst und schont deine Babyhaut.«

Ein Arschleder hatte der Willi nicht zur Hand. Ist ja immer so, dass man die wichtigen Dinge des Lebens in den wichtigen Augenblicken nicht zur Hand hat.

Trotz meine Warnung glitt der Willi weiter und weiter Richtung des reißenden Stromes, der unser Gewässer war, konnte sich kaum mehr halten. Ich bekam richtig Schiss und rief: »Ey, Willi, dat gibt nix. Mach die Kehre!«

Der Willi kehrte aber nicht um, rutschte und rutschte weiter und weiter, und in dem Augenblick, wie seine Füße in die Jauche stippten, da wusste ich: Ich liebe ihn.

»Komm, Willi, lass gut sein!«, rief ich runter Richtung Betonsockel, »ich nehm dein Beweis an. Kehr um, die Absicht zählt, nich die Tat. Kehr um!« Das war von mir leicht gesagt. Und für den Willi schwer zu tun.

Der hatte nämlich mittlerweile komplett die Kontrolle über sich und sein Gesamtkunstwerk verloren, und den seine Beine reichten bereits bis zu die Kniekehlen in die flüssige Scheiße, und der rutschte und rutschte, tiefer und tiefer. Aber er bemühte sich. Durchaus!

Zum Glück konnte der Willi seine Pinkelei langsam Einhalt gebieten, was mir zeigte, dass sein hoher Bogen immer kleiner und kleiner wurde und schließlich ganz versiegte; und der schaffte es sogar, sein Schniedel wieder einzustecken. Danach versuchte er, immer noch ganz schwer im Rutschen begriffen, auf seine Füße zu kommen, weil nämlich mittlerweile bereits seine Knöchel gefährlich in der Emscher nässten. Aber mit dies Bemühen ging die Dramatik erst richtig los.

Sein heiles Bein konnte der Willi zwar aus unser Gewässer erretten und unter sein nackten Hintern festklemmen, aber sein kaputtes Bein fand auf der seifigen Böschung keinen brauchbaren Halt, zumal der Willi bei sein Bemühen um das Aufrichten dummerweise bereits damit beschäftigt war, seine Buxe hochzuziehen. Was für ein Fehler!

Mein Motto lautete ja immer: »Eins kommt nach dem anderen«, und mit dies Motto hatte ich in mein Leben praktisch immer richtig gelegen. Also: Scheiß doch wat auf die Buxe. Die könnte der Willi später immer noch in die Wäsche tun. Zur Not würde ich ihn die sogar bügeln!

Das alles wollte ich den Willi zurufen, doch unser tosendes Gewässer, das hätte all mein Rufen glatt übertönt. Und so versuchte ich, ihn meine Hand zu reichen und ihn hilfreich hochzuziehen. Doch ganz kurz vorher, es war nur eine Spitze vom kleinen Finger, ging den seine Balance völlig verloren, und der knallte mit viele Ruderbewegungen erst auf sein gesundes Bein, dann auf sein nackten Hintern und glitt langsam, aber endgültig über unser Gewässer seinen schmierigen Rand tief runter in die flüssige Scheiße.

Ich kämpfte mit um sein Leben, streckte den Willi nochmals meine hilfreiche Hand entgegen. Doch er ergriff sie nicht. Dat verstehe, wer will. Ich auf jeden Fall habe das bis heute nicht verstanden. Stattdessen krakeelte der rum, mit seine Füße und sein Hintern schon in den wilden Fluten versinkend, übertönte damit sogar unser wogendes Gewässer: »Ey, du Töle, dat is alles nur wegen deine bekloppte Sitzpinkelei.«

»Willi, lass uns dat später klären«, rief ich zu ihm runter.

Daraufhin schrie der zu mir hoch: »Du bist ein Nix für mich; da versauf ich lieber in dieser unsympathischen Kloake!«

Tatsächlich glitt der Willi unausweichlich seinem Schicksal entgegen. Doch als er bis zur Brust in der Scheiße steckte, flackerte sein Überlebenswillen nochmal ganz kurz auf. Er versuchte, ein liebliches, wohl erst gerade erblühtes Gänseblümken zu fassen zu kriegen, das sich bisher seines Lebens in einer Betonritze erfreut hatte. Er fasste und fasste und strampelte und strampelte und rief: »Gib mir deine Flosse, du Töle, sonst zeig ich dich an.«

Töle – und das zweimal in so kurzer Zeit. Das hätte ich ihn ja vielleicht noch durchgehen lassen. Aber: Flosse? Dat war zu viel, dat war sein Ende.

Als dem Willi das Gänseblümken entglitt, weil der meine Flosse zu packen kriegen wollte, griff ich danach, also nach das Gänseblümken, und riss es mit nur ein Ruck aus seine wurzelnden Verankerung in der Betonritze, womit den Willi auch die verbliebenen Reste von sein Überlebenswillen verlustig gingen. Und mal ehrlich: So ein liebes Blümken, das verletzt man doch nicht. Ich würde es zu Hause sorgfältig in eine Vase stellen und großziehen.

Mit einer allerletzten, beinahe überirdischen Anstrengung bekam der Willi meine Hand doch noch fast zu packen, unsere Fingerspitzen schienen sich beinahe berühren zu wollen, doch ein geschickter Schritt nach hinten, geschickt ausgeführt von meine Wenigkeit, ja, und da war es unwiderruflich zu Ende: mit den Willi und unsere Beziehung.

Für meine Versicherung schrie ich noch ein paar Mal, allerdings darauf bedacht, nicht zu laut zu schreien, um möglichst niemanden zu wecken um diese Zeit: »Zu Hilfe, zu Hilfe, sonst verschlingt ihn unser Gewässer … Zu Hilfe, zu Hilfe, sonst verschlingt ihn unser Gewässer … Zu Hilfe, zu Hilfe, sonst verschlingt ihn unser Gewässer.« Also drei Mal. Wie sich für Geheimsprüche und son Quatsch gehört.

Nix rührte sich.

Natürlich.

Hatten alle guten Schlaf in Schalke-Nord.

Und da fielen mir doch tatsächlich noch weitere Verse ein, welche aus der Zauberflöte, die sowieso meine Lieblingsoper war. Und die schrie ich, jetzt völlig befreit von all dem Ballast, der auf meinem Rücken gelastet hatte, schrie ich, so laut es ging, in die klare Sternenluft:

»Triumph! Triumph!
Sie is vollbracht.
Die Heldentat!
Er is befreit, er is befreit,
durch mein kraftvoll Arm sein Tapferkeit.«

Der Willi tauchte übrigens in der Ferne, wenn ich das richtig erkannt habe, noch einmal oder zweimal ganz kurz auf, aber angesichts der Kräfte unseres wilden Gewässers wäre da auch von der Wasserwacht nix mehr zu retten gewesen, selbst wenn ich sie gerufen hätte. Doch eine Wasserwacht, die gibt es ja für unser wildes Gewässer nicht – denn wer kann und will schon so ein kannibalisches Gewässer mit so ein schlechtem Odem bewachen!

Im Paradies mit Macken

Ich war fix und alle, war ausgelutscht wie eine zermatschte Kartoffel, ermattet wie das arme Gänseblümken, das meine Faust immer noch umschloss, das ich eintopfen und großziehen und sich vermehren lassen würde, bis unsere kuschelige Siedlung, unser Ruhrgebiet, bis der gesamte Globus und weit darüber hinaus ein hippiges Meer von Gänseblümkes wären. Was für eine edle Vorstellung! Aber jetzt erst mal nach Hause, Oberbett übern Kopf ziehen und so tun, als ob nix gewesen wär.

Ich kroch die Böschung zum Zaun hoch und hievte mich an ein wahren Koloss von Metallstab hoch, überschritt den Fahrradweg, der unser Gewässer absondert, damit Unbefugte mit das ganze Giftzeugs dadrin nicht in engere Berührung gelangen, und dann, direkt vor meine Nase: ein Strichmänneken, auf ein Warnschild mit »Lebensgefahr!« drauf, ganz dick rot eingekringelt.

Das Strichmänneken.

Mit offenes Maul am Rumjanken.

In ungebremste Rutschbewegungen begriffen.

Ein Gesamtkunstwerk.

Mit genauso eine Hose wie der Willi an.

Das Strichmänneken war der Willi.

Der Willi war das Strichmänneken.

Für alle Ewigkeit.

Das Strichmänneken!

Meine und unser Gewässer seine Rache.

Amen.

Musik – konnte es sein oder bildete ich mir die nur ein? Das war doch das anrührende Abschiedslied der Schürzenjäger aus Tirol, bei dem stante pede meine Tränen zu fließen begannen: »Einmal muss man geh'n.«

Da ging mir ein großes Licht auf: Der Willi musste sein Smartphone verloren haben, als ich den über den Zaun gehievt hatte, und jetzt klingelten und klingelten die Schürzenjäger. Aber für wen klingelten die nur, wer wagte es sich, mitten in der Nacht zu klingeln? Die Polizei? Suchte die etwa den Willi schon? Ich schaute nach: Nee, war die Nummer von der Emma.

»Bin bei den Willi, Emma. Der kann aber gerade nich drangehen, weil der auf sein Klo am Kotzen is.«

»Martha, ich muss dich sprechen. Ich habe mir schon gedacht, dass du beim Willi bist.«

»Dann is ja alles tacko, Emma. Bis die Tage und hau rein.«

»Martha, die Polizei sucht nach dir.«

»Wieso dat denn?«

»Martha, auf ein offenes Wort zwischen dir und mir. Die Dummheit ist rund. Niemand weiß, wo sie anfängt und wo sie aufhört. Kannst du damit etwas anfangen?«

Ich und rund? Nee, konnte ich nix mit anfangen.

»Martha, die Ermittler haben an der zerstückelten Leiche des Beamten vom ärztlichen Dienst der Gelsenkirchener Stadtverwaltung Haare von dir gefunden.«

Der Heiopei! Die dumme Socke!

»Die gefundenen Haare haben sie mit Speichel an deiner Zahnbürste verglichen.«

»Wie soll dat denn laufen? Ich säubere dat Teil vorher jedes Mal mit mein Pipientferner, wenn ich damit die Klokeramik in die feinen Rillen wienern tu. Da sind nie Haare dran.«

»Martha, die Esmahan hat dich auf dem Garagenhof gesehen, wie du etwas in die Garage der Libanesen gelegt hast.«

»Lügen tut die! Die Esmahan sieht doch nonimma die Kacke von den Bello ...«

Ich legte auf.

Die Kacke war schwer am Dampfen. Und zwar meine!

Nach Hause ging nich mehr.

Und wenn die Bullen das mit den Willi auch noch gewahr werden würden – endgültig sense.

Ich war eine Ausgestoßene, ich war ein Flüchtling. Niemals mehr würde ich unsere kuschelige Zechensiedlung in Gelsenkirchen-Schalke-Nord wiedersehen. Andererseits, für den Doktor Kimble war den seine ewige Flucht ja auch kein Zuckerschlecken gewesen, auch wenn die kurz vor Schluss den Einarmigen aber dann doch noch inne Finger krichten. Welch Wohltat nach gefühlte tausend Jahren Flucht.

Ich schaute an mir hinunter. Beide Arme noch dran, und alle Finger. Da konnte mit meiner Flucht eigentlich nichts schiefgehen, mich würden die nicht kriegen. Meine Zukunft war zumindest silbern.

Denn, als wenn der Zufall es bestellt hätte, sieh mal einer kuck: Das glitzerte etwas Silbernes im Gras. Ein Schlüsselken! Ich sofort hellwach und eine Eilmeldung kam von meine Gehirnzellen angejagt: Martha, jetzt musst du durchstarten, du bist auf dem richtigen Weg!

Dieser Weg war mein Ziel, und als ich am nächsten Morgen dort ankam, fühlte ich mich wie neu geboren. Wat war dat schön! Endlich wieder ein bissken Ruhe. Kein Stehpinkler inne Nähe. Ich hatte nämlich in Herten-Süd im Katzenbusch mit tolle Aussicht auf die Sternenhalde mit Hilfe von dem gefundenen Schlüsselken den toten Willi seine Wohnstatt in meine Fluchtburg verwandelt. Von den seine Terrasse aus hatte ich ein herrlichen Blick auf den seine Seilscheibe, auf so ein klein Teichsken und eine große Hainbuchenhecke. Wat will man mehr? Kaffee, Toast, Eier, Honig und lecker eingemachte Erdbeermarmelade von den Willi seine verstorbene Hildegard: Meine Fluchtburg war ein Paradies.

Ohne Wäsche zum Wechsel allerdings, und das war sowas wie ein kleiner Sündenfall wie bei Adam und Eva, denn den Willi seine Schlüpfer fielen mir sofort bis inne Kniekehlen, wenn ich die anzog. Gut, den seine Oberhemden hätte ich nehmen können, aber nur als Burka.

Ansonsten aber meine Fluchtburg: Eins a Asylantenheim! Neue Heimat! Wie Urlaub! Mein Garten Eden!

Nach einer ausgiebigen Mahlzeit aus Willis Vorratsbunker im Keller mit proppenvoll gefüllte Regale entschied ich mich, ein Nickerchen zu machen, und ließ mich auf die Liege von den Willi seine Terrasse nieder.

Ich kaum eingenickt, da wurde mir so verdammig heiß … Merkwürdig, dachte ich, so doll stach die aufgehende Morgensonne über mein Revier doch nun auch wieder nicht. Tat die auch nicht – denn meine Libido war aufgegangen, mal wieder, und somit besaß mein Garten Eden eine Macke, weil in den Garten was fehlte: ein Toyboy. Am besten zwei, einen unter, einen über mir, ich dazwischen als frischen Belag, wie ein Sandwich quasi.

Waren aber gerade nicht verfügbar, die Toyboys. Wie ungerecht die Gesellschaft doch gegen Asylanten ist! Ich wurde stinksauer und schwor hier in mein göttliches Eden den Stehpinklern auf aller Welt Rache! Global und ratzekahl sozusagen. Denn wer war sonst in schuld, dass ich einem Paradies mit Macken saß?

Wie man mit die Gene wirbeln kann

Eine ganze Zeit lang hatte ich auf der Liege der vollen Schuldfrage hinterhergegrübelt, da sah ich ganz kurz ein Schatten, und plötzlich steht der Tommi vor mir. Den Tommi, den guten Jungen, den hatte ich als Einzigen den Standort von meiner Fluchtburg mitgeteilt, denn den konnte ich das einfach nicht antun, dass der meine Knete nicht mehr verjubeln konnte. Und genau deshalb würde mein Großenkel Tommi mich auch niemals verraten!

Jedenfalls, ich habe den Tommi sofort mein Leid geklagt und ihn mir sowas vor die Brust genommen, als der mal musste und doch tatsächlich vor die Keramik stehen blieb: »Tommi, schmeiß die Stehpinkelei aus deine Sinne, denn Stehpinkeln, dat kann dir den Kopf kosten.«

Mehr habe ich nicht gesagt, weil ich den Junge keine unnötige Angst einjagen wollte. Doch der Tommi hat nur gelacht. »Mensch, Omma, wir Kerls haben Gene, und in die Gene, da is dat mit die Stehpinkelei quasi eingebaut.«

Da habe ich nur gestiert, und als der Tommi das sah, hat der mir in alle Einzelheiten die Gene erklärt, wobei rauskam, dass die gelehrten Biologen an allem in schuld sind und nicht der Jupp oder der Willi. Ja, die beiden hatten sogar durch ihre spezielle Stehpinkler-DNA quasi nachträglich eine Art Freibrief erhalten, den ich aber nicht abgeschickt hatte, weil diese gelehrten Biologen das Porto nicht im Voraus bezahlt hatten damals, und deshalb mussten der Jupp und der Willi über die Emscher geschickt werden, unfrankiert und tadellos unbefleckt von Schuld, wo doch eigentlich die gelehrten Biologen, die gegen mich keinerlei Warnung ausgesprochen hatten, in unser Gewässer gehört hätten.

Ich war sowat von fertig.

»Omma«, hat der Tommi mir dann noch einen Vorschlag unterbreitet, »für ein Taschengeldvorschuss für die nächsten drei Jahre zeig ich dir exakt den Punkt, wo dat Stehpinkel-Gen auszubauen is. Aber bitte bar auf Kralle.«

»Und sowat geht«, habe ich perplex nachgefragt, »son Gen ausbauen aus so eine lebendige Kreatur?«

»Internet macht alles möglich, Omma«, grinste der Tommi. »Du muss nur den richtigen Wirbel treffen, dann sitzt der Punktierte beim Pinkeln für immer und ewig auf den Deckel. Dat ist so sicher wie dat Amen inne Kirche oder dat Schalke nie im Leben Meister wird.«

Diese Garantien glaubte ich sofort. Also hab ich den Tommi von der Casinoknete zehntausend Euro in kleine Scheine zugesteckt; der natürlich sofort die Kurve gekratzt, um die Kohle im Bermudadreieck zu verjubeln.

Als der weg war, war ich vielleicht sowas von fickerig. Ich könnte die jetzt alle heilen. Morgens noch Göttin der Rache, kurz nach Mittagessen globale Mutter Theresa der Keramik- und Fliesenbepisser.

Wie auch immer. Ich sofort in den Keller von den Willi und mir da in mein berauschtes Entzücken für die anstehenden Heilungen ein OP-Besteck zusammengesucht: natürlich Schlägel und Eisen, wie sich für eine Bergmannswitwe gehört, dazu Zange, Meißel, Axt, Akkuschrauber, Akkubohrer und all das, was ich sonst noch so benötigen täte. Hatte alles sehr gut bei sich sortiert, der Willi! Da hatte ich sofort den Durchblick.

Weil mein Werkzeug für die OP an die Wirbel aber leider nicht steril war, und ich wollte ja nicht das Blut von denen bei der Prozedur vergiften, bespritzte ich die Gerätschaften mit Unkrautvernichter aus den Willi sein Schuppen im Garten, wie man das eben so anstellt bei Entseuchungen.

All dieses geballte Wissen hatte ich mal auf WDR 3 erworben, als ich mich bei die Fernbedienung verirrt hatte, weil, auf den Sender gibt es ja immer nur so Sendungen für Randgruppen, Ausgestoßene und Minderbemittelte wie zum Beispiel

Blumen- und Gartenfreunde, Frau-TV-Fanatiker und Gelehrte, beziehungsweise Gelehrte, die es werden wollen, wobei selbige bei dieser Gelegenheit von so ein künstliches Gift allerdings dringend abgeraten haben. Deshalb hielt ich auch gleich noch mit den kleinen Flammenwerfer voll drauf, mit den seine Hilfe der Willi seine widerspenstige Botanik immer gezähmt hat, wenn selbst die chemischen Keulen nix mehr ausrichten konnten. Zu guter Letzt opferte ich einige Liter von den Willi sein Wacholder und rieb mein Werkzeug gut damit ein. Wenn mir auch verdammig leid tat um den Schnappes.

Blieb ein Problem, und den sein Name war Chloroform, denn das kriegt man in unseren Landen nur mit Berechtigungsschein. Der funktioniert so ähnlich wie kurz nach dem Krieg die Lebensmittelkarten.

Ich blitzschnell den Tommi angerufen. Der nur: »Bleib cool, Omma, ich besorge dir dat. Du weiß ja, dat Internet macht alles möglich.« Und, sieh da, sieh da, zwei Tage später fuhr ein Laster vor mit tausende Hektoliter Chloroform, verpackt in Regentonnen, weil, ich wollte ja im großen Stil … hihihi … rumwirbeln quasi. Kostete mir aber weitere zwanzigtausend Mäuse, zehntausend für den Tommi, zehntausend für das Zeugs von den LKW, das vorher von ein anderen LKW in einer scharfen Kurve runtergefallen worden war … So hat mir der Fahrer das zumindest erzählt.

Jetzt war ich vorbereitet, jetzt war Rumwirbelei angesagt, jetzt würde ich die alle, alle heilen. Und dafür würde ich den Nobelpreis für Medizin kriegen! Wenigstens! Meine Glückshormone waren am Rumbandusen wie nie …

Also nix wie ran! – Aber wie und wo und wann?

Ja, und da stand ich da mit mein Latein. Zwölf Regentonnen voll bis Oberkante mit Chloroform, ein astreines steriles Werkzeug, ein Flammenwerfer wie aus der Bundesliga – aber keine Ahnung, wie ich meine Fluchtburg entfliehen konnte in die globale Welt der Stehpinkler.

Mir fehlte der große Plan.

Aber wie es im Leben häufig so spielt: Der Kommissar Zufall eilte mir zu Hilfe. Kommissar? Nee, nicht so ein von die Bullen. Der Kommissar Zufall spielte seinen Auftritt in Person von den Willi seinem Nachbarn.

Als ich nämlich von die Liege von den Willi seine Terrasse aus den großen Plan so näher in Augenschein nehmen wollte, da kam mir plötzlich ein schneidendes Geräusch ins Ohr geflogen. Schneidend war absolut korrekt, denn ich entdeckte den Nachbar von den Willi linker Hand – rechter Hand war die Straße, denn der Willi bewohnte ja ein Eckhaus. Wie auch immer, der Nachbar schnitt gerade die Hainbuchenhecke auf den seine Seite und peilte zwischen die Blätter völlig unmoralisch rüber, wie ich nackig auf die Liege von den Willi seine Terrasse mich am Rumräkeln war. Erst tat ich so, als ob ich den seine Lugerei gar nicht wahrnehmen täte, doch dann ging den seine Spannerei die Puste aus: Der peilte nicht nur, der quatschte mich an. So entsponn sich ein Austausch von Meinungen, der es wahrlich in sich hatte.

Der Heckenschneider: »Ey, sind Sie die neue Flamme von den Willi? Schämen Sie sich nich, hier so nackig rumzuliegen. Dat hat den Willi seine Hildegard nie gemacht, dat gibt bei uns im Katzenbusch nich.«

Ich dagegen: »Und genau deswegen nämlich weilt den Willi seine Hildegard auch nich mehr unter uns Lebendige, sondern unter die Toten, wegen zu wenig Sonnenvitamine.«

Der Heckenschneider: »Wo is der Willi eigentlich?«

Ich: »Irgendwo wird der schon sein. Wahrscheinlich Ewaldsee, Haubentaucher am Kucken.«

Der Heckenschneider: »Ich hab den aber verdorrig schon paar Tage nich gesehen.«

Das war eine gefährliche Beobachtung, das merkte ich sofort. Denn paar Tage Haubentaucher am Kucken, das täte selbst so ein Vögelfreundchen wie der Willi nicht, wenn der noch leben würde. Abgebrüht bis auf den letzten Tropfen, wie ich war, hatte ich die passende Antwort auf Lager.

Ich: »Hab den Willi seine Wohnung mit meine getauscht, wie moderne Menschen das heute so tun. Aber so einen sind Sie ja wohl nicht. Aber damit Ihr Puls nich mehr hämmert: Den Willi sein Doktor hat den Willi eine Luftveränderung verordnet, weil der Willi mit den Tod von seine Hildegard wegen mangelnde Sonnenvitamine nich klarkommen tat.«

Ein Alibi wie aus Kruppstahl gegossen. Das musste der Heckenschneider schlucken.

Tat der auch. Ruhe im Karton.

Ich daraufhin: »Sonst noch wat?«

Der Heckenschneider: »Kennen Sie Ewald?«

Ich: »Hohe Halde Hoheward oder Zeche außer Betrieb?«

Der Heckenschneider: »Auf Ewald is immer Betrieb, und da sind heute Oldtimer.«

Was meinte der denn damit? Einen kurzen Moment später war mir klar: Auf Zeche Ewald fand an diesem Wochenende das jährliche Oldtimertreffen statt. Und das begann heute. Und da würden in Divisionsstärke olle Säcke aus aller Welt einfallen: Münsteraner Bauerntrampel, Thüringer Würstchen, Ostfriesendullis, Bayernknödel, Pfälzer Saumägen … Oldtimer und olle Säcke: Genau das Passende für mich, meine hitzige Libido und meinen großen Plan.

Also Schlüpfer von den Willi aus der Maschine, Kittel drüber und nix wie los. Ich musste mich für den Plan zwar aus meine Fluchtburg wagen, aber wer nicht wagt, der verliert sowieso. Das hatte mir der Krupp im Casino beigebracht.

Auf Zeche Ewald war wirklich mordsmäßigen Betrieb; für mich zu viel Betrieb, denn ich suchte einsame Wölfe, weil man denen leichter Fesseln anlegen konnte. Oben auf der Halde am Sonnenstab, da entdeckte ich einen, der passen könnte: weißes

Hemd mit Stehkragen, Knickerbockerhose, Ballonmütze, das Sakko von anno dunnemal. Klarer Fall von ein Oldtimer, wie er sonst nur im Buche steht.

Und wie der mich anglotzte – klar, für so einen aus der Gründerzeit der Automobilwirtschaft war ich ein ewiger Jungbrunnen. Der glotzte wie durch mich durch, und dann floss es aus seinem Mund: »Gänsefleisch mol bitte zur Seide gähn.«

Ich redete gar nicht erst lange drumherum: »Bisse Stehpinkler, willze poppen?«

Einen Wimpernschlag später wusste ich: Der hieß Erich, war sächsischer Stehpinkler und behauptete, ein ganz Hellen zu sein: »Wir Sachsen wir sin helle! Des weeß die ganze Welt! Un sin mir mo ni helle, dann hom wa uns verstellt!«

Doch der Erich verstellte sich nicht, der hatte einfach nur voll ein anne Waffel. Als ich den nämlich vorschlug, jetzt hier abzugehen und es mir endlich zu besorgen, da meinte der nur: »Gut, Muddie, ne Drogedasch hab ich immer dobei.«

Ich wollte aber keine Drogen – ich wollte poppen! Das erwähnte ich dann nochmal beiläufig, damit es auch der dulle Erich verstand: »Erich, ich will poppen, poppen, poppen …«

Der hatte vielleicht ein Gemüt, der Erich, denn der schrie plötzlich auf: »Nu, gugga ma do, Muddie, was issn dos!«, und zeigte auf so ein Kawenzmann, der da oben auf die Ewaldhalde den wahren und falschen Horizont von Himmel über uns anzeigen soll. Das hatten mir der Tommi und sein Internet zu verstehen gegeben, als ich die nach das Umfeld von meine Fluchtburg ausgefragt hatte, aber ich hatte die ganze Schose ehrlich gesagt nicht verstanden, und so konnte ich den Erich die ganze Schose auch nicht verständlich machen, sofern der die meinte. Wollte ich auch nicht. Ich wollte poppen.

Ich also wieder: »Poppen, poppen, poppen …«

Der Erich: »An Gola genntsch misch dodsaufn.«

Das hatte ich verstanden. Und so landeten wir eine halbe Stunde später auf den Willi sein Sofa, zwei Gläskes Cola vor uns auf den Tisch und den Erich sein Pillemann in meine

Hand. Die Kombi gefiel den Erich offenbar, denn er wisperte andauernd: »Du bis ja ä rischdischa Dierschor, Muddie.«

Ich ein Tiger – so hatte ich das noch nie gesehen. Aber eigentlich echt nett und auch irgendwie zutreffend. Wobei, viel zu zerfleischen gab es für den Tiger noch nicht, denn der Erich hatte plötzlich die Blase voll.

Ich hinter den her aufs Klo und – donnerlüttchen! – der setzte sich auf den Deckel. Wat ein Dingen! Allerdings, als der aufstand, da gingen ein paar Tröppkes daneben. Zwar nicht viele, aber der hatte trotzdem verschissen, der war fällig. Und so wurde der Erich das erste Wirbelopfer des großen Plans.

»Du, Muddie, Glodieschor sind alle. Hast du ma so ein baar Dasch'ndieschor?«

Muddie – allein das war eine Regentonne Chloroform wert, die ich nun gnadenlos einsetzen würde.

»Muddie, wat rieścht denn hier so?«

Kurz darauf war der still.

Ganz still!

Totenstill!

Irgendwann habe ich den Erich dann – mit einiger Mühe, wie ich ehrlich zugeben muss – hinten in den Garten neben den Teich inne Ecke vonne Hainbuchen bugsiert. Ich wollte die Sauerei nämlich nicht in den Willi seine Wohnung veranstalten, weil, der experimentierenden Wissenschaft geht auch schon mal was daneben, wie man so weiß, und mein Plan besaß ja Pietät und Ehrfurcht.

Jedenfalls, ich griff zu den Willi sein Fleischermesser und schnibbelte von den Erich sein Steißbein ein Stücksken von die Haut und das Fett weg, bis den seine Wirbel voll freilagen oder das, was ich für den seine Wirbel hielt. Ich hatte mir nämlich überlegt, dass diese niederträchtigen Stehpinkler-Gene bestimmt ganz inne Nähe von den Männekes ihre Schniedel und Säcke zu finden sein wären, weil das biologische Leben, wie man ja bekanntlich weiß, geht ja immer die kürzesten Wege, und ich wollte gründlich sein.

Der Willi hatte echt astreines Werkzeug, der Bohrer sauste wie Butter durch die Säule, und das Mark spritzte nur so raus aus die Wirbel. Fast wie ein Springbrunnen. Doch hellgelbe oder braungelbe Stellen, wie ich vermutete, dass diese Stehpinkler-Gene so aussahen, waren verdammig nicht zu sichten. War auch nicht so einfach, weil wegen dem ganzen Blut war da keine klare Sicht. Kacke! Ich holte dann den Laubsauger von den Willi raus und hielt den an den Blutsturz. War nicht völlig optimal, aber es ging …

Mit Schlägel und spitzen Bergeisen arbeitete ich mich dann bis zu den Halswirbeln hoch, falls ich mich geirrt hätte mit der Biologie von das Leben und ihrem Weg. Und ich wollte ja gründlich sein. Unfehlbar bin ich allerdings nicht, weil, unfehlbar ist ja nur der liebe Gott, und, bei rechtes Licht besehen, selbst der nicht überall, sonst hätte der, als der die Männekes schuf, auf diese speziellen Gene der Einfachheit halber mal besser verzichtet … Oder sollte der liebe Gott etwa auch … Dat wär ja … Nee, der liebe Gott war entschuldigt, war ja auch ganz kurz vor den sein ersten Ruhetag gewesen nach all die Maloche für unsere schöne Gänseblümkenwelt.

Bei die Wirbeln in den Nacken von den Erich hielt ich dann inne, weil sich wieder kein Flecken blicken ließ, so gründlich ich auch Ausschau gehalten hatte. Ich brauchte dringend ein Päusken … und bestaunte den Willi seinen Teich! Mittlerweile ergoss sich nämlich den Erich sein Lebenssaft komplett in das stehende Gewässer von den Willi. Das hatte was, diese rostrote Färbung zwischen den grünen Seerosenblättern, fast wie damals die Kunst an unser weltberühmtes Gewässer.

Vielleicht saßen die Gene von so ein Stehpinkler aber auch im Kopf? Also wieder zum spitzen Bergeisen gegriffen, und in Zeit von nix war den Erich seine Schädelplatte ein bröselnder Kalkhaufen. Doch die Masse von den Erich sein Hirn war nur grau und weiß. Nicht mal ansatzweise was schwach Zitronengelbes oder so dazwischengefunkt. Hatte jemand die Gene vor mir gewarnt, hatten die sich verdünnisiert, waren die mir irgendwie durchgeflutscht? Es gab nur einen Weg, das herauszufinden. Ich tippte den Erich an. »Erich, wach auf, wandel zum Klo und tu pinkeln.« Nix passierte.

Ich den nochmal angetippt: »Erich, komm inne Gänge, ich muss doch kucken, ob der große Plan gelungen is?«

Doch der Erich regte sich nicht, trotz meine Befehle. Bei den nächsten Oldtimer müsste ich die Betäubung mit dem Chlorzeugs besser dosieren, vielleicht nur eine halbe Regentonne.

Aber zunächst musste ich den Erich und seine Säule wieder zusammenflicken, damit die beide auch wieder schön aussahen. Da weder Faden noch Nadel in meine Nähe greifbar waren, griff ich zum Maschinentacker. Der ging. Hirn war schwieriger. Beziehungsweise Schädeldecke. Wie soll man den Staub von Kalk tackern? Das soll mir mal einer zeigen. Ich holte also den Willi sein Mopedhelm aus den sein Schuppen und stülpte den Erich den über. Der musste fürs Erste reichen.

Ich dann wieder zum Ewald. Und wat sach ich: Ganz unweit von dem Schwulentheater, das da auch seinen angestammten Platz hat, da steht einer neben seinem Oldtimer fast wie bestellt. Goggomobil-Kabriolett, stabile Nachkriegsware, mit offenes Dach, wo der mit offenes Hemd und sein Oberarm stolz dranlehnte. Ich den Zustand von den seine Karre schwer am Loben, meine Hängetitten unter mein Kittel schwer am Hüpfen, und ich kam wieder sofort zu Potte.

Ich: »Poppen, poppen, poppen …«

Der Konrad, so hieß der, deutete auf seine Jeans, wo sich untenrum ziemlich prall den seine Klöten rausdrückten. Ob die echt waren – oder Taschentuch? Fehlte nur noch, dass der die kraulte, wie das immer der Trainer von die deutschen Fußballgötter bei sich unternimmt.

Ich: »Stehpinkler?«

Der: »Sischer doch. Häs de och Kölsch do?«

Ich daraufhin: »Erst poppen, dann saufen!«

Der: »Schwad doch nit, häs de Kölsch oder nit?«

Ich: »Geht klar!«

Obwohl so ein dünnes Gesöff wie Kölsch bei uns im Pott weder inne Tüte noch auf den Willi sein Tisch kam; da kam nämlich Schnappes drauf, den der Konrad runterkippte wie Milchsuppe: »Zur Mitte, zur Titte, zum Sack, zack zack …« prostete ich ihm zu, um anschließend die Wünsche von meine hitzige Libido einwandfrei und deutlich kundzutun.

»Ävver bitte, bitte met Jeföhl.«

Als der Konrad und ich dann endlich nackig waren, ging der wie bekloppt auf meine Hängetitten los: »Leck mich en de Täsch. Dat jläuv ich ävver jitz nit.« Und: »Martha, isch maach de Auge zo. Wat ich dann sin es ming.« Und am Schluss auf Hochdeutsch: »Man muss auch mal Kompromisse machen.«

Ich daraufhin, nur nochmal zur eigenen Sicherheit: »Pinkelst du im Stehen oder im Sitzen?«

Der Konrad: »Et hätt noch immer jot jegange.«

Eine halbe Stunde später lag der Konrad neben dem Teich. Getackert an der Säule und mit dem Kochpott von den Willi auf seinem offenen Hirn. Gelbe Flecke hatten sich bei den ebenfalls nicht gezeigt. Hatte ich die etwa wieder übersehen? Jedenfalls, der Teich war mittlerweile fast voll, und die ganze Blutsuppe dadrin drohte überzuschwappen.

Ich wieder nach Ewald zu die Oldtimer, fünf Minuten später den Ludwig aus Hessen am Haken.

Ich: »Poppen?«

Der Ludwig: »Isch glaub, dir brennt de Kiddel.«

Ich an mir runtergekuckt. Da brannte alles, nur der Kittel nicht. Der Ludwig kam trotzdem mit.

Als ich den fragte, ob der sich erst freimachen oder sofort über mich herfallen wolle, meinte der nur: »Des is gehubbt wie geduppt.« Doch als ich den dann auszog, stutzte der plötzlich: »Ich möcht emol wisse, wer mei Unnerhemd so veschisse hat, ich habs doch de ganze Doach oughat.«

Da gingen die Pferde mit mir durch, und ich hab den sein Kopf umgehend in eine von die Chloroform-Tonnen getunkt. Danach Fleischmesser, Bohrer, Laubsauger, Bergeisen, alles wie gehabt, das volle Programm, aber, du steckst eben nich drin. Von die Stehpinkler-Gene keine Spur.

Waren ich und der große Plan gescheitert?

Da erinnerte ich mich an die Emma, die immer meinte: »Probieren geht über studieren! Gute Wissenschaftler haben Ausdauer!« Also weitermachen, Martha, befahl ich mir, denn im Dienste einer guten Sache muss man reinklotzen, bis dat absolut nich mehr geht.

Sonntagabend war dann allerdings endgültig Feierabend. Ich konnt einfach nicht mehr, war völlig alle. Elf Köppe in Töppe lagen gestapelt neben ihre ehemaligen Körper aufe Wiese im Garten von den Willi. Die ganze Suppe aus den Teich war bis auf die Terrasse übergeschwappt und drohte, das Haus zu überfluten. Und die Regentonnen waren ratzekahl leer.

Da hörte ich plötzlich den Heckenschneider von nebenan rüberflöten: »Wat müfft denn bei Sie so drastisch?«

»Wo müfft wat?«, tat ich so, als ob ich von nix wüsste. »Dat muss die Emscher sein, die rübermüfft.«

»Nee, da is die Autobahn und die Halde zwischen«, kam es von den Heckenschneider zurückgeflötet. »Und ich will grillen. Da stört son Müff wie in ein Leichenschauhaus.«

Ich darauf: »Kann man schnell hinkommen, in son Leichenschauhaus, in Ihr Alter.«

Da schob der Heckenschneider seine Rübe vollends durch die Hainbuchenhecke und glotzte mich fragend an: »Ey, kenn ich Sie nich irgendwo von? Von Aldi, von dat Fahndungsfoto da anne Kasse?«

»Dat muss ne Verwechslung sein.«

»Aber Sie Ihre Fresse sieht dat Foto ziemlich ähnlich.« Der Heckenschneider streckte sein Kopf noch weiter vor. »Wat sind Sie da eigentlich am Tun?« Er zeigte mit alle Finger auf die Oldtimer-Reste. »Is dat etwa da so ein Massengrab? Sind Sie Serienmörderin?«

»Dat is Privatsache.«

»Glaub ich nich … ich ruf die Ordnungshüter!«

Fleischmesser, Bohrer, Laubsauger, Bergeisen, also alles wie gehabt, das volle Programm, Tutti Frutti. Und für den Heckenschneider noch gratis den Flammenwerfer und die Grillkohle. Und als Zugabe den seine eigene Heckenschere mitten in den seine Brust, mitten durch den sein eiskaltes Herz. Ich konnte stolz auf mein Werk sein. Es sah wie ein schwerer Unfall aus.

Der große Plan hatte funktioniert.

Und die müffelnden Oldtimer-Reste? Die mussten dringend weg, sonst wäre ich nämlich bald weg, vermutlich in eine Zelle. Also Schaufel aus den Willi sein Schuppen, Loch graben, alle Reste rein, Loch zuschütten, Schaufel wieder in den Willi sein Keller …

Und bei Letzterem passierte es, das schicksalhafte Missgeschick: Ich trat auf den Willi seine Schaufel und der ihr Stiel katapultierte sich an meine Stirn.

In meinem Kopf sofort der reinste Rütteltumult.

Nur mit schwerster Müh und Not konnte ich mich in den Willi sein Haus schleppen, auf den Willi sein Klo, wollte dort meine Blessuren zu Leibe rücken. Doch auf den Willi sein Klo stand urplötzlich eine von meinen Chloroform-Regentonnen im Weg.

Ich mit mein Rütteltumult direkt mit meinem Kopf an die Tonne … dann mein Kopf in die Tonne … noch mehr Rütteltumult … erst Schwindel … dann Rückwärtslage … und eine Sekunde lang die Esmahan vor mein geistiges Auge … Hundekacke, fliegenden Teppich … Auftupfen … kein Bürgersteig … sondern die Keramik vonne Schale …

Dann ging das Licht aus.

Und als es wieder anging, da stand der Jupp vor mir.

Epilog

Wo bin ich?
In der Klapse?
Auf den Willi sein Klo?
Auf mein Klo?
Wo?
Ich pack mich an den Kopf.
Rütteltumult.
Der Jupp – ein Hirngespinst?
»Leben denn deine Täubkes auch noch, Jupp?«
»Red nich son Stuss, und geh anne Seite.«
Der Jupp drängt sich an mir vorbei anne Schale.
»Hab dringend nötig!«
Fängt das alles etwa wieder von vorn an und …
Schitt häppens?

Nachklapp

Schitt häppens, im wahrsten Sinne des Wortes. Aber was ist nun mit Martha Kowalski? Denn auch ich, ihr Autor, bin mir nicht ganz sicher, in welchem Zustand sie sich derzeit befindet – auf ihrem Klo zu Hause, immer noch beim Willi oder wird sie nun erst recht eingeliefert nach Aplerbeck, in die Klapse, aus der sie doch eigentlich herauskommen wollte?

Da ich unter Umständen eine Fortsetzung der Geschichten um Martha Kowalski herum schreiben möchte, habe ich mich entschlossen, ein bissken Spannung beizubehalten, zumal Marthas zwanghafter Drang nach kriminellen Stoories bestimmt noch nicht befriedigt ist – von ihrer Libido erst gar nicht zu reden. Und ihre kuschelige Zechensiedlung, die sie so liebt, kennt ebenfalls bestimmt viele weitere dramatische Geschichten.

Hilfreich wäre es allerdings, wenn Sie mich, meine geschätzten Leserinnen und Leser, für eine weitere Folge von »Schitt häppens« unterstützen würden. Schicken Sie mir doch Geschichten oder kleine Ereignisse, die mit Schitt häppens in ihrer Nachbarschaft oder ihrem Freundeskreis zu tun haben (muss ja nicht gleich Mord und Totschlach sein). Ich mache dann schon etwas daraus. Adresse: herbertknorr@vonneruhr.de

Natürlich dürfen Sie mir auch schreiben, wenn Ihnen dieses Buch gefallen hat. Autoren sind nämlich eitel, weit eitler sogar noch als die mitunter größenwahnsinnige Martha. Also: Her mit Lobhudeleien aller Art!

Von Beschwerden, falls Sie meinen, Sie hätten mit diesem Buchkauf Ihre Kohle in totalen Mist investiert, bitte ich jedoch Abstand zu nehmen. Denn so eitel Autoren sind, so hyperallergisch reagieren sie auf Kritik. Manche malen sich sogar aus, wie sie ihre Kritiker über die Emscher schicken könnten. Ich gehöre zu denen.

Aber ich kann auch freundlich: An dieser Stelle möchte ich mich nämlich ganz herzlich bei all denen bedanken, die mir diese Ruhrgebietsgroteske ermöglicht haben, wenngleich sich besser niemand wiedererkennen sollte, da ich hiermit sowieso von vornherein vehement abstreite, Vorbilder verwandt zu haben – es sei denn, die liebenswerten Menschen und Typen des Ruhrgebiets dürfen nicht als Vorbilder dienen.

Das Buch besteht im Kern aus bereits einmal veröffentlichten Kriminalstorys von mir, die allerdings für dieses Buch überarbeitet wurden; die Martha-Handlung, wenn auch aus einer Kurzgeschichte entwickelt, ist dagegen komplett neu.

Und falls man es nicht sofort bemerken sollte: Dieses Buch ist eine Hommage auf das Ruhrgebiet, seine Vergangenheit, seine Gegenwart und sogar auch seine Zukunft. Wenn ich nur an die neue Emscher-Riviera denke, die in einigen Jahren kommen wird … »Verdammig, wird dat schön!«, um Martha Kowalski zu zitieren. Neuer Stoff bestimmt auch für viele weitere Storys.

Ich hoffe jedenfalls, dass Ihnen das Buch genauso gefallen hat, wie es mir gefällt, auch wenn zwischen den Zeilen unser Gewässer ab und an dazwischenstinkt. Oder die vielen Leichen? Ja, in unserem gemütlichen Ruhrpott ist es eben nicht so langweilig wie anderswo. Hier geht die Post ab, und deshalb liebe ich unsere Region.

Zum Schluss ein Hoch auf die taffe Martha Kowalski, geborene Woitkowiak, auf dass sie mir und vielleicht auch Ihnen noch lange erhalten bleibt …

Ihr Herbert Knorr

PS: Ach so, die Zitate, mit der unsere Manchmal-Philosophin Emma die Martha mitunter nervt, sind übrigens von Heraklit, Goethe, Schiller, Kafka und anderen berühmten Geistesgrößen. Vielleicht rätseln Sie einfach mal!

Gern senden wir Ihnen unser Gesamtverzeichnis
Verlag Henselowsky Boschmann
Literaturversorger Ruhrgebiet
Postfach 100231 · 46202 Bottrop
post@vonneruhr.de · www.vonneruhr.de

Sigi Domke
Nachbarn in Bäumen

Herbert Knorr
Schitt häppens

Inge Meyer-Dietrich
Leben und Träume der Mimi H.

Sarah Meyer-Dietrich
Immer muss man mit Stellwerksbränden,
Streiks und Tagebrüchen rechnen

Zepp Oberpichler
Galgenvögel liegen tiefer

Elke Schleich
Wir haben alles hingekriegt

Ruhrgebiet de luxe